U0542839

江苏省社会科学基金后期资助项目"鲁迅前期进化论思想研究（1898—1926）"（21HQ046）
江苏省高校哲学社会科学研究重大项目"鲁迅的生命观研究"（2023SJZD090）

鲁迅
前期进化论思想研究
（1898—1926）

戴 静 著

南京大学出版社

图书在版编目(CIP)数据

鲁迅前期进化论思想研究:1898—1926 / 戴静著
.—南京:南京大学出版社,2023.8
　ISBN 978-7-305-27228-8

Ⅰ.①鲁… Ⅱ.①戴… Ⅲ.①鲁迅(1881—1936)-
思想评论　Ⅳ.①I210.96

中国国家版本馆 CIP 数据核字(2023)第 155206 号

出版发行	南京大学出版社
社　　址	南京市汉口路 22 号　邮　编 210093

LUXUN QIANQI JINHUALUN SIXIANG YANJIU(1898—1926)

书　　名	鲁迅前期进化论思想研究(1898—1926)
著　　者	戴　静
责任编辑	荣卫红　　　　　编辑热线　025-83685720
照　　排	南京紫藤制版印务中心
印　　刷	徐州绪权印刷有限公司
开　　本	718 mm×1000 mm　1/16　印张 13.75　字数 204 千
版　　次	2023 年 8 月第 1 版　2023 年 8 月第 1 次印刷

ISBN 978-7-305-27228-8

定　　价　64.00 元

网　　址:http://www.njupco.com
官方微博:http://weibo.com/njupco
官方微信:njupress
销售咨询热线:(025)83594756

＊ 版权所有,侵权必究
＊ 凡购买南大版图书,如有印装质量问题,请与所购
　图书销售部门联系调换

目 录

前言 ……………………………………………………………… 001

第一章　研究综述与研究主题 ……………………………… 011
　　第一节　初期研究 ………………………………………… 011
　　第二节　三个研究路向的转变 …………………………… 014
　　第三节　研究主题的确立 ………………………………… 020

第二章　鲁迅前期进化论思想生成的历史背景 …………… 026
　　第一节　进化论在中国的传播 …………………………… 026
　　第二节　进化论在日本的传播 …………………………… 034

第三章　鲁迅前期进化论思想的谱系（一）………………… 045
　　第一节　严复"天演说" …………………………………… 047
　　第二节　谭嗣同"仁学" …………………………………… 060
　　第三节　梁启超"新民说" ………………………………… 068
　　第四节　章太炎"俱分进化论" …………………………… 077

第四章　鲁迅前期进化论思想的谱系（二）………………… 085
　　第一节　丘浅次郎"种族竞争论" ………………………… 085
　　第二节　海克尔"一元论" ………………………………… 092
　　第三节　尼采"超人说" …………………………………… 099
　　第四节　厨川白村"生命创化论" ………………………… 104

第五章　鲁迅前期进化论思想的演化 …… 110
第一节　文明与野蛮 …… 111
第二节　"天行"与"人治" …… 117
第三节　"真的人"命题的生成与悬置 …… 124

第六章　鲁迅关于进化的哲学思想 …… 132
第一节　"变"之规律 …… 132
第二节　"力"之作用 …… 139
第三节　生命是第一义 …… 144
第四节　向死而生 …… 149

第七章　鲁迅关于社会文明的进化论思想 …… 155
第一节　追寻文明"本根" …… 155
第二节　"任个人"与"张灵明" …… 161
第三节　伦理之进化 …… 167

第八章　鲁迅关于历史的进化论思想 …… 178
第一节　历史的"中间物"意识 …… 178
第二节　时间观:"执着现在" …… 182
第三节　空间观:"彷徨于无地" …… 187

结语 …… 195

参考文献 …… 198

后记 …… 214

前　言

鲁迅的前期思想是以进化论作为基底的，在进化论思想的基础上形成并发展着鲁迅看待种族、民族、社会和人生诸问题的思想。本书选取鲁迅前期的进化论思想作为研究对象，是将鲁迅看作历史转型关键时期融会中外进化论思想的典型代表来进行个案研究。本书的研究目标有三：一是在厘清鲁迅前期进化论思想资源的谱系的基础上，考察鲁迅前期进化论思想的生成情况；二是通过对鲁迅同期译文和著述的文本研究，分析鲁迅前期进化论思想的演化问题；三是在上述两个研究的基础上，进一步阐释进化论范畴内鲁迅关于社会文明、生命、伦理、历史等的相关思想，并借此揭示鲁迅前期进化论思想所具有的独特的价值意义。

进化论诞生于19世纪中叶，以达尔文自然选择学说的问世作为产生的标志。进化论在它的发展历史中拥有两重性：一是作为一门自然科学形态存在的进化论，具有专业性、科学性和系统性；二是作为一种观念和思想形态存在的进化论，具有形而上的性质，对人的思维方式、人生观、价值观、世界观具有重要意义。在第二种形态上，进化论常用的表述还有进化主义、进化学说、进化思想等。本书研究的对象是作为观念和思想形态存在的进化论，在其后加上"思想"两字，是为了突显将其作为思想资源来讨论的意思，以避免产生将它仅仅作为科学理论来看待的误解。但鉴于很难严格剥离两种形态的进化论，我们的论述将主要围绕第二种形态的进化论进行，不排除在需要的时候涉及第一种形态。

关于进化论，学术界至今没有一个统一的定义。英国学者皮特·J.鲍勒在他的专著《进化思想史》中认为"进化思想可以向不同的方向延展，而每一种思想都有着丰富的内涵,进化论的基本观念是复杂的","只有在最一般的意义上,我们可以将进化观念作为统一的概念来讨论。在最一般的意义上,'进化'主要意味着相信我们现在生活的世界的结构是通过一系列自然变化形成的"。[①]日本著名的进化论研究者八杉龙一指出:evolution 不是在短时间内一举成为一种科学理论的,在其形成早期并没有"进化"这个确定的名词,甚至到了达尔文时代,人们依然在使用"种的发达"、"变迁"等字眼表示进化这个概念,因此进化的概念是在漫长的科学发展史中逐渐形成、确立起来的。因而只能沿着历史的足迹去追溯进化论的发展轨迹,探讨其在人类精神史中的形成过程,而无法确定一个能包括所有内涵的概念。[②]鲍勒和八杉龙一都承认进化思想随着进化科学的发展而发展,但进化思想具有纷繁复杂的内涵特征,给进化论下一个准确的定义难以实现。

为使进化论呈现一个较为清晰的概念框架,本书拟简略阐述进化观念的发展史、进化论诞生前后的主要学说以及进化论思想大致包含的基本内容等,以便在切入中心主题之前明晰大致的研究边界。

进化观念是随着地质学、博物学、生物学等自然学科的确立而发展起来的,它在科学理性战胜蒙昧神学的历史进程中得到展示。如果对进化观念进行追溯,则甚至可以上溯到古希腊时代。概括来讲,主要有三个与之密切相关的传统:首先是舍弃将自然现象及其发生原因与灵魂、上帝、神等超自然存在相联系的做法,而把世界的起源问题归结于"水"、"火"、"气"等自然要素的哲学传统。其次是在与大自然打交道的过程中逐渐形成的对动物、植物、矿物、生态系统等做宏观层面的观察、描述、分类等的博物学传统。这一传统始于人类将野生动物驯化为家禽家畜的行为,人类通过观察和介入家畜家禽生、老、病、死等生命过程,积累博物学的相关知识,并开创了解剖学和医学研究的基础。再次是建立在大量的生理学、解剖学、医学知识基础上的生物医学传统。这一传统提出很多关于人的本性和生命起源的观点,

---

① [英]皮特·J. 鲍勒:《进化思想史》,田洺译,南昌:江西教育出版社,1999年版,第10页。
② 葛奇蹊:《明治时期日本进化论思想研究》,北京:东方出版社,2016年版,第18页。

还在相当程度上进行了人体解剖实验。对人体解剖和人体生理的研究曾在中世纪被宗教严厉压制,随着文艺复兴时期"人"的重新被发现,这一传统得到继承和发扬。这无疑为打破"神创论"、追溯人的起源和研究人种演化提供了实证材料。在以上三种传统和基督教神学的共同作用下,当时的欧洲人"相信物种具有典型的形态,这种形态通过生殖过程一代又一代地保持下去。从原始的类型直到人的自然阶层形式,即'存在链条',代表了完整和绝对固定不变的创世方案"①,这即是所谓的"物种不变论"。

直到文艺复兴时期,进化观念才突破了"物种不变论"获得了长足的发展。科学观察和实验否定了只凭先验进行逻辑演绎的经院哲学做派,包括牛顿力学在内的物理学、数学、化学定律被大量发现,机械论世界观统治了当时的科学界。一方面,科学家认定自然界是受定律制约着的运动的物质系统,运动是自然界中一切物体的本质属性,而一切物体又必然可以通过计量进行量化。另一方面,与物理学家将宇宙间的现象简化还原成最小数量的定律相反,当时的生物学家发现了动植物的种类具有几乎毫无限制的多样性,这一完全相反的结论引发了地质学、博物学、生物学的新发展,环球航行和探险发现的新物种或化石又为上述科学提供了源源不断的新材料,出现了"具有决定性重要意义的两门崭新的科学:对植物和动物的胚胎发育的研究(胚胎学),对地球表面各个地层内所保存的有机体遗骸的研究(古生物学)。于是发现,有机体的胚胎向成熟的有机体的逐步发育同地球历史上相继出现的植物和动物的次序之间有特殊的吻合。正是这种吻合为进化论提供了最可靠的根据"②。随着科学的进步,人们开始意识到自然进化的整个过程并不必然地体现出上帝的创造,由此也就"使神与宇宙的联系变得愈加不直接相关"③。

但进化观念还没能突破神学的禁锢,人们仅是从相信"物种不变论"转

---

① [英]皮特·J. 鲍勒:《进化思想史》,田洺译,南昌:江西教育出版社,1999年版,第6页。
② 崔伟奇、翟俊刚编著:《〈反杜林论〉导读(增订版)》,北京:中国民主法制出版社,2018年版,第61—62页。
③ [英]皮特·J. 鲍勒:《进化思想史》,田洺译,南昌:江西教育出版社,1999年版,第46页。

向对"剧变论"的信仰。这种学说认为地球在不同时期曾发生多次灾变,分别毁灭了当时存在的动植物,上帝通过多次神创创造出新的物种,所以不同的地层中会出现不同的生物化石,"剧变论者显然从神学的角度倾向于支持基于突然变化的理论和物种的超自然创造"①。可见,17、18世纪的进化观念是伴随着科学与神学的斗争发展着的,科学家试图寻找一条既不触碰宗教信仰又能发展科学的中间道路,这种妥协立场推动的是有神论范围内进化观的发展,实际上对科学和进化论的进步都是不利的。这种观念妨碍着科学对自然现象做出客观的解释,也阻碍了进化论将人们的思想观念从宗教束缚中解放出来。

可见,在达尔文进化论出现之前的时代中,进化观念没有呈现出系统的、严谨的科学理论的面貌,而是散见于有关进化的自然观、哲学观和社会观中,"要想在18世纪之前的欧洲思想发展史中找到关于'进化'思想的系统表达是比较困难的,后世的生物史学家们在此方面的努力最后都不得不流于拾取一些与进化的现代观念相契合的琐碎片段"②。

真正从神创论宗教观中突围出来的是法国杰出的生物学家拉马克(J. Lamarck,1744—1829)。他第一个提出了生物发展史上较为完整的进化理论,其主要观点包括:生物从简单到复杂、低级到高级逐渐进化;物种之间有无数的变种存在,没有截然分明的界限,物种的连续性和阶梯性序列应当按照"自然分类法"进行;生物进化不是按照单线序列进行,而是像树状谱系一样不断地分叉;动物习性的改变是由于环境的变化,环境是引起生物进化的主要原因;生物的器官经常使用就会越来越发达,不使用就会渐趋退化,这就是著名的"用进废退"法则;环境影响所造成的获得性状可以遗传给下一代,拉马克称之为"获得性遗传"法则。③拉马克提出的"用进废退"和"获得性遗传"两条法则曾被达尔文在《物种起源》中多次引用,对达尔文进化论的影响很大。

---

① [英]皮特·J. 鲍勒:《进化思想史》,田洺译,南昌:江西教育出版社,1999年版,第27页。
② 葛奇蹊:《明治时期日本进化论思想研究》,北京:东方出版社,2016年版,第27页。
③ 王中江:《进化主义在中国》,北京:首都师范大学出版社,2002年版,第15页。

另一位对达尔文产生巨大影响的是英国著名的地质学家莱伊尔(J. Lyell,1797—1875)。《达尔文生平》一书提及达尔文从莱伊尔著作得到很多思想和方法上的启示的记载:"我曾随身携带莱伊尔的《地质学原理》第一卷,并且用心地加以研究;这本书在许多方面对我都有极大好处。当我考察第一个地方——佛得角群岛的圣特雅哥岛时,我便清楚地看出莱伊尔处理地质学的非常优越的方法,绝不是我随身携带的或以后谈到的著作的其他任何作者所可比拟。"[①]莱伊尔发表于1829—1833年的《地质学原理》(一至三卷)阐述了地球进化是渐进而非突变的均变理论,还提出物种的改变、生物的分布及其特征与地质有密切的关系。莱伊尔的"均变论"为进化论彻底推翻"剧变论"提供了极为可靠的论证,恩格斯曾在《自然辩证法》中对莱伊尔的贡献作出如下评价:"赖尔的理论,比它以前的一切理论都更加和有机物种不变这个假设不能相容。"[②]

发展到19世纪中叶,产生进化论的条件终于酝酿成熟。对"物种不变论"、"特创论"、"剧变论"等理论的质疑归结到三个主要问题上:一是物种是如何进行进化的?二是复杂而多变的生物发展图景存在特定设计或终极目的吗?三是人在进化图景中拥有特殊地位并被赋予特别的价值吗?

达尔文(C. Darwin,1809—1882)的学说给出了令同时代多数人信服的科学解释。达尔文进化论第一次将生物学建立在完全科学的基础之上,不仅使人类对自身的认识发生了质的飞跃,也为社会哲学提供了一个全新的、独特的思维方式,为形成新的世界观奠定了坚实的基础。达尔文也因此被看作进化论的奠基人。

关于上文的第一个问题,1859年11月24日达尔文出版的著作《物种起源》给予了回答,并在科学界和一般公众中引起了轰动。这部书从唯物主义的角度猛烈冲击了"物种不变论"、"特创论"和"剧变论",以丰富完整的论据

---

① [英]F.达尔文编:《达尔文生平》(一),叶笃庄、叶晓译,沈阳:辽宁教育出版社,1998年版,第45—46页。
② 翁维雄、卢生芹编:《科学史的启示:哲学对自然科学成果的影响例证》,合肥:安徽省自然辩证法研究会,1983年,第80页。

阐述和论证了高等生物是由低等生物逐渐演变而来的进化论思想,并提出了以自然选择、适者生存为基础的生物进化学说。

关于第二个问题,达尔文的进化论不支持当时流行的线性发展观,不认为进化沿着预定的等级单线发展,他的理论将进化阐释为没有既定目标、盲目的进化,支持生物进化出来的每一个分支都由偶发事件引起,自然选择排斥进化一定会向着特定目标发展的观点。

而关于第三个问题,达尔文在《物种起源》中没有涉及。尽管达尔文确信他的物种起源学说必须将人类包含在内,但为了避免其学说中关于人类的知识引起反对进化论的浪潮[1],他采取折中的办法,用"人类的起源和历史也将由此得到许多启示"[2]这句话埋下了伏笔。直到在1871年出版的《人类的由来》中,达尔文才讨论了人类的起源问题。但《物种起源》已经引起了人们关于人类的起源问题的争论。在《人类的由来》发表之前,第一个从进化论角度提出"人猿同祖论"的是被称为"达尔文的斗犬"(Darwin's bulldog)的赫胥黎(T. Huxley,1825—1895)。他在1863年发表的《人在自然中的位置》中提出人类的体质特征和猿类相似,人类和大型猿这种动物属于同一个目"灵长目"的推测,"人类或许同样是类人猿渐次变化而成,又或者是和类人猿同一祖先分歧而成的"[3]。

可见,进化论在诞生之初就未能成为思想一致的学说。达尔文的学说虽然被标识为进化论,他本人却很少使用"进化"一词。在《物种起源》中,达尔文主要使用"带有饰变的由来"一语,仅指向生物的变异性而并不带有进步性的涵义。"进化"的拉丁文是evolutio,意思是将一个卷在一起的东西展开。进化在生物学中的最早用法是描述子宫中胚胎的生长,"重要的是要注

---

[1] 达尔文在《人类原始及类择·导言》中说:"予从事搜集关于人类起源之记录,既历多年,初无意对于此题旨有所公布,因思此徒足以增加予所持见解之阻碍,宁决意不公布之。"参见[英]达尔文:《人类原始及类择》,马君武译,北京:商务印书馆,1957年版,第1页。
[2] [英]达尔文:《物种起源》,谢蕴贞译,北京:科学出版社,1972年版,第320页。
[3] [英]托马斯·赫胥黎:《人类在自然界的位置》,《人类在自然界的位置》翻译组译,北京:科学出版社,1971年版,第6—7页。

意,如果以胚胎的生长作模型,人们会留下一种印象,以为生命结构具备了一种向着预定方向发展的固定模式"[1]。但达尔文的学说认为进化的过程没有目标限制,不认为进化必然走向人类这种单一的目标,这在实际上与"进化"在生物学中的本义是不同的。

坚信进化必定走向更高组织形态是斯宾塞(H. Spencer,1820—1903)的进化论。斯宾塞在其《生物学原理》(1864—1867年,2卷)中首先使用了"进化"(evolution)一词。斯宾塞为进化论注入了更为明确的进步观念,并为此做了大量的社会普及工作。这位哲学家从演绎和定义出发,先于达尔文提出了进化的观点[2]。他受拉马克学说的影响,将社会看成类似于生物有机体的组织,并认为社会也适用进化学说。当达尔文将进化论阐释为一种可证实的科学理论时,斯宾塞认为自己的理论获得了科学的支持。斯宾塞曾建议用"最适者生存"代替达尔文的自然选择原则,"力图为自然选择的达尔文规律(或者如同人们后来所说的那样,'适者生存')寻求社会相似之处,并按照这一规律的作用方式说明人类历史的进程。这种理论典型地表现为以冲突或竞争作为其'规律'或控制力量的各种历史哲学"[3]。得益于斯宾塞的倡导,进化论成为英国维多利亚时代家喻户晓的流行思想,人们接受的进化论更多的是这种带有进步涵义的社会有机体发展观而非达尔文的生物进化论,因为它更符合人们对于人类优于其他生物、人类社会从蒙昧走向文明的进步想象和期待。

综上,在进化论发展史上,出现了达尔文主义、拉马克主义、以斯宾塞为代表的社会达尔文主义等众多学说,之后的叔本华意志哲学、尼采的超人

---

[1] [英]皮特·J.鲍勒:《进化思想史》,田洺译,南昌:江西教育出版社,1999年版,第11页。
[2] 对斯宾塞来说,进化是一个形而上学的抽象原则,他于1852年第一次发表关于进化的文章时对生物学知之甚少,斯宾塞的社会进化论并非建立在生物学的基础之上。参见[美]恩斯特·迈尔:《生物学思想发展的历史》,涂长晟等译,成都:四川教育出版社,2010年版,第436页;[英]欧内斯特·巴克:《英国政治思想:从赫伯特·斯宾塞到现代》,黄维新、胡待岗等译,北京:商务印书馆,1987年版,第60页。
[3] [英]戴维·米勒、韦农·波格丹诺编:《布莱克维尔政治学百科全书》,邓正来译,北京:中国政法大学出版社,1992年版,第705页。

说、克鲁泡特金的互助论等都可说是将达尔文学说运用于阐释社会的进化论思想,"由达尔文理论导出的结果这样分歧,至少说明一个事实:把自然选择的原理应用到社会学上,是一个异常复杂的问题,几乎任何思想学派都可以从这里面为自己的特殊学说找到有力的根据"[①]。

进化论学说纷繁复杂,但也有几种大致相似的基本思想蕴涵在内,主要内容包括:其一,进化论思想强调变化原则;自然进化理论中最核心的要素是遗传、变异与环境影响,其中遗传、变异是进化的内在因素,而环境影响是进化的外在因素。生物为适应周围的环境不得不改变自己的习性以求得生存,变化在内外力的共同作用下发生且会持续不断地发生,生物进化由此得以实现。进化在量变中求得质变,进化最本质的特征是从同种性质转化为不同的属性。因而,进化论是一种以"变"为原则的思想,它认为事物无时无刻不处在变化之中,变是进化的本质特征。其二,进化论思想认为进化具有普适性;大多数进化论思想家都认为进化适用于包括宇宙、自然、人类社会甚至人类内在精神、心理等的所有事物。他们在最宽泛的意义上解释进化论,认为进化具有普遍适用性。英国进化论思想家赫伯特·斯宾塞、达尔文进化论的著名宣传者托马斯·赫胥黎、德国进化学家恩斯特·海克尔、德国哲学家弗里德里希·威廉·尼采、俄国彼得·阿历克塞维奇·克鲁泡特金、法国哲学家亨利·柏格森等都将自然进化科学理论运用于人类社会科学研究,用生物进化的原理来解释生命、社会、心灵进化的动力机制。经过他们学说的传播,进化论思想渗透进了包括哲学、生命哲学、伦理学、社会学、历史学等在内的各个领域,成为影响人类思维和观念的重要思想资源。其三,进化论思想关涉价值评判;自然状态中的生物进化经历着由简单向复杂的过程,这一过程本身不具备从低级到高级的价值判定而纯属客观的自然现象。但人的立场和价值取向介入后,生物进化史被表达成从低等生物向高等生物直至人的单向发展,人作为最高等的生物出现在进化链条上,代表着

[①] [英]W. C. 丹皮尔:《科学史及其与哲学和宗教的关系》(下册),李珩译,北京:商务印书馆,1975年版,第414页。

进化前进的方向。对进化物进行价值评判的观念不仅体现在人对其他生物和自然的看法中,还出现在人看待自身和人类社会的观念中,从而产生出高低、优劣等的等级观念以及所谓文明野蛮、强大弱小等的发展观念。其四,进化论思想的核心概念之一是竞争或反竞争。达尔文进化论在产生过程中曾受到马尔萨斯《人口论》非常大的影响,马尔萨斯的主要观点是强调人口过剩是竞争生存的一个因素。达尔文吸收了他的观点,意识到物种持续繁衍膨胀的自然倾向将制约生物的进化,在资源有限的生存斗争中生物的有利变异会被保存下来,而不利的变异将被淘汰,其结果必然是生物发生进化。从一定意义上说,人类社会的历史就是控制有限资源的竞争与反竞争的历史,这一思想深刻影响并制约了人类的行为方式、组织原则和政治、经济制度模式等。强调竞争至上或者强调互助合作,都是站在一定立场上对竞争或反竞争机制的适应,其目的都是为了保存本种属以确保在进化中不被淘汰并获得发展的优势地位。

鲁迅早期的进化论思想融会了中外多种进化论思想。在中国近现代进化思想的发展史上,鲁迅是一个具有典型意义的代表人物。鲁迅身处东西、新旧思想交汇的"十字街头"。在"十字街头"的这一边,中国正面临历史的巨大变革。这一历史性的关头决定着中国未来的走向,正是历史进化酝酿着从量变到质变的关键时期。无数先驱们思考着中国的命运,一面憧憬着未来,另一面又焦虑着中国有没有未来。优胜劣汰、弱肉强食的进化论深刻地左右着他们的思想。著名翻译家严复,维新派志士康有为、梁启超、谭嗣同等都以进化论为思想武器,坚决反对当时封建顽固派"祖宗之法,莫敢言变"的僵化观念,提出与"天不变,道亦不变"针锋相对的、要求变革的坚决主张。严译著作围绕"天演说"倡导自强保种;康有为创"公羊三世说"借孔子的微言大义敷演变革要义;梁启超先受其师康有为进化思想的影响,又在戊戌变法失败东渡日本后受到流行于日本的社会达尔文主义的深刻影响,首倡改造和重塑国民性的"新民说"。其时,章太炎等革命派也以进化为指导思想,提出不同于改良派的激进革命的主张。但章太炎的思想深受老庄、佛经的浸润,其进化论思想带有浓厚的相对主义和悲观主义的色彩。鲁迅曾受到包括严复、谭嗣同、梁启超、章太炎等人在内的进化论思想的影响。在"十字街头"的另一边,日本已经经过进化论的洗礼,通过明治维新使得国内的思想、政治、国民面貌为之一新,显示出快速发展进步的欣欣气象。两相对照,东渡日本的梁启超、章太炎、鲁迅等都深受刺激,更加强了变革求强的决心。重要的是,日本还是西方进化论思想的"集散地",鲁迅接触到了包括丘浅次郎的"种族竞争论"、海克尔的"一元论"、尼采的"超人说"、厨川白村的"生命创化论"在内的诸多进化学说。上述中外思想资源从不同角度不断深化鲁迅对进化的理解,不断开阔鲁迅进化论思想的视野,同时也不断拓展鲁迅对社会和人生问题思考的深度、广度,为形成鲁迅独具个人特色的进化论思想打下深厚的基础。

　　进化论作为一种外来思想资源,经过鲁迅选择改造后融入了自己的思想世界,成为他观察研究世界的一种思维方式,一种人生观、价值观和世界观,甚至是一种生命态度。鲁迅的进化论思想在整个鲁迅的思想体系和文学创作中具有重要地位,值得持续开掘和系统探究。研究鲁迅的进化论思想对于我们理解鲁迅思考和解决社会人生问题的方式方法将起到重要作用,本书愿在这一课题上做有益的尝试,以期抛砖引玉,推动相关研究领域的进一步发展。

第一章
研究综述与研究主题

第一节　初期研究

在鲁迅研究史上,对鲁迅进化论思想的研究属于鲁迅思想研究的一部分,其初期研究主要围绕进化论思想能否概括或代表鲁迅的前期思想展开。

1933年瞿秋白在《〈鲁迅杂感选集〉序言》中全面系统地阐述了鲁迅杂文的性质、产生原因和思想意义,认为鲁迅的杂文"反映着'五四'以来中国的思想斗争的历史",并将鲁迅思想发展的轨迹描述为"鲁迅'五四'前思想,进化论和个性主义还是他的基本",经历过"五四"、"五卅"、"四·一五"等事件后,鲁迅的思想最终"从进化论进到阶级论,从绅士阶级的逆子贰臣进到无产阶级和劳动群众的真正的友人,以至于战士,他是经历了辛亥革命以前直到现在的四分之一世纪的战斗,从痛苦的经验和深刻的观察之中,带着宝贵的革命传统到新的阵营里来的"。[①]瞿秋白的这篇文章对鲁迅思想研究史上形成将进化论视为鲁迅"五四"前基本思想的观点产生了重要作用,具有里程碑式的意义。诚如有的研究者所指出的,"'从进化论到阶级论',或'从进化论到马克思主义'的这一根本性结论,多年来几乎统帅了整个鲁迅思想研究的领域"[②]。在此后相当长的时间内,瞿秋白的这一论断成为鲁迅思想

[①] 何凝:《〈鲁迅杂感选集〉序言》,《鲁迅杂感选集》,上海:青光书局,1933年版,第20—21页。(何凝为瞿秋白笔名——笔者)
[②] 陈早春:《对鲁迅的改造"国民性"思想的初步探讨》,《中国社会科学》,1981年第6期。

研究的立论范式,后继的研究者基本是在这一框架内讨论鲁迅的思想发展的。如华岗的《鲁迅思想的逻辑发展》认为瞿秋白的观点"确实是真正了解鲁迅的精审论断,不仅是对于鲁迅思想发展道路的最好说明,而且正确处理了社会实践与鲁迅思想的辩证关系"①。以群的《论鲁迅前期文艺思想的发展》一方面同意鲁迅前期的思想具有肯定现实必然向前发展、将来必胜于过去的进化论思想;另一方面又认为在鲁迅前期的思想中已经具备了超越进化论范围的思想因素,因而鲁迅从进化论到阶级论的发展绝不是思想上的"突变",而是其思想逻辑的合理发展。②陈则光的《论鲁迅的进化论思想》在认可"进化论实为鲁迅前期思想的核心"的基础上,进一步分析了鲁迅进化论思想中科学的发展观点、进取的战斗精神、彻底反帝反封建的人民民主的革命内容等合理内核,同时也指出其存在唯心论的内容,具有未能逾越资产阶级意识形态范畴的局限和缺陷。③陈涌的《关于鲁迅思想发展问题》虽然认为瞿秋白《〈鲁迅杂感集〉序言》应将鲁迅思想发展的问题"纳入哲学的两条路线——唯心主义和唯物主义路线问题的范围内"加以讨论,但同时他也承认"从进化论进到阶级论"的观点,"直到现在还没有失掉它对于文艺批评研究的方法论的意义"④。

对瞿秋白"从进化论到阶级论"这一经典提法提出质疑的是唐弢和王瑶。唐弢在《关于鲁迅思想发展的问题》一文中认为"进化论是不能概括鲁迅前期的思想的",他提出要对鲁迅前期思想进行充分估价并概括出鲁迅思想的发展是"从革命民主主义到共产主义"的新观点,"如果讲鲁迅早期是个革命民主主义者,后期是个共产主义者,比讲从进化论到阶级论似乎更准确一些、清楚一些,也更符合实际一些"⑤。王瑶在他的《鲁迅研究的准绳和指针——学习毛主席关于鲁迅的光辉论述》一文中表达了和上述观点相似的

---

① 华岗:《鲁迅思想的逻辑发展》,《文史哲》,1951 年第 1 期。
② 以群:《论鲁迅前期文艺思想的发展》,《学术月刊》,1957 年第 4 期。
③ 陈则光:《论鲁迅的进化论思想》,《中山大学学报(哲学社会科学版)》,1965 年第 3 期。
④ 陈涌:《关于鲁迅思想发展问题》,《文学评论》,1978 年第 5 期。
⑤ 唐弢:《关于鲁迅思想发展的问题》,《福建师大学报(哲学社会科学版)》,1977 年第 3 期。

见解。李泽厚的《略论鲁迅思想的发展》也认为"从早年起,进化论就并不能概括或代表鲁迅思想的全体","早年的革命浪漫主义,前期的批判现实主义,后期的马克思主义,鲁迅的思想和作品,经历了重要的发展"。[①]持类似观点的还有石汝祥的《进向完备的唯物主义和辩证法——也论鲁迅前期的世界观》等文章。

无论是否赞成进化论思想代表着鲁迅前期思想的基本内容,研究者们基本上达成了一点共识,那就是:进化论是影响鲁迅前期思想的重要思想资源,对引发鲁迅深入思考并形成发展进步的思想、改造国民性的思想、"立人"的启蒙思想、以人为本位的人道主义思想等产生了关键性的作用。此类观点可以在童炽昌《谈鲁迅前期的发展变化观点》、孙玉石《鲁迅改造国民性思想问题的考察》、王晓华《鲁迅是怎样分析人性和人道主义的》等研究文章中找到相关的阐释。童炽昌《谈鲁迅前期的发展变化观点》认为鲁迅前期对于发展的认识从进化论中得到的启迪,以生物进化作为依据,带有浓厚的进化论色彩。《鲁迅改造国民性思想问题的考察》一文认为"国民性问题的研究,是二十世纪初伴随寻求民族独立富强的要求而产生的进步社会思潮。进化论是研究国民性问题的理论基础"[②]。在《鲁迅是怎样分析人性和人道主义的》一文中,王晓华认为鲁迅对人性和人道主义的探索始于鲁迅早年对进化论与阶级性的关系和个性解放与阶级解放的关系两个方面的认识。鲁迅意识到要救国必须"立人",而通过对社会现状的考察,鲁迅发现了超阶级、超社会、超时代的人性和人道主义是没有的,鲁迅对人性和人道主义的思考因而从生物学进化论角度讨论抽象的人转向对社会的、具体的、阶级的人的关注。

[①] 李泽厚:《略论鲁迅思想的发展》,见西北大学鲁迅研究室编《鲁迅研究年刊 1979》,西安:陕西人民出版社,1980年版,第121页。

[②] 孙玉石:《鲁迅改造国民性思想问题的考察》,鲁迅研究集刊编委会编:《鲁迅研究集刊》(第一辑),上海:上海文艺出版社,1979年版,第86页。

第二节　三个研究路向的转变

20世纪90年代以来,上述研究方式发生了变化,鲁迅研究呈现出多元化的发展态势,研究者们在新的时代语境下不断拓宽和深化鲁迅研究,"改变了过去那种思想/艺术二元论的狭小空间"[1],产生了一系列重要的研究成果。具体到与进化论相关的研究,出现了以下三种新的研究路向。

第一种新的研究路向是从强调思想的转变转向寻找内在的统一,认为鲁迅进化思想发展轨迹存在一贯的统一性,鲁迅思想"就思想方法、理论基础的基本情况来看,则是一个统一的思想体系"[2]。

国内学者汪晖、王乾坤等找到的内在"统一点"是鲁迅的"历史中间物"意识。汪晖的《反抗绝望——鲁迅的精神结构与〈呐喊〉〈彷徨〉研究》聚焦对鲁迅的主体意识和心理层面的研究,提出在鲁迅的精神结构中存在着一种"历史中间物"的意识。"历史中间物"能够在鲁迅"'从旧垒中来,情形看得较为分明,反戈一击,易制强敌的死命'的叛逆者的自信,与'仍应该和光阴偕逝,逐渐消亡,至多不过是桥梁中的一木一石,并非什么前途的目标,范本'的自我反观和自我否定"[3]之间,形成一种精神张力,具有丰富的历史内涵。"在进化的链子上,一切都是中间物。"[4]汪晖用进化论意义上的"中间物"一语来指代鲁迅自我对个体与社会、传统与现代历史关系的深刻体认,他据此认为小说集《呐喊》《彷徨》正是作为"历史中间物"的鲁迅对传统社会

---

[1] 朱晓进、杨洪承、唐纪如编:《鲁迅研究》,北京:中华书局,2011年版,第465页。
[2] 钱振纲:《从非人动物到"类猿人",再到"真的人"(上)——从鲁迅进化论看其早、前期思想体系的统一性》,《鲁迅研究月刊》,1995年第3期。
[3] 汪晖:《反抗绝望——鲁迅的精神结构与〈呐喊〉〈彷徨〉研究》,上海:上海人民出版社,1991年版,第133页。
[4] 鲁迅:《坟·写在〈坟〉后面》,《鲁迅全集》(第一卷),北京:人民文学出版社,2005年版,第302页。

以及自我与这一社会的联系、观察、挣扎、斗争过程的记录和展示。①从鲁迅话语中提取出来的"历史中间物"概念成为汪晖这本著作最大的亮点和贡献,"标志着鲁迅研究重心历史性地内转到主体、心理层面"②。诚如王乾坤对这部著作的评价:"'中间物'概念的提出,是中国鲁迅研究思路的一个转变",但他也表达了对汪晖"没有明确把'中间物'作为鲁迅世界的原点来肯认,来规定,因而也没有将这个命题辐射到该达到的角落和领域"③的遗憾。王乾坤的《由中间寻找无限——鲁迅的文化价值观》将"中间物"视为鲁迅思想的核心概念和生命哲学的本体,并从世界的本体认识、思维方式、价值观念等方面对上述观点进行整体的、结构性的把握和阐发。时隔三年,他在《鲁迅的生命哲学》中明确将"历史中间物"作为理解鲁迅描述世界本体的方式,"把世界的本体既不理解为圆而神的混沌,也不理解为周而复的连续,而看作无限发展之链与中间环节的对立统一:世界是无限进化的,发展的,而不只是由一个个孤立的循环圈组成的无穷序列,这种无限是由有限的中间物来组成的。所以他从不在有限之外追求无限,片面之外追求完满"④。

在尝试建构鲁迅思想研究的"统一点"时,上述有关学者找到了鲁迅从进化论中引申出来的"历史中间物"这一思维方式和价值观念。王得后评价鲁迅的"中间物"思想,认为这一思想"是他最富哲学意蕴的思想,他深入鲁迅的自然观,世界观,人生观,社会观,历史观和文艺观,可以说'中间物'思想涵盖了鲁迅对人以及人所创造的一切的看法"⑤。鲁迅的"中间物"思想引发了学界的持续关注和讨论,相关的主要研究成果有:赵歌东的《历史的"中间物"与鲁迅研究的历史批判——写在〈写在《坟》后面〉后面》(《齐鲁学刊》,1998年第4期),李玉明的《论鲁迅的"历史中间物"意识》(《江汉论坛》,

---

① 汪晖:《反抗绝望——鲁迅及其文学世界》,石家庄:河北教育出版社,2000年版,第107页。
② 朱晓进、杨洪承、唐纪如编:《鲁迅研究》,北京:中华书局,2011年版,第463页。
③ 王乾坤:《鲁迅的生命哲学(增订版)》,北京:人民文学出版社,2010年版,第9页。
④ 王乾坤:《由中间寻找无限——鲁迅的文化价值观》,北京:人民文学出版社,1999年版,第5页。
⑤ 王得后:《鲁迅的"中间物"思想三题》,《鲁迅研究月刊》,2009年第11期。

2005年第1期),符鹏的《何谓中间物,哪一种进化?——评何浩〈价值的中间物:论鲁迅生存叙事的政治修辞〉》(《中国现代文学研究丛刊》,2012年第3期),张志清、黄振定的《解读鲁迅的"中间物"生命哲学及其当代启示》(《求索》,2013年第2期),妥佳宁的《"进化"链条上的"革命中间物"——1949—1979对鲁迅形象及其话语资源的借用机制》(《鲁迅研究月刊》,2013年第11期),涂昕的《鲁迅的"博物学"视野与他的思想和文学——"中间物"的意识、万物之间的联系与差异》(《中国现代文学研究丛刊》,2017年第10期)等。

  日本学者丸山昇寻找到的"统一点"是鲁迅与革命的关系。他在《鲁迅·革命·历史　丸山昇现代中国文学论集》中重新解释了鲁迅的进化论思想与中国革命的关系问题,认为鲁迅从进化论发展到阶级论不是从非革命到革命的变化,而实际上是他关于中国革命的承担者与实现过程的认识,因而鲁迅的进化论思想与革命和阶级意识不是对立的。[①]李明晖认为"这一论点启发我们重新理解鲁迅自述的'进化论'思路及其'轰毁'到底是何含义",他依据丸山昇的观点得出"鲁迅在人类社会范畴中讲的'进化'始终是指'伦理进化',进化途中的'人',正是'从旧垒中来'的'革命人'"[②]的结论。正因此,无论是在进化论"轰毁"之前还是之后,鲁迅都希望"革命人"成为民族"伦理进化"的实现者。正是在这个意义上,鲁迅终身都将革命作为终极课题。对鲁迅这一思想的阐发破除了认为鲁迅思想从进化论进到阶级论的观点,鲁迅思想的内在统一性因而得以展现。

  美国学者安德鲁·琼斯教授则将"发展"看作鲁迅研究的内在"统一点"。在关于"发展"的系列论文《鲁迅及其晚清进化模式的历险小说》(王敦、李之华译,《现代中文学刊》,2012年第2期)、《狼的传人:鲁迅·自然史·叙事形式》(王敦、李之华译,《鲁迅研究月刊》,2012年第6期)、《进化论思维、鲁迅与近现代中国——安德鲁·琼斯教授访谈录》(安德鲁·琼斯、

---

① [日]丸山升:《鲁迅·革命·历史——丸山升现代中国文学论集》,王俊文译,北京:北京大学出版社,2005年版,第11页。

② 李明晖:《丸山昇鲁迅研究视野中的鲁迅"进化论"》,《文学评论》,2013年第2期。

文贵良,《现代中文学刊》,2012年第2期)、《进化论的本土迷思:现当代文学叙事的发展主义基因》[王敦等,《海南师范大学学报(社会科学版)》,2013年第6期]、《进化论话语对中国现代文学本土叙事的介入》(王敦、郑怡人译,《学术研究》,2013年第12期)中,安德鲁·琼斯发掘了包括鲁迅在内的众多晚清和民国时期学者的进化论思想,通过研究进化论思想在这些学者文学文化叙事中的本土化表达,"对现代中国深入人心的'发展'思路做了谱系学探索"[1],由此他认为鲁迅一方面坚信社会从落后到先进、从野蛮到文明、从停滞到振兴、从传统到现代的发展观,另一方面又敏锐透彻地看到了发展主义思维中存在着类似于他笔下的"铁屋子"寓言的陷阱:"西方的发展话语,本身会不会就是洋老师禁锢我们这些土学生的一个牢笼?"[2]鲁迅的作品,从《狂人日记》《孤独者》等到后期的杂文,实际上都表达了殖民威胁下他对进化发展必然思路的深深怀疑和忧虑:"中国人如何进化? 现代世界中的中国发展故事如何讲得通?"[3]琼斯认为鲁迅虽然一直在思考,但没有能够提供现成的答案。

第二种新的研究路向是随着比较文学的兴起,对鲁迅进化论思想与西方思潮关系的认识不断得到深化。鲁迅在日本留学七年,期间学习了日文、德文、俄文等,养成了他将日本作为媒介接受西方思潮和文艺观的方式。在此过程中,日本实际上发挥了所谓"日本桥"的功能。这一现象得到了鲁迅研究者越来越多的关注。

日本学者北冈正子的《摩罗诗力说材源考》1983年由何乃英翻译成中文,该书令人信服地详细考证分析了鲁迅《摩罗诗力说》的材料来源,其中在第一章"关于拜伦"中指出鲁迅对拜伦的描写参考了木村鹰太郎所著的《拜伦——文艺界之大魔王》和由他翻译的拜伦的《海盗》,北冈正子指出鲁迅笔

---

[1] 王敦等:《进化论的本土迷思——现当代文学叙事的发展主义基因》,《海南师范大学学报(社会科学版)》,2013年第6期。

[2] 王敦等:《进化论的本土迷思——现当代文学叙事的发展主义基因》,《海南师范大学学报(社会科学版)》,2013年第6期。

[3] [美]安德鲁·琼斯:《进化论话语对中国现代文学本土叙事的介入》,王敦、郑怡人译,《学术研究》,2013年第12期。

下与木村笔下的拜伦有很大的不同。木村礼赞"弱肉强食,对弱者而言虽乃当然之恶,对强者而言则非恶"①的强者逻辑,明显是当时日本受西方普遍将世界看成优胜劣败战场的进化论思潮影响的结果,而鲁迅回避了这一观点,其描写重点体现为对拜伦反抗精神和人道主义思想的赞美。②在这本著作的基础上形成了北冈正子的另一部论著《鲁迅 救亡之梦的去向:从恶魔派诗人论到〈狂人日记〉》,其中的观点与前者一以贯之。③刘柏青的《鲁迅与日本文学》是国内鲁迅与日本文学比较研究的第一本专著。篇首《概论——鲁迅与日本文学》论述了鲁迅早期与日本文学的接触、后期与日本无产阶级文学的关系、鲁迅与日本文艺流派和作家的关系等,并对日本的鲁迅研究进行了梳理。刘柏青指出,"鲁迅对于日本的某些作品,不仅在艺术上从它们那里取得借鉴,而且在思想上也受过它们的启发",他认为日本近代文学中的优秀作品在艺术上较为成熟,在思想上也很进步,"是在民主主义,进化论思想的基础上,谋求个性的解放"④,可能对鲁迅的创作产生了教益和启发。

经由日本消化和重新阐释后的尼采主义对鲁迅思想的影响也进入了鲁迅进化论研究者的视线。伊藤虎丸在《鲁迅与终末论:近代现实主义的成立》⑤中对鲁迅与尼采思想的接受问题有精彩的论述。他认为将鲁迅根据尼采学说而主张"精神"和"个性"视为唯心主义立场的产物,是错误的看法。鲁迅和尼采一样,在思考态度上是自觉反体系的,即不求诸外部的权威而从自身内部寻求逆转的契机,这才是鲁迅把培养国人的主观精神作为思考中心的根本原因。黄健在《鲁迅在日本期间对尼采的接受及其思想变化》中认为,鲁迅在日本求学期间对尼采思想的接受是他思想发展的一个重要阶段,

---

① [日]北冈正子:《摩罗诗力说材源考》,何乃英译,北京:北京师范大学出版社,1983年版,第3页。
② 同上,第1—42页。
③ 参见[日]北冈正子:《鲁迅 救亡之梦的去向:从恶魔派诗人论到〈狂人日记〉》,李冬木译,北京:生活・读书・新知三联书店,2015年版。
④ 刘柏青:《鲁迅与日本文学》,长春:吉林大学出版社,1985年版,第28页。
⑤ [日]伊藤虎丸:《鲁迅与终末论:近代现实主义的成立》,李冬木译,北京:生活・读书・新知三联书店,2008年版。

其特点是进化论和现代主义两种思想元素的交织,尼采的"权力意志"、"惟大士天才"以及有关卓越个人、独特个体的学说,都对鲁迅产生了重要的思想影响。[1]汪卫东将进化论看作中国现代民族国家话语之一部分,认为鲁迅在进化背后看到的是对文明与种族退化的隐忧,受尼采影响,其进化思想的指向是人的精神进化。[2]孙尧天发表于《安徽大学学报(哲学社会科学版)》的文章以鲁迅"五四"前后对"生存"的诸多论述为线索,通过梳理科学史发现了尼采与进化论存在着复杂的历史关系。鲁迅正是接续了德国学者对生物进化论的讨论,改变了他论述"生存"的方式,为其界定"生存"概念提供了新的原理依据。[3]

第三种新的研究路向是随着"鲁迅原点"成为鲁迅研究的热点之一,鲁迅研究界逐渐开始重视对鲁迅进化论思想起源的研究和探讨。诚如韩琛在《鲁迅原点问题及其知识生产的悖反——兼及新世纪中国鲁迅研究批判》一文中所指出的:"有关鲁迅原点问题的讨论已成为鲁迅研究领域的一个重要议题,它不仅事关鲁迅文学的发生学辩证,是'重写文学史'的崭新内容,而且与当代中国的思想状况和未来想象密切相关。"[4]

对"鲁迅原点"的讨论难以回避鲁迅的进化论思想问题,因为进化论思想是鲁迅在明治日本时期对西方思潮具有丰富精神联系的"本源性的把握"之一部分。伊藤虎丸在谈及鲁迅文学的原点时认为鲁迅接受并超越了单纯的欧洲近代传到日本的尼采主义和个人主义等"主义",并且"从其孕生母体的精神"中来学习欧洲近代的各种"主义",因之是对欧洲近代精神的极为本源性(radical)的把握,并将之作为与传统文明完全异质的东西在整体性中

---

[1] 黄健:《鲁迅在日本期间对尼采的接受及其思想变化》,《厦门大学学报(哲学社会科学版)》,2010年第2期。

[2] 汪卫东:《鲁迅与20世纪中国现代民族国家意识的文学建构》,《东岳论丛》,2017年第2期。

[3] 孙尧天:《达尔文还是尼采?——论"五四"前后鲁迅"生存"观念的变化与原理》,《安徽大学学报(哲学社会科学版)》,2021年第2期。

[4] 韩琛:《鲁迅原点问题及其知识生产的悖反——兼及新世纪中国鲁迅研究批判》,《理论学刊》,2014年第5期。

加以捕捉。①在其著作《鲁迅与终末论:近代现实主义的成立》第二部"鲁迅的进化论与终末论"中,伊藤认为鲁迅的进化论思想拥有与"终末论"类似的内核,二者都讨论了人如何进行选择的问题。在其中,他强调的是"作为主体'个'的爱与决断"②,其实质是人在进化中如何保持自身的尊严并体现出人进行选择时的主体性和能动性。刘伟在《"原点"的追问:伊藤虎丸对"鲁迅与明治文学"的研究》一文中总结了伊藤虎丸上述研究的学术意义,他认为伊藤虎丸在对鲁迅与西方近代文化精神联系的研究中,更多地看到了鲁迅的主体能动性和对西方近代文化根柢里的欧洲近代"精神"的整体把握,伊藤虎丸的研究独到而具有一定开创性的意义。③

第三节 研究主题的确立

我们发现,对鲁迅进化论思想的研究和对鲁迅思想的分期研究密切相关。在鲁迅研究初期,研究者通常采用将鲁迅思想进行前后两期分期的方法,"长期以来,人们一直将其分前期和后期。此种观点滥觞于瞿秋白的《〈鲁迅杂感选集〉序言》"④。唐弢在《关于鲁迅思想发展的问题》一文中对学术界中关于需不需要对鲁迅的思想进行前后期分期、前期和后期的分界点是在哪年的论争进行了辨析,主张进行分期。林非在其专著《鲁迅前期思想发展史略》中指出:"根据鲁迅思想发展的实际情况,可以将它分成前期和后期的两个阶段。……在一九二七年之前的鲁迅,在政治上是革命民主主义者,而在他的哲学思想中,既有正在扬弃的唯心史观的因素,又有正在发展

---

① [日]伊藤虎丸:《鲁迅与终末论:近代现实主义的成立》,李冬木译,北京:生活·读书·新知三联书店,2008年版,第5页。
② [日]伊藤虎丸:《鲁迅与终末论:近代现实主义的成立》,李冬木译,北京:生活·读书·新知三联书店,2008年版,第136页。
③ 刘伟:《"原点"的追问:伊藤虎丸对"鲁迅与明治文学"的研究》,《中国现代文学研究丛刊》,2011年第9期。
④ 张永泉:《瞿秋白与鲁迅思想分期》,《甘肃社会科学》,2002年第6期。

的唯物史观的因素,还有对于马克思列宁主义学说的初步了解,鲁迅的思想是在复杂和激烈的斗争中发展变化的,这就是通常所谓的前期思想的阶段。"①本书延续上述分期的观点,将研究的主题确立为1898—1926年的鲁迅前期进化论思想研究。

当研究的视线更多地转向并聚焦到鲁迅思想的前期,我们认为,虽然学界在这一领域已经取得相当丰富的研究成果,但对这一时期鲁迅的进化论思想研究还没有出现一个整体的、综合性的研究成果。本书希望在已有研究的基础上,对如下四个方面的问题进行进一步的深入探讨。

第一,探究鲁迅前期进化论思想的生成问题。

本书将对鲁迅进化论思想的研究追溯至它的形成期,通过对鲁迅所处历史环境的梳理,论述鲁迅前期进化论思想生成的历史因由。在19世纪后半叶的中国,进化论一方面继续以自然科学的面貌参与西学的传播,另一方面则在思想观念上对当时的社会政治、历史和伦理等产生了重大影响,以生存竞争、弱肉强食、适者生存等观念为主要特质的社会达尔文主义成为一种新的世界观。严复、康有为、梁启超、谭嗣同、章太炎等都对这种进化主义抱有相当的兴趣,他们也都成为在中国介绍和传播进化论的先锋人物。在同一时段内的日本,进化论的传播方兴未艾,以加藤弘之等为首的国权派,以矢野文雄、植木枝盛、马场辰猪等为代表的自由民权派等都从各自政治、思想立场对进化论进行了大量阐释和宣传,进化论成为对日本思想界和社会发生重大影响的思潮。

鲁迅接触西方进化观念始于1898年②。从这一年开始,鲁迅的人生发

---

① 林非:《鲁迅前期思想发展史略》,上海:上海文艺出版社,1978年版,第7页。
② 1898年5月鲁迅考取江南水师学堂试习生,经过三个月试读后补为管轮班学习。据《万国公报》所载《江南水师学堂简明章程》规定:"管轮学生原为将来管理兵船机器之选,故精习英国文法后,所习勾股算学较驾驶学生更须精深,并加习气学、力学、水学、火学、轮机理法、推算绘图诸法。"见朱有瓛主编《中国近代学制史料》(第一辑 上册),上海:华东师范大学出版社,1983年版,第524页。这些西学课程中含有一定内容的西方进化观念,对此的详细论述在本书第二章第一节中展开。在严格意义上,这些内容只能称之为与进化有关的思想,鲁迅最早接触进化论是从阅读严复的《天演论》开始的。

生了重大转变。首先是鲁迅放弃了参加科举考试或"学做幕友或商人，——这是我乡衰落了的读书人家子弟所常走的两条路"①。其次是鲁迅的知识体系发生了结构性的根本改变。鲁迅从传统的四书五经中挣脱出来，开始"睁眼看世界"。从南京水师学堂开始，鲁迅不断扩大生物、数学、格致、伦理等自然科学与社会科学领域的知识面，也在不同时期学习英语、德语、日语、俄语等外语。更为重要的是，他遭遇到了进化论、个人主义、自由主义、唯意志论、实用主义、功利主义等各种西方思想潮流的冲刷，这些学说或引起他在人生某个阶段探索研究的热情，又或者在他的生命中扎根生长，影响终身，进化论无疑属于后一种情况。

鲁迅前期进化论思想的生成，与鲁迅所处的时代总趋势、总氛围密切相关，单个国家和民族的变革不可能脱离世界潮流而独立进行。身处历史漩涡中的鲁迅必然要在进化论视野下思考个人、种族、民族和国家的前途命运。鲁迅最终选择了走上激进革命的道路，因为他深深知道"中国太难改变了，即使搬动一张桌子，改装一个火炉，几乎也要血；而且即使有了血，也未必一定能搬动，能改装。不是很大的鞭子打在背上，中国自己是不肯动弹的。我想这鞭子总要来，好坏是别一问题，然而总要打到的"②。非以激烈手段无以拯救古老中国"亡国灭种"的运命，非下猛药无以挽回中国文明"脱春温而入于秋肃"的颓势。

对鲁迅前期进化论思想生成的研究拟在第二章《鲁迅前期进化论思想生成的历史背景》中展开论述，分"进化论在中国的传播"和"进化论在日本的传播"两节对19世纪后半叶进化论产生及在中日两国的传播情况进行着重阐述。

第二，研究发生学意义上鲁迅前期进化论思想的谱系问题。

鲁迅进化论思想的来源无疑是多元的，这个问题在研究界已经是共识，

---

① 鲁迅：《集外集·俄文译本〈阿Q正传〉序及著者自叙传略》，《鲁迅全集》（第七卷），北京：人民文学出版社，2005年版，第85页。
② 鲁迅：《坟·娜拉走后怎样》，《鲁迅全集》（第一卷），北京：人民文学出版社，2005年版，第171页。

很多现有研究成果也已经对鲁迅与严复、梁启超、章太炎、丘浅次郎等在进化论思想方面的联系多有论述。但我们认为目前的研究还是分散的,没有构成一个较为完整清晰的思想谱系图。

在鲁迅与进化论相遇之时,进化论已经成为19世纪中叶以来持续影响东西方科学、哲学、社会学的思想体系,其影响之巨大、传播度之广泛是其他任何一种思潮都无法比拟的。进化论改变了人们对人在自然界中地位的看法,改变了人们对人类社会演进模式的认知,正如史壮伯格所说的:"演化的观点几乎在每一个可以相像的领域里,渗透于我们现在的思想。"①

鲁迅的进化论思想是在直接或间接接触到很多人的进化论思想的历史网络中诞生并演化的。这一历史网络极为复杂,利用现有史料和研究成果努力绘制出清晰而详细的鲁迅进化论思想图谱应该是非常有意义的研究,这将有助于我们加深对鲁迅进化论思想形成的样貌特征、鲁迅进化论思想何以形成这些特征而不是那些特征、鲁迅在或接受或拒绝或部分接受的他人进化论思想的过程中体现了他怎样的立场等诸问题的理解。

考虑到鲁迅思想来源的复杂性和广博性,本书选取严复、谭嗣同、梁启超、章太炎、丘浅次郎、海克尔、尼采、厨川白村等八位中外学者,对其进化学说中最具特色、对影响鲁迅进化论思想起到关键作用的因素展开论述。对鲁迅前期进化论思想的谱系研究拟分上下两章,第三章论述严复"天演说"、谭嗣同"仁学"、梁启超"新民说"和章太炎"俱分进化论"等国内学者的进化论学说,第四章论述丘浅次郎"种族竞争论"、海克尔"一元论"、尼采"超人说"、厨川白村"生命创化论"等国外学者的进化论学说,分别就鲁迅与这些学说的接触史和所受影响进行论证。

第三,通过互文研究分析鲁迅前期进化论思想的演变问题。

本书认为鲁迅前期的进化论思想有一个酝酿、形成、演变和发展的过程,鲁迅同期的译文和著述是展现这一过程的具象的文字载体。通过对鲁

---

① [美]史壮伯格:《近代西方思想史》,蔡伸章译,台北:桂冠图书公司,1995年版,第491—492页。

迅译文与其他译文文本及鲁迅著作中相关思想的互文性分析，我们可从三个主题方向去探查鲁迅前期进化论思想的发展演变轨迹：一是对"文明与野蛮"关系认知的变化；鲁迅先是受梁启超文明观的影响，进化思想中有片面崇拜强权的"尚武"成分，其后转向弱者立场，从伦理上将"爱国"区分为合道德的爱国和兽性的爱国，对"尚武"也将自强保种的民族生存需求与恃持武力的殖民扩张需求进行了区分，最终确立了其前期进化思想中的人道主义底色。《哀尘》《月界旅行》《斯巴达之魂》《中国地质略论》《摩罗诗力说》《破恶声论》《域外小说集》等文本提供了这种认知变化的线索。二是对"天行"与"人治"关系认知的变化；鲁迅前期受严复《天演论》很深的影响，将自然的因素视作人生苦难的三个来源之一，认为自然天择是桎梏人命运的一大根源，人类的文明进化历史就是与自然争斗求存的历史。《月界旅行》《造人术》等前期文本高扬信仰科学万能的乐观主义精神。之后鲁迅持续受到海克尔、尼采、章太炎等进化论思想的影响，海克尔为人类精神另立神祠加以崇信；尼采批判达尔文主义将物质和精神割裂的偏颇，极力呼唤人反抗奴性束缚的自由精神和创造新价值、新制度的权利意志；章太炎以宗教发起信心，倡导以宗教去除国人的畏死心、奴隶心，重塑国民性；他们的思想对鲁迅在"天行"与"人治"关系上的认知转变起着重要的催化作用。在《科学史教篇》《文化偏至论》等文本中，可见出鲁迅试图纠正通过科学发展推动"人治"进步的偏至，将对人改造外部环境的关注转向对人内在世界的聚焦，倡导通过重视人内在精神、情感、心灵，培养新的、健康的伦理情感来促进"人治"的进化，从而帮助"人治"发挥抑制"天行"的功用。三是鲁迅"真的人"命题的生成和悬置；鲁迅在尼采"超人说"的基础上提出了"真的人"的命题，认为在从人到"真的人"的进化路途上，要逾越"吃人"的障碍，鲁迅一方面存着对"真的人"诞生的期望，另一方面又深刻质疑着"真的人"能否生成。鲁迅终于不能确切地知道人进化的终点是否就是"真的人"，"真的人"这个命题被悬置了。这部分内容主要在第五章《鲁迅前期进化论思想的演化》中展开。

第四，系统地阐释鲁迅前期进化论思想的问题，揭示其独特的价值意义。

　　本书认为进化论思想对鲁迅的影响是全方位的，进化论思想渗透进了鲁迅关于进化的哲学思考，关于社会文明、生命、伦理和历史的观念等诸多思想领域。鲁迅关于进化"变"之规律、"力"之作用的形上思想构成了他的进化哲学思想。鲁迅为解决中国文明进化的困局，在对人类文明进化过程进行整体性思考的基础上，极力呼吁通过实现个人的精神进化来重塑文明精神并推动文明进程，这构成了鲁迅关于社会文明的进化论的核心内容。鲁迅接受了物质不灭和能量守恒定律的物质"一元论"进化思想，认为人的一切权利中首要的是生存权，在获得生存的前提下才能追求发展。生命终有终点，如何在走向必然死亡的人生之旅中用生命内在的精神去克服恐惧，积极地发挥生命的能量去创造进步的空间，鲁迅自有他的思考与答案。鲁迅用"向死而生"的精神去追求生命的生存价值和意义，这即是鲁迅进化论中关于生命的思想。社会文明在很大程度上体现为社会伦理的进步，鲁迅希望用"诚与爱"的新伦理取代"瞒和骗"的旧伦理，倡导建立全新的伦理道德。鲁迅关于伦理的进化论思想核心是扶助幼者弱者、以人为本位的人道主义思想。鲁迅还以进化论为基础发展出了"中间物"的历史意识，他认为在进化的路上，一切都是中间物。鲁迅将过去、现在和未来熔铸于追求生命当下的丰满与本真中，又将"黑暗的闸门"看作新旧历史空间的过渡物，以肩住闸门的牺牲精神去换取新一代生存的空间，由此在时间和空间两个维度上形成了他以"历史中间物"意识为中心的进化历史思想。本书按照上述思路形成第六至八章的论述。

　　希望通过本书的研究能基本解决上述与鲁迅前期进化论思想密切相关的四个问题。将鲁迅的进化论思想作为研究主题在方法上属于个案研究，但对这一主题的研究能从特殊中见普遍、在微观中显宏观。鲁迅这一独特人物的出现是特殊时代的特殊产物，但他所思考的社会人生问题却具有普遍意义；鲁迅的进化论思想显现着他独有的特性，但又必然带着普遍的时代的烙印；鲁迅的思想虽然是带有个人性的，但对于我们每个人而言，又具有一般性的思想启发和经验借鉴的意义。

第二章
鲁迅前期进化论思想生成的历史背景

第一节　进化论在中国的传播

　　进化论是19世纪后半期以来西学东渐的许多思想中对中国社会产生影响最大的一种思想。进化论之传入中国，与两个重要因素是分不开的：一是外因，指伴随英、法、德等资本主义国家殖民扩张而开始的文化输出；二是内因，即谋求自强的中国有识之士对西方格致学等实学的有意识输入。外因在进化论传入的初期发挥了一定作用，最为主要的还是内因，它刺激并加快了进化论进入中国的步伐。

　　第一次鸦片战争时期是中国由封建社会变为半殖民地半封建社会的转折时期，与之相应，社会思潮发生了从鸦片战争之前的"经世致用"为主到之后"救亡图存"为重的大转变。"经世致用"代表着强调学问从书本转向实在人生，服务于社会，导向有利于社会治理、经济发展和实用方面的思想倾向，是对儒家皓首穷经的空疏治学方法的反拨；"救亡图存"则提出向西方学习技术科学的迫切需要。虽然两者之间实用的思想理念是一以贯之的，但"救亡图存"显然已经将学习西方的重要性和紧迫性提升到了民族兴亡的高度，"这一主张已经成为社会思潮中最重要的内容"[①]。怎样才能"救亡图存"，对这个问题的看法不同立场上的人各自主张也不一样，魏源的"师夷长技以制

[①] 蒋国保、余秉颐、陶清：《晚清哲学》，合肥：安徽人民出版社，2002年版，第29—30页。

夷"、冯桂芬的"采西学"①说、张之洞的"中体西用说"、康有为和梁启超的"维新变法"、孙中山的"共和革命"，都是不同途径的"救亡图存"，但共同的思想观念是不同程度地向西方学习，从军事器械制造、科学实用技术到政体形式变革、社会经济制度改革等各个方面学习西方的经验，以谋求民族的竞存和国家的自立自强。

进化论作为"隶属于生物学、植物学、动物学或地质学的一种'理论'或'学说'，或者说它是交叉地存在于这些学科之中的一种新学说"②和生物学、植物学、动物学、地质学等自然科学一起，在晚清时统统包含在格致学③的概念之下，"泰西各国学问，亦不一其途，举凡天文、地理、机器、历算，医、化、矿、重、光、热、声、电诸学，实试实验，确有把握，已不如空虚之谈。而自格致之学一出，包罗一切，举古人学问之芜杂一扫而空，直足合中外而一贯。……自有此学而凡兵、农、礼乐、刑政、教化，皆以格致为基"④。达尔文曾被介绍为"格致家"⑤。

格致学主要借助近代教育业、西学翻译业、报纸期刊等出版业的兴起而传播。近代办学制度始于1860年容闳提出的"建立近代学校"的主张。洋务派大量兴办外国语学堂、军事学堂和科技学堂等新式学堂⑥。在采西学、

---

① 1861年冯桂芬在《采西学议》中大力提倡广采西学，倡议在广东、上海设翻译公所，聘请西人教授外国语言文字，培养翻译人才，"由是而历算之术，而格致之理，而制器尚象之法，兼综条贯"，选择西学中重要的学问进行翻译介绍。"采西学"突破了魏源提倡向西方学习枪炮等武器装备制作技术的范畴，倡导全面学习西方。
② 王中江:《进化主义在中国》，北京：首都师范大学出版社，2002年版，第33页。
③ "格致"一词在晚清与科学内涵基本等同，冯桂芬最早使用"格致"一词来指代科学技术，他认为西方书籍"如算术、重学、视学、光学、化学等，皆得格物之理"。参见曲铁华、李娟:《中国近代科学教育史》，北京：人民教育出版社，2010年版，第18页。
④ 王韬主编:《格致书院课艺》（第1册），上海：富强斋书局石印本，1898年版，王佐才答卷。
⑤ 曲铁华、李娟:《中国近代科学教育史》，北京：人民教育出版社，2010年版，第19页。
⑥ 洋务派兴办的新式学堂主要有19世纪60年代的京师同文馆、广州同文馆、上海广方言馆和福建船政学堂；70年代的上海江南制造局操炮学堂、福州电气学堂；80年代的新疆俄文馆、台湾西学馆、珲春俄文书院、广东实学馆、天津水师学堂、天津武备学堂、广东黄埔鱼雷学堂、广东水陆师学堂、北京昆明湖水师学堂、天津电报学堂、上海电报学堂；90年代的湖北自强学堂、山东威海卫水师学堂、江南水师学堂、奉天旅顺口鱼雷学堂、山东烟台海军学堂、江南陆师学堂、湖北武备学堂、湖北算术学堂、天津西医学堂、上海关铁路学堂、南京铁路学堂、湖南湘乡东山精舍、南京储才学堂、湖北农务学堂、湖北工艺学堂。参见孙培青主编:《中国教育史》，上海：华东师范大学出版社，1992年版，第517—519页。

废科举、办实业教育等措施的推动下,中国参照西欧各国与日本的教育制度,于19世纪末20世纪初初步确立了近代办学制度。①新式学堂输入很多自然科学的新课程,包括化学、物理、生物、地理、天文、物理等。设置科学课程并实施相关教育,离不开教科书。新式学堂的教材基本是采用译本或由外国传教士编撰而成,这其中就有含进化论思想的格致学书籍被采纳为教科书。

1871年起,美国传教士玛高温(D. Mac Gowan,1814—1893)与清代学者华蘅芳合译出版了英国地质学家莱伊尔的《地学浅释》(1833年原版,1873年译本版②)。《地学浅释》传播甚广并多次再版,当时很多洋务派兴办的新式学校把它作为教科书,在知识分子中影响非常大③。梁启超在《读西学书法》中对《地学浅释》给予很高的评价:"人日居天地间而不知天地作何状,是谓大陋,故《谈天》、《地学浅释》二书不可不急读。二书原本固为博大精深之作,即译笔之雅洁,亦群书中所罕见也。"④《地学浅释》一书主旨是"论

---

① 朱丹琼:《科学个案研究与中国科学观的发展》,西安:陕西人民出版社,2005年版,第56页。
② 《地学浅释》今译《地质学原理》,原英文名为 Elements of Geology,根据王韬校录的《格致书院课艺》中所收课艺——孙维新的《泰西格致之学与近刻繙译诸书详略得失何者为最论》(1889年)——记载,此书从1871年(同治十年)已经开始刊行,经过两年,在1873年(同治十二年)出完,所以在严格意义上讲,《地质学原理》三卷本的翻译始于1871年,在1873年出齐。参见王中江:《进化主义在中国》,北京:首都师范大学出版社,2002年版,第35页。
③ 在1902年清政府颁布《钦定学堂章程》、1904年《奏定学堂章程》、1906年《优级师范选科章程》中地质学被正式列入各级学校教学内容,明确规定《地学浅释》作为铁路矿山等路矿学堂以及其他学校的地质教科书。章太炎、谭嗣同、康有为、梁启超、唐才常等都曾熟读该书,从中汲取了莱伊尔的进化论思想并获取变法革新的精神力量和思想武器。参见吴凤鸣:《一部西方译著〈地学浅释〉魅力——在晚清"维新""变法"中的影响和作用》,《国土资源》,2007年第9期。另据[美]浦嘉珉《中国与达尔文》:"有一部江南制造局翻译馆的出版物无疑影响了康有为对进步的思考,那就是侠雷儿《地学浅释》的1873年中译本。……这种曾经深深影响过达尔文的知识,无疑给康有为留下深刻的印象。"(钟永强译,南京:江苏人民出版社,2009年版,第27页)
④ 转引自熊月之:《西学东渐与晚清社会(修订版)》,北京:中国人民大学出版社,2010年版,第403—404页。

地体之层累、土石之性质、沧桑之变迁、物迹之种类,无不详备"①,"大旨以地球全体均为土石凝结而成,其定质虽为泥为沙为灰为炭,而皆谓之石类,均有逐渐推移之据。观地中生物之行迹,可知当时生长,既有水陆湖海之不同,又有冷热凝流之各异,故地层累不明,无从察金石之脉。是书透发至理,言浅事显,各有实得,且译笔雅致,堪称善本"②,该书从地质学角度论述了地球渐变的理论。《地学浅释》第13卷提到了"勒马克"(即拉马克)和"兑儿平"(即达尔文),"有勒马克者,言生物之种类,皆能渐变,可自此物变至彼物。亦有自此形变至彼形。此说人未信之。近又有兑儿平者,言生物能各择其所宜之地而生焉,其性情亦时能改变。此论亦未定,故两存之"③。

1873年《申报》第404号有《西博士新作〈人本〉一书》的介绍性文章刊载。文章将达尔文译作"大蕴",介绍达尔文的新作《人本》④一书的宗旨,"探其夫宇内之人,凡属性情血气,是否皆出于一本也"⑤,这是达尔文著作被介绍到中国的比较早的记录。1877年10月30日,驻英公使郭嵩焘在日记中记载"英人有名歪费尔达摩生者,遍历各洋,查考海道之深浅,水流之缓疾……乃就其行海所得,分别金石、虫鱼、沙草,集诸博求[?]考证其异同,与海水环流之势,及四时风色方向之异,俾勒为一书"⑥。根据以上两则史料,达尔文学说最初进入中国人的视野主要得益于提倡实学的思潮。《西博士新作〈人本〉一书》在推荐了达尔文《人本》一书之后发议论道"西人之用心实学于此,亦可见一斑矣"⑦,而郭嵩焘在日记中也感叹"此亦足见英人勤求学

---

① 王韬主编:《格致书院课艺》(第1册),上海:富强斋书局石印本,1898年版,孙维新答卷。
② 转引自熊月之:《西学东渐与晚清社会(修订版)》,北京:中国人民大学出版社,2010年版,第403页。
③ 王渝生、郭书春、刘钝编著:《科学巨星——世界著名科学家评传》丛书(6),西安:陕西人民教育出版社,1995年版,第231—232页。
④ 《人本》即《人类的由来及性选择》,1871年初版,1874年再版。1930年4月由马君武翻译为中文,译名为《人类原始及类择》。
⑤ 沈永宝、蔡兴水编:《进化论的影响力——达尔文在中国》,南昌:江西高校出版社,2009年版,第3页。
⑥ 同上,第4页。
⑦ 同上,第4页。

问之本矣"①,其中对英人治学严谨和学以致用精神的推重是一目了然的。

1873—1876年间,英国传教士韦廉臣(A. Williamson,1829—1890)撰写的《格物探原》先后连载于1873年1月9日至1874年4月4日的《中国教会新报》第220期至280期上和1874年9月5日至1876年4月15日由《教会新报》更名后的《万国公报》②第301卷至383卷上。《格物探原》中《论地质》一节中论述道:"太初地球,本一火球耳。类如镕金,在冶后,球面凝冷成壳,壳即为石,壳上有水,后乃迸裂,再凝而为石,其时水加多,如此者屡矣,乃所以成世界各种石类。"③其中已经有清晰的地球演变和地层累积形成的观念。1877年,在华新教传教士在上海举行第一次大会,议决成立益智书会,负责编写教科书,供全国教会学校使用。韦廉臣被委为益智书会秘书。1884年,他在英国组织苏格兰同文书会,进行募捐活动,所捐钱款购置印刷机器,在上海设厂印刷书籍。1887年11月,韦廉臣、赫德、林乐知、慕维廉等人在上海创立当时中国最大的现代出版机构同文书会(后改名广学会),除出版宣传基督教义的书刊外,主要还出版《万国公报》和翻译出版西方政治、科学、史地书籍,为进化思想通过报纸进行广泛传播提供了重要的媒介。

1877年,英国传教士傅兰雅(J. Fryer,1839—1928)主办《格致汇编》④,其上刊载的《混浊说》一文,阐述了动物由虫、鱼、鸟、兽、猿到人的进化路线,

---

① 郭嵩焘撰,梁小进主编:《郭嵩焘全集》(十),长沙:岳麓书社,2018年版,第342页。
② 《万国公报》前身为《中国教会新报》,由美国传教士林乐知(Young John Allen)主编。《中国教会新报》1868年9月创刊于上海,自1874年第301卷起更名为《万国公报》,出至第750卷后曾一度停刊,1889年复刊后成为英美传教士在华最大出版机构"广学会"的机关报,1907年年底终刊。该报是西方传教士在华创办的时间跨度最长、最具影响力的刊物。
③ [英]韦廉臣:《格物探原》,张洪彬校注,广州:南方日报出版社,2018年版,第255页。
④ 由格致书院董事会创始董事英国人傅兰雅于1876年创办。1876年1月1日,傅兰雅在《万国公报》上刊登的创刊声明中确立了"将西国格致之学广行于中华"的办刊宗旨。《格致汇编》是最早以传播近代科学技术知识为宗旨的中文科学杂志,1878年1月,在发行两年共24卷之后,《格致汇编》暂停出版。此后,由于种种原因,《格致汇编》又经历了多次复刊与停刊,最终停刊时间为1892年,共出60卷,其中前四年(1876—1877年,1880—1881年)按月出版,共48卷,后三年(1890—1892年)按季出版,共出12卷。《格致汇编》每期发行量最初为3000册,后增至4000册,代销点遍布中国各地,影响颇大。

提出了"人猿同祖论"的进化思想,"西国人士近来多稽考人类之原始初生何处,原由何法所成,及地球自生人以来历有几何年岁等事……又云初有之动物,皆甚简便,后始逐渐由简而繁也。即初有者为虫类,后渐有鱼与鸟兽,中最灵者为大猿,猿渐化为人。是人盖从贱而贵、从简而繁也。此固理明说通,可以入信矣"①。鲁迅对《格致汇编》不陌生,1899年他在矿路学堂时使用的教科书中有一种《化学卫生论》。该书分32章,1879年傅兰雅和琴隐词人合译该书首篇,第二年傅兰雅又同自己的助手栾学谦译完余下部分,主要阐述了生理活动中的化学原理以及物质守恒定律。②初译本分期刊载于1880—1882年的《格致汇编》上,格致书室、广学会、江南制造局曾多次发行单行本。

1881年,美国传教士丁韪良(William Martin,1827—1916)撰写并出版了《西方考略》一书。1883年,丁韪良担任北京同文馆总教习期间,在同文馆作了相关报告,经同文馆学员贵荣和时雨化翻译整理后于1884年出版,题为《西学考略》。书中拉马克和达尔文分别以"赖摩"和"达尔温"的译名出现:"法国有赖摩者,又创新说,谓动、植各物均出于一脉,并非亘古不易。太初之世,天地既分,生物始出,如水中虫蚤。其初或一类,或数类,后年代渐远,变形体分肢脉,生足而行陆地,生翼而飞青空,又越千万代,兽之直立者(如猩猩之类)渐通灵性,化而为人。此说当时鲜有信之者,皆谓动植各物无不各从其类,不变不易。必是大造有命,而各陡然而出,生生不息。至人则搏土而成,形灵并出,为万物之灵,超万物之上。若谓人类以猩猩为宗,万无是理(此旧说也,意固宏美,其于新说有别者,在陡渐之分。无论人、物,或突然俱出,或经万劫次第而出,皆凭大造之命而成也)。四十年前,有英国医士达尔温……乃举赖氏之说而重申之。伊云:各类之所以变形者,其故有三。一在地势……盖太古之时,地多水,其生物水陆皆宜,后水陆分界,陆地禽兽始出。……由动、植物万类,而追溯生人之始,皆不外乎密探造化之踪迹。

---

① [英]傅兰雅:《混沌说》,《格致汇编》(第七卷),上海:上海格致书室,1877年,第6页。
② 赵中亚:《〈格致汇编〉与中国近代科学的启蒙》,上海:复旦大学博士学位论文,2009年,第84页。

盖天地之生物,皆次第经营而成,实有聪明智慧而为万物之主宰也。"①该书介绍了拉马克、达尔文学说,阐述了物种起源一元论的进化思想,同时又宣称万物皆凭大造之命而成,其思想还未脱造物主造物之说。

除上述与进化论有关的史实外,据浦嘉珉的专著《中国与达尔文》,1877年、1884年和1891年出版的其他传教士出版物也提到达尔文②。诚如浦嘉珉所总结的,在中国现身的进化论学说都非常简略,"没有人提及其学说的最重要的概念——'生存斗争'"③。第一个将进化论与"生存斗争"联系起来的是严复,严复被公认是在中国介绍达尔文的第一人。在众所周知的进化论代表作《天演论》出版之前,早在1895年,严复就在《原强》中将达尔文和斯宾塞(严复译为锡彭塞)同"争存"、"保种"联系在一起介绍给了国人。

在《原强》中,严复认为进化论是"西人所孜孜勤求,近之可以保身治生,远之可以利民经国"④的大事之一。他介绍达尔文时,称达尔文是"英国讲动植物之学者",他将达尔文的《物种起源》译为《物类宗衍》,并陈述该书的大旨谓:"物类之繁,始于一本。其日纷日异,大抵牵天系地与凡所处事势之殊,遂至阔绝相悬,几于不可复一。然此皆后天之事,因夫自然,而驯致若此者也。"⑤严复在这里点出了达尔文进化论在生物学上的重要意义,紧接着指出达尔文书中"独二篇为尤著","其一篇曰《争自存》,其一篇曰《遗宜种》"。他进一步阐述说"所谓争自存者,谓民物之于世也,樊然并生,同享天地自然之利。与接为构,民民物物,各争有以自存。其始也,种与种争,及其成群成国,则群与群争,国与国争。而弱者当为强肉,愚者当为智役焉"⑥。这就把原来适用于生物的物种竞争和自然选择扩大到人类社会,人类种群与国家等也都在争存之列,弱肉强食成为社会公理。严复在将达尔文进化论引入

---

① [美]丁韪良:《西学考略》(卷下),光绪癸未孟夏京师同文馆聚珍版,1883年,第64页。
② [美]浦嘉珉:《中国与达尔文》,钟永强译,南京:江苏人民出版社,2009年版,第5页。
③ 同上,第5页。
④ 王栻主编:《严复集》(第一册),北京:中华书局,1986年版,第5页。
⑤ 同上,第5页。
⑥ 同上,第5页。

人类社会进行讨论的同时,介绍了斯宾塞的"群学"理论,认为斯宾塞的理论对于阐述"一国盛衰强弱之故,民德醇漓翕散之由"①的人伦之争极为有效。

《原强》发表于 1895 年 3 月 4 日至 9 日的天津《直报》上,距离清政府甲午战败与日本签订耻辱的《马关条约》②仅一个月有余。同一时期,严复在《直报》上还先后发表了《论世变之亟》《辟韩》《原强续篇》《救亡决论》③等多篇文章,痛陈中国已经到了亡国灭种的生死关头,国人必须意识到"争存"、"保种"的重要性,并开出"今日要政,统于三端:一曰鼓民力,二曰开民智,三曰新民德"④的药方,期盼通过变法自强使中国走上自由富强之路。清政府在甲午海战中败给"蕞尔小国"日本的结果给严复等中国知识分子心理上带来的震惊、愤怒和屈辱是极大的。面对中国面临的前所未有的危机,严复在痛心之余,思考得更多的是中国如何才能变得强大和如何才能度过危机等问题。他对达尔文和斯宾塞进化论的介绍、陈述是以回答上述问题为前提的。

进化论正式登陆中国以 1898 年严复出版《天演论》为标志,鲁迅就曾说过:"进化学说之于中国,输入是颇早的,远在严复的译述赫胥黎《天演论》。"⑤以严复为开端,进化论被自觉或有意识地解释为一种社会学理论。作为思考社会政治问题理论工具的进化论与作为"事事求其实际,滴滴归其本源"的格致学之一种的进化论发生了合流。至此,在 19 世纪 90 年代,思想形态的进化论正式以一种社会思潮的面目进入中国,并深刻影响

---

① 王栻主编:《严复集》(第一册),北京:中华书局,1986 年版,第 6 页。
② 《马关条约》签订于 1895 年 4 月 17 日(光绪二十一年三月二十三日),《马关条约》的签署标志着甲午中日战争的结束。根据条约规定,中国割让辽东半岛(后因三国干涉还辽而未能得逞)、台湾岛及其附属各岛屿、澎湖列岛给日本,赔偿日本 2 亿两白银。中国还增开沙市、重庆、苏州、杭州为商埠,并允许日本在中国的通商口岸投资办厂。
③ 《论世变之亟》发表于 1895 年 2 月 4 日至 5 日,《原强》发表于 1895 年 3 月 4 日至 9 日,《辟韩》发表于 1895 年 3 月 13 日至 14 日,《原强续篇》发表于 1895 年 3 月 29 日,《救亡决论》发表于 1895 年 5 月 1 日至 8 日,均在签订《马关条约》前后。
④ 王栻主编:《严复集》(第一册),北京:中华书局,1986 年版,第 29 页。
⑤ 鲁迅:《二心集·〈进化和退化〉小引》,《鲁迅全集》(第四卷),北京:人民文学出版社,2005 年版,第 255 页。

了中国的政治、经济和社会变革的进程,也深刻影响了鲁迅等第二代中国知识分子①的思想和观念。

第二节　进化论在日本的传播

作为后发国家,日本的近代化是学习西方走上资本主义道路的近代化。这期间,社会进化论源源不断地传入日本并发挥了重要作用。晚清大批留学生东渡日本留学,他们希望以日本为媒介快速地学习西方先进科学技术,"在清末,学界曾普遍地使用'东学'一词来指称日本的思想学术"②。梁启超曾在《东籍月旦》中谈及东学的优缺点,并将东学与西学进行了比较,他一方面强调了通过学习西方语言引进西学的难度大,另一方面又在承认东学不如西学的基础上仍然认为经由东学来掌握西学是一种学习西学的有效的"急就之法"。梁启超说:

> 我中国英文英语之见重,既数十年,学而通之者,不下数千辈。而除严又陵外,曾无一人能以其学术思想输入于中国。此非特由其中学之缺乏而已,得毋西学亦有未足者耶?直至通商数十年后之今日,而此事尚不得不有待于读东籍之人,是中国之不幸也。然犹有东籍以为之前驱,使今之治东学者得以干前此治西学者之盅,是又不幸中之幸也。
>
> 东学之不如西学,夫人而知矣,何也?东之有学,无一不从西来也。……然概计我学界现在之结果,治西学者之收效,转若不能及治东

---

① 冯雪峰在《回忆鲁迅》中说,鲁迅晚年有一个以"四代知识分子"为题材的长篇小说创作计划。所谓"四代知识分子",第一代是章太炎、康有为、梁启超那一辈;第二代是鲁迅自己这一辈;第三代和第四代则是瞿秋白那一辈和比瞿秋白稍后的一辈。参见冯雪峰:《回忆鲁迅》,鲁迅博物馆、鲁迅研究室、《鲁迅研究月刊》选编:《鲁迅回忆录　专著》(中册),北京:北京出版社,1999 年版,第 679 页。

② 郑匡民:《梁启超启蒙思想的东学背景》,成都:四川人民出版社,2020 年版,第 2 页。

学者何也？其故有二：（一）由治西学者大率幼而治学，于本国之学问，一无所知，甚者或并文字而不解；且其见识未定，不能知所别择。其初学之本心，固已非欲求学理、为通儒矣。……（二）由欲读西文政治、经济、哲学等书，而一一诠解之，最速非五六年之功不能。……若治东学者，苟于中国文学既已深通，则以一年之功，可以尽读其书而无隔阂；即高等专门诸科，苟好学深思者，亦常不待求师而能识其崖略。故其效甚速也。然则以求学之正格论之，必当于西而不于东，而急就之法，东固有未可厚非者矣。①

梁启超的观点代表了急于通过日本这座桥梁掌握西方先进政治、经济、社会、科学技术等学问的一部分知识分子的迫切心理。梁启超的立论根据在于"东之有学，无一不从西来也"，当时的日本的确积极奉行全面学习西方的文明开化路线。明治时期日本接受和传播的西方进化论，是近代中国进化论思想的重要来源。刘柏青就曾指出中国"进化论思想的来源，又不只是赫胥黎和严复，同时也有日本的进化论"②。近代启蒙思想家康有为早年曾刻意寻购日本出版的书籍编成了《日本书目志》15卷（上海大同译书局，1897年），在该书"生物学部类"里就收有好几部日译进化论的书目，如摩斯述石川千代松译的《动物进化论》，赫胥黎著、伊泽修二译的《进化原论》，石川千代松著的《进化新论》，海格尔著、山县悌三郎译补的《进化要论》和城泉太郎著的《通俗进化论》等。③

1868年诞生的日本明治政权一方面在国内强制实现了资本主义的原始积累，另一方面在国际消解了欧美西方列强所试图强加给日本的殖民地化或半殖民地化的民族危机，成功维护了日本的独立主权。明治政府大力推行自上而下的"殖产兴业、富国强兵、文明开化"的国策，为开启日本明治

---

① 夏晓虹编：《梁启超文选》（下卷），福州：福建教育出版社，2020年版，第290—291页。
② 刘柏青：《鲁迅与日本文学》，长春：吉林大学出版社，1985年版，第48—49页。
③ 潘世圣：《鲁迅的思想构筑与明治日本思想文化界流行走向的结构关系——关于日本留学期鲁迅思想形态形成的考察之一》，《鲁迅研究月刊》，2002年第4期。

最初十多年的启蒙期[①]奠定了基础。1873年(明治六年),日本重要的启蒙学术团体"明六社"成立,西村茂树、津田真道、西周、中村正直、加藤弘之、箕作秋坪、福泽谕吉、杉亨二、箕作麟祥、森有礼等启蒙思想家中的代表人物几乎全部加入。这些思想家通过他们的译著在日本广泛介绍和传播19世纪在欧洲占统治地位的孔德、穆勒、斯宾塞、卢梭等思想,确立了"天赋人权"和"四民平等"的思想,为随之而来的"自由民权"运动提供了理论上的准备和思想上的启蒙。1874年起围绕着建立"民选议院"的问题,集结在"明六社"周围的启蒙思想家们发生了激烈的论战并分裂成不同的思想阵营。正是在这场声势浩大的论战中,进化论作为一种思想武器被用来作为论战的工具,反对和赞成的双方从各自立场及论战需求出发,均对进化论进行了阐释发扬,从而对日本思想界和日本社会的走向产生了重大的影响。

首先,我们来谈谈设立"民选议院"的反对派是如何宣传和利用进化论维护自己的政治立场的。启蒙思想家们在"民选议院"建立问题上发生分歧,其核心并不在于要不要设立民选议院,而是在于在什么时机设立民选议院。以加藤弘之(1836—1916)为首的反对派站在愚民观的立场上,主张"时机尚早"论。在论争中,他最先表明立场,其意见在他的文章《设立民选议院之疑问》中阐述如下:"欲使我国开化未全的人民全体参议天下大事,而采其公议,以制定天下的制度——宪法",这"恐怕是等于缘木求鱼,……政府要想振兴人民敢为的风气,使它了解分任天下的义务","绝不是仅仅从设立议院就可以达到的,这只有通过逐渐兴办学校,教育人才,方能达到,……政府要大公无私,自己限制自己的权力,务使人民之意见得到伸张,洞开言路,奖

[①] 有观点认为:在这个时期,"国权"主义倾向与"民权"主义倾向还未曾作为权力斗争的对立物分化开来,广泛地在全国民的基础上未分化地结合在一起。这种"由上而下"的地主—资产阶级的改良主义倾向,与"自下而上"的农民—人民大众的革命民主主义倾向的未分化的结合,从世界史上来看,或多或少属于所谓"启蒙期"的特征。参见[日]近代日本思想史研究会:《近代日本思想史》(第一卷),马采译,北京:商务印书馆,1983年版,第31页。

励教育,使我国迅速达到文明开化"①。加藤弘之是日本著名的德国研究家,他曾于1868年翻译出版了布伦采里(J. Bluntschli,1808—1881)的《国法泛论》(Allgemeines Statsrecht),介绍德国立宪君主制度,传播德国的国家主义思想。加藤弘之站在"国家至上"的德国近代化立场上,否定"自由民权"运动的理论基础"天赋人权"和"四民平等"思想,将进化论思想泛化成为国家之间优胜劣败、适者生存的社会达尔文主义,极力在压制"民权论"的基础上鼓吹"国权论"。1877年,加藤弘之在东京帝国大学创立时任首任总理。在他的主张和推广下,东京大学迅速成为进化论传播的摇篮。

1877年6月17日,美国动物学家莫斯(E. Morse,1838—1925)受当时东京大学文学部教授外山正一②的邀请,赴日就任东京大学理学部动物学教授。莫斯在美时从事腕足类动物化石的研究,逐渐接受达尔文进化论,并成为进化论在美国的有力宣传者。矶野直秀记录了莫斯在日本传播进化论的情况:莫斯在同年9月24日举行首次公开讲座,向听众介绍了达尔文的生物进化论。从10月开始,又分三次举行特别演讲宣传进化论学说,听众包括学校全体学生、部分教授及其家属。这三次演讲也向一般公众开放,《邮便报知新闻》10月15日、20日号,《东京日日新闻》15、16日号都分别登载了广告。莫斯曾回忆当时的情景说:"1877年10月6日,星期六。今晚我在大学讲堂举行了关于进化论三讲的第一讲。……听众们看起来都饶有兴味,我在介绍达尔文的学说时也没有遭遇在美国时常经历的那种与宗教偏见者的冲突。……一位日本教授对我说,在日本介绍达尔文的学说和进化论的讲座,这还是第一次。"③1878年莫斯第二次赴日期间,参与了有福泽谕

---

① [日]近代日本思想研究会:《近代日本思想史》(第一卷),马采译,北京:商务印书馆,1983年版,第51页。
② 外山正一是日本较早对进化论发生兴趣的人。外山1872年起留学美国4年,在密歇根大学研究自然科学和哲学,接触到了斯宾塞理论中的进化论,并因此机缘认识了美国动物学家莫斯。参见李冬君:"'进化论'登陆明治日本",《经济观察报》,2019年4月2日。
③ 转引自葛奇蹊:《明治时期日本进化论思想研究》,北京:东方出版社,2016年版,第55页。

吉、西周、加藤弘之等人在座的"江木学校讲谈会",进一步加大了对进化论的宣传力度。① 此外,莫斯在东京大学每周日有一场"科外通俗演讲",他用英语演讲"动物进化论",预备科学生石川千代松负责笔录,与同学平沼淑郎共同翻译了这一笔录手稿。手稿于1883年以《动物进化论》为名出版,是日本第一部关于动物进化论的著作。东京大学生物学科植物学教授矢田部良夫②为此书作序,他在序中说:"达尔文氏关于生物原种论,自出世以来,风靡西方,讲究生存竞争、适者生存之理,欧美勿论,我邦学士中,信其论旨者也至多。……盖达尔文氏所论,仅仅针对动植物最初简单之原形、所呈现渐次进化的过程。更何况今日人类之繁杂绝非动植物的简单状态,由于风土气候之异同、生物种类之强弱等也会随地理之变迁而改变。因此,人类之增减、邦国之兴废,甚至不同文明的上进与衰退等,尽悉关乎进化深邃之理。故而进化论其原旨至大至正,荣获了学士社会中未曾有过的尊崇,是不奇怪的。"③矢田部良夫阐述了达尔文进化论研究的是关于动植物的变迁之理,同时他又认为进化论不只限定于生物学范畴,进化论与国家兴衰、社会文明进退均密切相关,因而是"至大至正"之理。

1880年莫斯介绍美国人菲诺罗莎(E. Fenollosa,1853—1908)④到东京大学担任哲学科教师,在讲授黑格尔哲学的同时,这位美籍教师还宣传斯宾塞的社会达尔文主义。由于上述人等的大力宣扬,社会达尔文主义成为在

---

① 参见葛奇蹊:《明治时期日本进化论思想研究》,北京:东方出版社,2016年版,第55—56页。
② 矢田部良夫与外山正一同时留学美国,在康奈尔大学学习,回国后主要根据赫胥黎学说提倡进化论。参见[日]近代日本思想史研究会:《近代日本思想史》(第一卷),马采译,北京:商务印书馆,1983年版,第155页。
③ 李冬君:《"进化论"登陆明治日本》,《经济观察报》,2019年4月2日。
④ 菲诺罗莎,一译费诺罗萨,毕业于哈佛大学,1878年经莫斯和母校校长埃利奥特推荐,作为外国人教师被聘请到东京大学,到1886年为止一直担任东京大学教授,主讲哲学、政治学和理财学。他在哈佛大学学习期间深受斯宾塞的影响,他在东京大学讲授政治学主要依据斯宾塞的《社会学原理》,他在东京大学的讲学促进了斯宾塞进化论思想在日本的进一步流行。参见葛奇蹊:《明治时期日本进化论思想研究》,北京:东方出版社,2016年版,第58页。

第二章　鲁迅前期进化论思想生成的历史背景

日本广为传播的进化论思想,"进化这个名词好像长上了翅膀,飞遍整个日本,留心新知识的人常常开口进化,闭口进化,好像只要谈进化,任何问题都可以解决似的"①。

以东京大学为中心,外山正一、矢田部良夫等东京大学教授齐力推动进化论的传播。由他们创刊的《东洋学艺杂志》②继《明六社杂志》之后,集合了东大始创时期的著名学者以及当时的日本精英,获得了东京大学文学部长外山正一、理学部长菊池大麓、理学部教授矢田部良夫、理学部讲师樱井锭二、大学预备科长杉浦重刚、文学士井上哲次郎、三部总理加藤弘之的支持。此外,中村正直、有贺长雄、三宅雄二郎、井上圆了、岗仓天心等也是该刊的重要作者,《东洋学艺杂志》成为当时宣传进化论的重要阵地。1881 年,加藤弘之在《东洋学艺杂志》的创刊号上发表《论人为淘汰而得人才之术》一文,1882 年,他又以社论的形式发表《论自然淘汰法以及如何将该法涉及人类》一文,文章题目使用了"人为淘汰"和"自然淘汰"的词语。"自然淘汰"与"人为淘汰"作为社会进化论的重要原则成为日本社会进化论的主流思潮。作为其学说的总结,1882 年加藤弘之发表了著名的《人权新说》,宣布其思想从前期"天赋人权"的立场转向支持优胜劣汰、适者生存的社会进化论,全面宣传以进化论为原则的实力权利论和国家有机体说。③

据王中江统计,从 19 世纪末到 20 世纪初,中国翻译的日本进化论书籍主要有:《物竞论》,加藤弘之著,杨荫杭译,东京译书汇编发行所,1901 年;《加藤弘之演讲集》,加藤弘之著,作新社译,作新社,1902 年;《天则百话》,加藤弘之著,吴建常译,广智书局,1902 年;《人权新说》,加藤弘之著,陈尚

---

① [日]近代日本思想史研究会:《近代日本思想史》(第一卷),马采译,北京:商务印书馆,1983 年版,第 118 页。
② 《东洋学艺杂志》是仿效英国 Nature 杂志于 1881 年开始发行的月刊,该杂志由东洋学艺社出版,1885 年之后开始成为东京大学的机关杂志。
③ 加藤弘之在《自然与伦理》一书中明确表达了写《人权新说》的目的,"在我四十七岁那年(明治 15 年)写了《人权新说》这本小册子,从新依据进化主义,阐明我们的权利决不是由于天赋,而是完全在国家生存上逐渐进化发展起来的"。参见[日]近代日本思想史研究会:《近代日本思想史》(第一卷),马采译,北京:商务印书馆,1983 年版,第 111 页。

素译,开明书店,1903年;《道德法律进化之理》,加藤弘之著,金寿庚等译,广智书局,1903年;《政教进化论》,加藤弘之著,杨廷栋译,广智书局,1911年前;《社会进化论》,有贺长雄著,麦鼎华译,广智书局,1903年;《族制进化论》,有贺长雄著,译者不详,广智书局,1902年;《进化新论》,石川千代松,译者不详,年代不详。①上述书目的著者都是东京大学的学者,其中加藤弘之当之无愧地是日本宣传社会进化论思想的最为主要的代表人物。鲁迅对日本的进化论思想也不陌生,1902年3月他曾购读加藤弘之的《物竞论》②。而石川千代松的《进化新论》被日本学者中岛长文考证出是鲁迅撰写《人之历史》一文的重要材源之一,《人之历史》的另一个重要材源是日本学者丘浅次郎的《进化论讲话》③。

其次,设立"民选议院"的赞成派也以进化论为依据,作了适合自己立场的理论阐释。1874年1月赞成派提出设立民选议院的建议,以"天赋人权说"为根据,表达了"开展天下之公论,制定人民之参政权利"的人民参政议政的愿望,明确提出"今天我政府应以设立民选议院为目的,使我人民得以养成敢为的风气,明白分任天下的义务,参与天下之事,以达到全国一心。政府之所以强,是由于天下人民皆能同心。……现在设立民选议院,就是为了政府与人民之间能够相互了解,合成一体。这样,国家才可以强,政府才可以强"的自由民权主义。④1882年10月至1883年3月,以加藤弘之出版《人权新说》为导火索,自由民权派与以加藤弘之为首的反对派围绕"主权和人权、国家和个人"的优先问题展开了激烈的思想论争。如前文所述,加藤弘之放弃了早年在《邻草》《立宪政体论》《真政大意》《国体新论》等著作中主

---

① 王中江:《进化主义在中国》,北京:首都师范大学出版社,2002年版,第57页。
② 鲁迅博物馆、鲁迅研究室编:《鲁迅年谱长编(第一卷)(1881—1921)》,郑州:河南文艺出版社,2012年版,第74页。
③ [日]中岛长文:《蓝本〈人之历史〉》,陈福康节译,北京鲁迅博物馆、鲁迅研究室编:《鲁迅研究资料》(12),天津:天津人民出版社,1983年版,第311页。需要特别指出的是:根据中岛长文的观点,鲁迅所依据的《进化论讲话》不是中译本,而是1904年东京开成馆发行的《进化论讲话》初版本。
④ [日]板垣退助:《自由党史》(第1册),东京:青木书店,1955年版,第130—131页。

第二章　鲁迅前期进化论思想生成的历史背景

张的天赋人权观,转而向自由民权论思想发起正面挑战。从《人权新说》三个章节的名称《第一章　论天赋人权出于妄想的理由》《第二章　论权利的发生和增进》《第三章　论谋求权利增进所应注意之点》就能清晰地看出该书的思想逻辑,那就是"天赋人权说"不可信,权利由优胜劣败的竞争来决定,应积极谋求日本国家权利的增进。加藤弘之以"我不得不希望今天的民权论者力求避免急躁过激,养成扎实敦厚的风气,真正能够成为社会的优者,永远充当皇室的羽翼"为结束语完成了《人权新说》的全书,毫不讳言其政治立场的保守和渐进,他号召尊奉天皇专制君主的绝对权力,摒弃天赋自然人权的理念,体现了期望在专制政府带领下增进日本国家权利并进而以强者的姿态出现在东亚的野心。

加藤的挑战引发了自由民权派的猛烈反击。1882年11月起,《邮便报知新闻》《东京横滨每日新闻》《东京经济杂志》《朝野新闻》等报刊刊登了很多反驳性的文章,自由民权派思想家矢野文雄(1851—1931)、植木枝盛(1857—1892)、马场辰猪(1850—1888)等还撰写专著予以专门回应批判,矢野文雄撰写《人权新说驳论》(1882年12月出版)、植木枝盛撰写《天赋人权辩》(1883年1月出版)、马场辰猪撰写《天赋人权论》(1883年1月出版)。他们指出了加藤把生物界的进化法则机械地应用到人类社会的错误,质问加藤:"既然把他的进化主义应用到社会,那末,为什么不彻底贯彻这个观点而倒退到'保守和渐进'去呢?如果从进化主义的原理来说,现在不正是扩张日本人民的权利的时候吗?……进化说是应该适应于倡导改进方面的……反被保守思想家所倡导,不是一件大怪事吗?"[①]从自由民权派质问加藤弘之的言论中,我们不难发现这些思想家对进化论也并不陌生,他们恰恰是用对进化论的不同阐释来反驳加藤弘之建立在进化论基础上的"国权论"谬误的。

与东京大学那些所谓的进化论学院派相同,自由民权派进化论的理论

[①] [日]近代日本思想史研究会:《近代日本思想史》(第一卷),马采译,北京:商务印书馆,1983年版,第117页。

源头之一也是斯宾塞的学说。斯宾塞的思想体系十分繁杂。一方面，斯宾塞的学说有进化论、有机体说、目的论等内容，加藤弘之等人接受了斯宾塞这部分理论，认为国家与自然存在的生命体一样都是有机体，是个体生命体的有机集合。斯宾塞虽然认为国家只不过是恶的伴随物，国家最终将随恶的消除而消亡，但他同时认为在人类社会发展的现阶段，国家是必不可少的。因而，在人类生命有机体发展的现阶段，个体必须放弃自然人权而将权力让渡给国家，国家优先于个人拥有生存、进步的权利，国家意志应成为人类集合体行动的最高准则。加藤以国家主义来否认个人自然人权，以国权论来反对天赋人权说，"从学理上为日本保守的近代化国家体制提供合理性解释"[1]，那就是："在人类社会所发生的一切生存竞争中，为强者之权利而进行的竞争是最多而又最激烈的，而且这种竞争不只为了增大我们的权利自由，而又为促进人类社会的进步发展所必需"[2]。另一方面，斯宾塞的理论以反对英国功利主义为旨归，斯宾塞认为边沁的"最大多数人之最大幸福"(the greatest happiness of greatest numbers)的原则是错误的，自由平等才是理想的社会伦理标准。在《社会平权论》中，斯宾塞坚持认为："天欲人类幸福，而人类的幸福只有通过官能的作用才能得到，因此天欲人类作用其官能。而欲作用其官能，则不可缺少的是使人类发挥本性的作一切事情的自由。因此天欲人类有自由，故人类有自由之权利。"[3]照斯宾塞此处的思想看来，他赞成"人拥有自由幸福的权力，而这个权力是自然获得"的观念，自由民权派吸收的正是斯宾塞的这部分自由主义的思想，正如植木枝盛在《贫民论》中所说的："人类的目的在于幸福，在于拥有实现幸福的自由，既然幸福是人类的目的，人类就必须追求最大的幸福，享有最大的幸福必须首先实现同权。"[4]

---

[1] 葛奇蹊：《明治时期日本进化论思想研究》，北京：东方出版社，2016年版，第93页。
[2] [日]近代日本思想史研究会：《近代日本思想史》(第一卷)，马采译，北京：商务印书馆，1983年版，第114页。
[3] 同上，第85页。
[4] [日]植木枝盛：《贫民论》，《植木枝盛集》(第4卷)，东京：岩波书店，1990年版，第129页。

植木枝盛曾大量阅读斯宾塞的著作并了解其思想。据自由民权政治团体"立志社"的同人回忆,植木枝盛在自由民权运动时期最喜欢阅读的书籍是松岛刚翻译的斯宾塞的《社会平权论》(*Social Statics*)、铃木义宗翻译的斯宾塞的《代议政体论》(*Representative Government*)[①]。马场辰猪曾于1884年为杉本清寿、西村玄道翻译的斯宾塞的《万物进化要论》(*First Principles*)作序,在序言中他对斯宾塞及其进化论推崇备至,将斯宾塞看作古今众多哲学家中学问最渊博、理论最特出的哲学家,甚至超过了柏拉图、亚里士多德、康德、黑格尔、达尔文等人,他指出斯宾塞的进化论是最令人服膺的理论,"今西村、杉本二氏译此进化论公之于世,此乃不解欧文者之大幸。予相信,打破我国两千余年来腐儒俗士之妄想,开辟明治开明之天地,实现国运之隆昌盛大者非此进化论不可"[②]。马场辰猪从自由民权的角度来理解斯宾塞的社会有机学说,得出了与加藤弘之完全相反的结论:"管辖社会机关的感觉就像管辖动物体内机关的感觉集合在脑髓一样,具有向某一局部集合的倾向,但社会不同。在社会中,管辖机关的思想感觉是分布在社会各处的。……社会的目的在于人类而非社会本身。本来吾人组建此社会不是让人类为社会服务,而是人类为了享有天禀的自由才组建社会。"[③]

除了上述两种进化论思潮之外,在日本社会还流行过以尼采主义为代表的个人主义进化论,以中江正民、堺利彦等为首的社会主义者秉持的进化论等思想,我们将在第四章的第三节对尼采的"超人说"进行详细阐述,此处不论。如上,我们看到了一个有趣的历史现象,不同政治立场的思想家们对相同的思想资源作了完全相反的解释发挥。可见,对于进化论这一外来的思想工具,日本思想界采用的做法是将之从不同角度进行阐释以适应本国国情,也即将进化论进行本土化处理,为本国各个政治派别的理论和现实需求服务。但历史表明,自由民权运动未能扭转日本这列行驶在国家主义轨

---

① [日]家永三郎编:《植木枝盛选集》,东京:岩波书店,1974年版,第304页。
② [日]马场辰猪:《马场辰猪全集》(第2卷),东京:岩波书店,1988年版,第538—539页。
③ 同上,第22页。

道上的列车的方向,"日本19世纪70年代自由民权运动愈是用卢梭等人的自由主义攻击政府,愈是促进日本倾向于保守的德国哲学与德国国家主义学说"①,日本在对内巩固专制政权、对外侵略扩张的道路上不断滑向军国主义的深渊。

---

① 盛邦和:《亚洲认识:中国与日本近现代思想史学研究》,上海:上海人民出版社,2019年版,第139页。

第三章
鲁迅前期进化论思想的谱系（一）

在上一章中，我们已经将进化论在中国和日本传播的情况作了详细阐述，不论在中国还是在日本，进化论已经是一种广为人知的思想，鲁迅与进化论的相遇是必然的。

1898年5月，鲁迅离开家乡绍兴走上了"走异路，逃异地，去寻求别样的人们"①的人生之路。在"学洋务"的路上，鲁迅前后将学籍列入江南水师学堂、南京路矿学堂、日本东京弘文学院、日本仙台医学专门学校、日本东京独逸语学会所设的德语学校等学校，学习的专业也由管轮、开矿、医学，直至放弃医学专治文学。鲁迅在江南水师学堂和南京路矿学堂学习了格致学、矿学、地质学、化学、熔炼学、测算学、绘图学等，他在《朝花夕拾·琐记》中回忆在南京学习时期，江南水师学堂读书的高年级学生"上讲堂时挟着一堆厚而且大的洋书，气昂昂地走着"，在南京路矿学堂时除学德文外，"此外还有所谓格致，地学，金石学，……都非常新鲜。但是还得声明：后两项，就是现在之所谓地质学和矿物学，并非讲舆地和钟鼎碑版的"。②他还回忆说：路矿学堂的总办俞明震思想比较开明，喜欢看《时务报》，学堂里还设立了一个阅报处，有《时务报》③，还

---

① 鲁迅：《呐喊·自序》，《鲁迅全集》（第一卷），北京：人民文学出版社，2005年版，第437页。
② 鲁迅：《朝花夕拾·琐记》，《鲁迅全集》（第二卷），北京：人民文学出版社，2005年版，第305页。
③ 《朝花夕拾·琐记》中鲁迅对《时务报》的记述应该是一种误记。由于《时务报》在1898年9月停刊，南京路矿学堂时期的鲁迅和俞明震都不可能在1898年10月以后阅读新出的《时务报》。但也不排除学堂里的阅报处依旧摆放着旧《时务报》的可能。参见王彬彬：《鲁迅与梁启超》，《鲁迅研究月刊》，2021年第3期。

有《译学汇编》[①],学堂里看新书的风气很快流行起来。如前章所述,洋务派开办的新式学堂通常采用西学译本或由外国传教士编撰的著作作为教材,其中包含一些带有进化论思想的格致学书籍,最有名的如《地学浅释》。1899年鲁迅在南京路矿学堂读书时曾手抄过该书[②],据周作人说"这使他得着些关于古生物学的知识,于帮助他了解进化论很有关系"[③]。《时务报》由梁启超主笔,是维新派宣传变法维新的主要阵地。进化论是维新变法总的指导思想,梁启超在《时务报》上撰述的如《变法通议》《论君政民政相嬗之理》等文章均散见进化论的思想。据《新民丛报》1902年为《译书汇编》刊登的广告,该刊"为我国学生留学于日本东京者所辑译,采集东西各国政法之书,分期译载,务播文明思想于国民"[④],其中进化论思想也不时闪烁光芒。例如,《译书汇编》第2年第5期一篇名为《日本国粹主义与欧化主义之消长》的文章对比国粹主义与欧化主义时指出"主欧化之说者,则谓进化无尽,一得难封"[⑤],认为包括日本在内的亚洲各国要与欧美竞争,不可在文明进化的路上故步自封,死守国粹,而应倡导欧化以臻于进步。鲁迅在这种新环境的熏染下,正式接触到了西方的进化论思想,最开始的就是严复的《天演论》等译著。

---

① 《译学汇编》是鲁迅的误记,应是《译书汇编》,我国留日学生最早出版的一种杂志,创刊于1900年。参见蒋永国:《鲁迅早期思想与他的新文学创作》,桂林:广西师范大学出版社,2018年版,第77页。
② 1899年鲁迅在南京路矿学堂学习期间,曾把英国赖耶尔的《地质学纲要》的译本《地学浅说》照样抄写了一部。参见鲁迅博物馆、鲁迅研究室编:《鲁迅年谱长编(第一卷)》(1881—1921)》,郑州:河南文艺出版社,2012年版,第54页。
③ 周作人:《鲁迅的青年时代》,南京:江苏人民出版社,2018年版,第57页。
④ 薛绥之主编:《鲁迅生平史料汇编》(第1辑),天津:天津人民出版社,1981年版,第496页。
⑤ 贺昌盛主编:《国学初萌》,杭州:浙江教育出版社,2014年版,第13页。

第一节 严复"天演说"

一

严复是"介绍西洋近世思想的第一人"[1],梁启超曾经在评价晚清思想界时指出:"时独有侯官严复,先后译赫胥黎《天演论》,斯图亚丹《原富》,穆勒约翰《名学》《群己权界论》,孟德斯鸠《法意》,斯宾塞《群学肄言》等数种,皆名著也。虽半属旧籍,去时势颇远,然西洋留学生与本国思想界发生关系者,复其首也。"[2]鲁迅也曾称赞严复"是一个十九世纪末年中国感觉锐敏的人",认为他"究竟是'做'过赫胥黎《天演论》的,的确与众不同"。[3]

既然要讨论严复与鲁迅进化论思想之间的联系,那么梳理严复进化论思想的来源和内容以及鲁迅对其的接触史就是必需的了。严复曾陆续翻译出版了赫胥黎《天演论》(1896年初稿,1898年正式出版)、亚丹·斯密《原富》(1897年开始翻译,1902年出版)、斯宾塞《群学肄言》(1897年开始翻译,1903年出版)、约翰·穆勒《群己权界论》(1899年开始翻译,1903年出版)、甄克思《社会通诠》(1903年译,1904年出版)、孟德斯鸠《法意》(1904—1909年译)、约翰·穆勒《穆勒名学》(甲部)(1900年开始翻译,1903年出版)、耶芳斯《名学浅说》(1908年译,1909年出版)等八部著作。

鲁迅在《朝花夕拾·琐记》中提及在一个星期日去城南买来石印本《天演论》,另据周作人日记,有"阴历辛丑十二月二十四日"(1902年2月2日,

---

[1] 胡适:《五十年来中国之文学》,欧阳哲生编:《胡适文集》(第3册),北京:北京大学出版社,1998年版,第211页。

[2] 梁启超:《清代学术概论》,见其著《梁启超论清学史二种》,朱维铮校注,上海:复旦大学出版社,1985年版,第80页。

[3] 鲁迅:《热风·随感录二十五》,《鲁迅全集》(第一卷),北京:人民文学出版社,2005年版,第311页。

星期日下午)鲁迅周作人兄弟俩同游后分别回去,"晚饭后大哥忽至,携来赫胥黎《天演论》一本,译笔甚好"的记载,有学者考证出鲁迅"购买《天演论》的时间只能推定是在 1901 年 3、4 月以后,最大可能的时间是 1902 年 2 月 2 日前后,版本应是富文书局的石印本"①。因此,我们可以大致认定鲁迅是在 1902 年 2 月 2 日以后开始反复熟读《天演论》,甚至能背诵其中的几个篇章②。继购读《天演论》之后,紧接着在 1902 年 3 月 9 日,鲁迅托堂叔椒生和叔父伯升给周作人带书,其中有新买到严复译亚丹·斯密的《原富》。1902 年 7 月 10 日,鲁迅从日本弘文学院用白话文写信给周作人,向他推荐了严复新译的约翰·穆勒的《名学》,说此书甚好,嘱咐周作人购阅。1903 年 9 月 10 日,鲁迅从日本回国探亲,在上海四马路购得上海文明编译书局新出版的严复译斯宾塞的《群学肄言》一册。

1932 年 6 月 10《文学月报》创刊号上发表了鲁迅答复 J.K.(瞿秋白)同月刊登于《十字街头》第一、二期《论翻译》的同名文章,其中鲁迅提及几部严译著作:"据我所记得,译得最费力,也令人看起来最吃力的,是《穆勒名学》和《群己权界论》的一篇作者自序,其次就是这论,后来不知怎地又改称为《权界》,连书名也很费解了。最好懂的自然是《天演论》,桐城气息十足,连字的平仄也都留心,摇头晃脑的读起来,真是音调铿锵,使人不自觉其头晕。"③周作人在《鲁迅的青年时代》中谈及鲁迅的严译著作阅读史时也说:"此外则是进化论的学说,那时候还没有简要的介绍书,达尔文原书译本更是谈不到,他所看见的是那时出版的严译《天演论》……鲁迅在当时也还不明白他们的底细,只觉得很是新奇……因此大家便很看重了严幾道,

---

① 蒙树宏:《关于鲁迅购读〈天演论〉的时间》,《云南社会科学》,1981 年第 3 期;又见蒋永国:《鲁迅购读〈天演论〉的时间和版本考辨——兼及 2005 年版〈鲁迅全集〉中相关撰述和注释的补正》,《鲁迅研究月刊》,2018 年第 2 期。
② 据许寿裳回忆,鲁迅对严译《天演论》熟读程度很高,有好几篇能够背诵。见许寿裳:《亡友鲁迅印象记》,鲁迅博物馆、鲁迅研究室、《鲁迅研究月刊》选编:《鲁迅回忆录 专著》(上册),北京:北京出版社,1999 年版,第 217 页。
③ 鲁迅:《二心集·关于翻译的通信》,《鲁迅全集》(第四卷),北京:人民文学出版社,2005 年版,第 389—390 页。

第三章　鲁迅前期进化论思想的谱系(一)

以后他每译出一部书来,鲁迅一定设法买来,自甄克思的《社会通诠》,斯宾塞的《群学肄言》,孟德斯鸠的《法意》,以至读不懂的《穆勒名学》部甲,也都购求到手。"①综上,除了耶芳斯《名学浅说》,其他严译著作鲁迅应该都是阅读过的。

严复的翻译风格是独具特色的,他根据需要对原文进行了大量的改造,尤以《天演论》为最。鲁迅曾称严复《天演论》《穆勒名学》《群己权界论》《法意》等一系列译著"是汉唐译经历史的缩图"②,从六朝的"达"而"雅"走向唐的"信"重于"达"、"雅"。鲁迅曾说严复的《天演论》是"做"出来的,又说作为严译开始的《天演论》是取法六朝"达"而"雅"的"模范",其言下之意是《天演论》有失之于"信"的缺憾。众所周知,鲁迅在翻译时是很看重"信"的,他坚持"宁信而不顺"的翻译原则。严复自己曾对《天演论》的翻译策略作过如下论述:"译文取明深义,故词句之间,时有所傎到附益,不斤斤于字比句次,而意义则不倍本文",又说:"今遇原文所论,与他书有异同者,辄就谫陋所知,列入后案,以资参考。间亦附以己见,取诗称嘤求,易言丽泽之义"。③ 所以,《天演论》其实是对原本的节译、意译、改做。在严复"傎到附益"、"列入后案"、"附以己见"甚至对一些内容省略不译的译法下,《天演论》的结构与内容和原书产生了很大的不同:《天演论》取《进化论与伦理学及其他论文》的第一、二两个部分内容,分成卷上导言18篇、卷下论17篇,每篇分译文和按语两部分,加了严复拟的题目,译文内容由严复"或增加文字以表达自己的思想,或取中国典故以迎合中国读者的口味"④,严复还增加了28处原文中没有的按语,由严复根据译文内容作点评。严复后来在翻译亚当·斯密、穆勒和孟德斯鸠的著作中也增加了大量的按语,这些按语实际上构成了严复自我意识在译著中的连续表达,为我们寻求严复试图表达的思想提供了很

---

① 周作人:《鲁迅的青年时代》,南京:江苏人民出版社,2018年版,第83页。
② 鲁迅:《二心集·关于翻译的通信》,《鲁迅全集》(第四卷),北京:人民文学出版社,2005年版,第390页。
③ 王栻主编:《严复集》(第五册),北京:中华书局,1986年版,第1322页。
④ 欧阳哲生:《严复评传》,南昌:百花洲文艺出版社,2015年版,第164页。

好的资料。

我们认为,应该将严复的全部译著看作一个整体,纳入以进化论为基础和前提的范畴内进行讨论。严译著作涉及的领域十分广泛,从进化论、伦理学、政治经济学、社会学到法学和逻辑学,但正如著名汉学家史华兹所说:"严复对西方的反应,并不是对整个西方实体的反应,而只是对18、19世纪的西方思想体系中的某几种有影响的思想的反应。"①严复关注的主要是英法等国在资产阶级统治的上升时期所产生的思想,当时欧洲的封建残余势力仍然妨碍着资产阶级政权在政治、经济、法律等方面的发展,这些作为启蒙思想或自由主义思想的理论既有反对封建制度干涉妨碍社会进步的内容,也有根据时势需要宣扬社会进化,为政治、经济、法律制度变革提供立论依据的内容。《原富》译自英国著名经济学家、经济学体系的创立者亚当·斯密(A. Smith,1723—1790)的《国民财富的性质和原因的研究》(*An Inquire into the nature and Causes of the Wealth of Nations*,又译《国富论》)。这部书1776年出版,是一部社会政治经济学经典之作,马克思曾评价它说:"亚当·斯密第一次对政治经济学的基本问题做出了系统的研究,创立了一个完整的理论体系,把英国资产阶级古典政治经济学提高到了一个新的水平。"②《社会通诠》译自英国学者詹克斯·爱德华(E. Jenks,1861—1939,严译甄克思)的 *A History of Politics*(《社会进化简史》,又译《政治史》),严复于1903年翻译,农历十一月作译者序,十二月请夏曾佑作序,1904年由商务印书馆出版。该书提出人类社会进化经由图腾社会、宗法社会和军国主义社会三个阶段,实际上是为英国君主立宪制建立理论和历史依据。《群学肄言》译自英国社会学家斯宾塞的 *The Study of Sociology*(《社会学研究》),该书是斯宾塞应美国"国际学丛书"编辑的要求而写,出版于1874年。严复于1897年开始翻译此书,1898年在《国闻报》的旬刊《国闻汇编》上发表其中的《砭愚》和《倡学》

---

① [美]本杰明·史华兹:《寻求富强:严复与西方》,叶凤美译,南京:江苏人民出版社,1996年版,第4页。
② [英]亚当·斯密:《国富论》,唐日松译,北京:华夏出版社,2005年版,第40页。

两篇,题为《劝学篇》,足本于1903年由文明编译书局出版。该书"用生学之理以谈群学",是生物进化学说在社会中的运用,其主要内容是斯宾塞的社会有机体学说。斯宾塞把社会看作类似生物体的有机体,具有生物体的功能和结构,能够像生物体一样进化和发育。宇宙由于力的集中和分化形成一个无限分化的进化系列,其中物种的进化是较高的一种进化形式,社会则是最高的进化形式。社会进化在很大程度上自发完成,人类有意识的活动无法影响此过程。实际上,斯宾塞在他的社会有机体学说中遵循的是一种"不可知"论,也即是严复所译的"任天而治"。《群己权界论》译自约翰·穆勒(J. Mill,1806—1873,又译约翰·密尔)的 On Liberty(《论自由》),1859年初版,严复翻译出版时间是在1903年。该书被誉为自由主义的集大成之作,其核心要义是个人与社会权利界限的设定与划分,按穆勒的原则,个人的行动只有涉及自身以外人的利害才需要向社会负责,而个人对社会负责的唯一条件是,个人的行为危害到了他人的利益。1904—1909年,严复翻译了法国启蒙思想家孟德斯鸠(C. Montesquieu,1689—1755)的名著《论法的精神》,中文名为《法意》,共七分册,全书包括严复所加的167条按语,共五十多万言,由上海商务印书馆出版。该书阐述了自然法理论、法和法律定义,法律与政体关系,以及政体分类、各种政体的性质和原则等问题,并在论述政治自由和三权分立学说的基础上以英国为例提出了君主立宪制的政治主张。《穆勒名学》原名为 A System of Logic(《逻辑学体系》),1902年3月,严复译成原著第1卷前半部,即《穆勒名学·部甲》,于1903年1月由南京金粟斋木刻出版。这部书是19世纪后叶西方资产阶级经验主义思想的逻辑总结,是英国经验主义归纳逻辑的一部代表性著作。

由此看来,严复对西方的关注已经深入到了西方体制的肌理,不再局限于洋务派的器用之说了。在严复看来,西方之所以能够率先走上富强之路,在竞争中占据优势地位,与西方所拥有的先进的思想体系关系密切。而西方学术政教格局的大变化,得益于进化论对人们思想的改造,严复在《原强》中评论达尔文《物种起源》时说:"自其书出,欧美二洲几于无人不读,而泰西之学术政教,为之一斐变焉。"①

二

相比于达尔文的学说,对严复影响更深的是斯宾塞的社会进化论。严复在英国留学时,斯宾斯的社会进化论十分流行②。早在1881年,严复就已经读过了斯宾塞的《社会学研究》一书,后来在《译余赘语》中他回忆了当时读到这本书的感受,表达了他对斯宾塞思想的崇拜之情。他写道:"斯宾塞氏自言,此书为旁及之作,意取喻俗,故其精微洁净,远不逮《会通哲学》诸书。不佞读此在光绪七八之交,辄叹得未曾有,生平好为独往偏至之论。及此始悟其非。窃以为其书实兼《大学》《中庸》精义。而出之以翔实,以格致诚正为治平根本矣。……斯宾塞氏此书,正不仅为群学导先路也。"③1895年,严复在天津《直报》上发表的《论世变之亟》《原强》《救亡决论》等篇文章,从达尔文进化论入手,向国人陈述了"物竞天择"的公理,首次引入斯宾塞的群学,将之作为修齐治平的要术加以推介,其期望中国挽回颓势、迅速富强的拳拳之心展露无遗。在《天演论》中,严复进一步表达了他对斯宾塞进化思想的理解,使《天演论》成为"将赫胥黎原著和严复为反赫胥黎而对斯宾塞主要观点进行的阐述相结合的意译本"④。

当然,严复对斯宾塞的进化论并非全盘搬用,而是有取有舍的,我们以《天演论》为例来探讨严复对斯宾塞进化论的化用。《天演论》是严译著作中

---

① 王栻主编:《严复集》(第一册),北京:中华书局,1986年版,第5页。
② 1866年斯宾塞的著作被译为法文和俄文,1870—1880年,又被译为德文、意大利文和西班牙文,1876年,除《社会学原理》外,他的主要著作都被译为德文和俄文。1877—1900年,他有32种著作被译成日文。参见[英]斯宾塞:《斯宾塞教育论著选》,胡毅、王承绪译,北京:人民教育出版社,1997年版,第29页。
③ [英]斯宾塞:《群学肄言》,严复译,北京:商务印书馆,1981年版,第6页。
④ [美]本杰明·史华兹:《寻求富强:严复与西方》,叶凤美译,南京:江苏人民出版社,1996年版,第93页。

的第一本,也是产生影响最大的一本,由严复于1896年夏①翻译完成。《天演论》的取材来自英国生物学家、哲学家赫胥黎1893年5月18日在牛津大学做年度讲座时散发的一本名为 Evolution and Ethics(《进化论与伦理学》)的小册子。1893年这本小册子在英国伦敦和美国纽约初版,1894年在伦敦再版时改名为 Evolution and Ethics and the Other Essays(《进化论与伦理学及其他论文》),篇幅大为增加,书前增加了赫胥黎1894年7月作的序言。《天演论》翻译了其中的 Evolution and Ethics: Prolegomena, 1894(《进化论与伦理学:导言,1894》)和 Evolution and Ethics, 1893(《进化论与伦理学,1893》)两个部分。

严复《天演论》虽然译自赫胥黎的著作,但主要是借达尔文、赫胥黎的学说外壳宣传斯宾塞的进化论思想,其论述的思路大致是:取斯宾塞的"质力不灭说"对天演进行解释,又取达尔文的"物竞"、"天择"阐明人也在天演之列。斯宾塞进一步将天演推及人类社会,主张对国家、社会的治理采取任天为治的方法。在此处,赫胥黎与斯宾塞的观点产生了分歧,赫胥黎认为不能任天为治,而应以人持天。严复在最后一点上转而支持赫胥黎的立场,认为人在天演之中应该发挥主体效用,力争自强保种。

斯宾塞将物质不灭、运动的连续、力的持久与转换等看成宇宙间万事万物遵循的公式,他说:"这个公式必须是一个包含集中与扩散两个相反历程的公式","从不可知的分散状态变化为可知的集中状态,是一种物质的完成与运动的相伴消失;如一个可知的集中状态变化为不可知的分散状态,是一种运动的聚集与物质的相伴分解。这些是自明之理。要素的各个部分,如

---

① 关于《天演论》的翻译时间,有1894年、1895年、1896年等多种说法。由于陕西味经本《天演论》题有"光绪乙未春三月"字样,王栻推测《天演论》的初稿"至迟于1895年译成,可能还在1894年"。参见王栻:《严复传》,上海:上海人民出版社,1976年版,第41页。严复之子严璩认为翻译的时间是1895年,参见严璩:《侯官严先生年谱》,王栻主编:《严复集》(第五册),北京:中华书局,1986年版,第1548页。本书据严复在《天演论》自序中有"夏日如年,聊为迻译"的交代及序言落款处的"光绪丙申",认为翻译时间是在1896年夏天。见王栻主编:《严复集》(第五册),北京:中华书局,1986年版,第1321页。

不丧失一些它们有联系的运动就不可能聚集；如不赋予它们以更多的有联系的运动，元素的各个部分就不可能分散。……在进行中的结合包含着内在运动的减少，增加内在的运动包含着解体的进行"。①斯宾塞将这一公式看成进化与分解，"进化的最普遍的方面是物质聚集和相伴着的运动消失；分解则是运动的集中和相伴着的物质消失"②，严复将之翻译为"天演者，翕以聚质，辟以散力"③，又译为"翕以合质，辟以出力"④，两者是相同的意思。这里斯宾塞宣扬了他的普遍进化学说，他认为物质聚散和运动消失的变化体现在太阳系的进化、行星的进化、生物的进化、社会的进化等全部运动之中，一切事物都处于正在扩张或收缩、正在结合或分解的过程中，这种运动的状态既是暂时的又是持久的，在其中质量总量不变、运动永恒存在，是为"质力不灭"。严复精准地把握了斯宾斯对普遍进化原理的解释，他说："其所谓翕以聚质者，即如日局太始，乃为星气，……其质点本热至大，其抵力亦多，过于吸力。继乃由通吸力收摄成殊，太阳居中，八纬外绕，各各聚质，如今是也。所谓辟以散力者，质聚而为热、为光、为声、为动，未有不耗本力者，此所以今日不如古日之热。……然则居今之时，日局不徒散力，即合质之事，亦方未艾也。余如动植之长，国种之成，虽为物悬殊，皆循此例矣。"⑤斯宾塞进而认为进化的本质是"从一个无定的、杂乱而不连贯的同质性变化为确定的、连贯一致的异质性"⑥，这种从不确定到确定的变化决定进化沿着从简单到复杂的道路上前进，使事物从混乱走向有序，"任何一个有秩序的整体都是它们的各部分间的分化和聚集为整体的共同携手前进，是分化与集

---

① 转引自邱觉心：《早期实证主义哲学概观——孔德、穆勒与斯宾塞》，成都：四川人民出版社，1990年版，第176页。
② 邱觉心：《早期实证主义哲学概观——孔德、穆勒与斯宾塞》，成都：四川人民出版社，1990年版，第176—177页。
③ 王栻主编：《严复集》（第五册），北京：中华书局，1986年版，第1327页。
④ 王栻主编：《严复集》（第一册），北京：中华书局，1986年版，第1320页。
⑤ 同上，1327页。
⑥ 邱觉心：《早期实证主义哲学概观——孔德、穆勒与斯宾塞》，成都：四川人民出版社，1990年版，第180页。

中的连结"①。严复将这一进化的过程译为:"方其用事也,物由纯而之杂,由流而之凝,由浑而之画,质力杂糅,相剂为变者也","所谓由纯之杂者,万物皆始于简易,终于错综","所谓质力杂糅,相剂为变者,亦天演最要之义"。②严复进一步用《易》对斯宾塞的质力不灭说加以敷演,他引《易》中"坤其静也翕,其动也辟"一语与斯宾塞"翕以合质,辟以出力,始简易而终杂糅"相类,引"易不可见,乾坤或几乎息"之旨与斯宾塞"热力平均,天地乃毁"相类,其用意也是相当明显的,即是告诉那些中国的抱残守缺之士,进化论并不是外来之物,而是早已由古人发其端,只是后人未能竟其绪而已,实在不必大惊小怪地将进化论拒之门外。

严复在斯宾塞进化思想的范畴内论述了天演的要义后,将天演溯及达尔文的学说,以说明人也在天演之列。达尔文著《物种起源》,"以考论世间动植物类所以繁殖之故","于是虫鱼禽互兽人之间,衔接迤演之物,日以渐密,而达氏之言乃愈有征","自达尔文出,知人为天演中一境,且演且进,来者方将"。③应该指出的是,在达尔文学说问世之前,斯宾塞的进化论已经成型。在1859年10月24日《物种起源》第一版问世前几个月,斯宾塞起草了一个系统阐述进化的草图,这个草图就是1862—1896年发表的《综合哲学体系》④(严复译为《天人会通论》)的大纲。在《综合哲学体系》这部著作中,斯宾塞提出"贯天地人而一理之"⑤的普遍进化理论,用严复的话可以概括为"举天、地、人、形气、心性、动植之事而一贯之",其内容涵盖生物学、社会学、心理学、伦理学,将进化不仅推广至人类社会,更进一步延伸至人的精神、心

---

① 邱觉心:《早期实证主义哲学概观——孔德、穆勒与斯宾塞》,成都:四川人民出版社,1990年版,第180页。
② 王栻主编:《严复集》(第五册),北京:中华书局,1986年版,第1328页。
③ 同上,第1325页。
④ 《综合哲学体系》包含五个部分:《第一原理》《生物学原理》《心理学原理》《社会学原理》《伦理学原理》,严复以为"其说尤为精辟宏富","为论数十万言,其文繁衍奥博,不可猝译"。参见苏中立:《百年天演——〈天演论〉研究经纬》,福州:福建人民出版社,2014年版,第172页。
⑤ 王栻主编:《严复集》(第五册),北京:中华书局,1986年版,第1320页。

理和道德层面。这就为讨论赫胥黎"以人持天"和斯宾塞的"任天而治"的分歧留出了空间。

1850年斯宾塞在《社会静力学》中提出了社会有机体论,他将社会比喻为生命有机体,"一个社会和一个活的动物之间的类似性不仅被证实到平常提出它的人们完全未料想到的程度,而且生命的同一定义对两者也都适用"①,"给每个器官一项职能,每个器官都有它自己的职能,这就是一切组织所遵循的法则。要做好它的工作,一个机构必须具有做那项工作的特殊适合性;这也就暗含对任何其他工作的不适合性的意思"②。斯宾塞认为,社会有机体由家庭制度、礼仪制度、政治制度、教会制度、职业制度、工业制度六个主要"器官"构成,"它们分别对应的是生产(负责提供营养)、分配(调节社会供需要求,交换产品的流通)、调节(处理社会内外事务,保证各部门协调运作)这三种功能系统和工人阶级、商人阶级或工业资产阶级和政治组织中的管理阶层这三种社会阶级"③。按照斯宾塞的普遍进化理论,社会有机体和生物有机体一样也遵循生存竞争和适者生存的进化论。只不过在斯宾塞看来,社会进化是必然朝向乐观方向前进的,"进步不是一种偶然,而是一种必然。文明并不是人为的,而是天性的一部分;它和一个胎儿的成长或一朵鲜花的开放是完全一样的。人类曾经经历和仍在经历的各种改变,都起源于作为整个有机的天地万物之基础的一项规律。只要人种继续存在,事物的素质保持原样,这些改变必然会以完美告终"④,社会必然会向完美、理想的方向发展,社会中每一个人的欲望都将得到满足,因为优胜劣汰能够淘汰社会中带有缺陷的成员从而阻止社会的退化,确保社会进步和在竞争中保存下来的每个人获得充分的幸福。斯宾塞因此特别反对社会中的慈善和济

---

① [英]赫伯特·斯宾塞:《社会静力学(节略修订本)》,张雄武译,北京:商务印书馆,1996年版,第261—262页。
② 同上,第117页。
③ 冯波编著:《西方古典社会学理论》,北京:中国传媒大学出版社,2016年版,第39页。
④ [英]赫伯特·斯宾塞:《社会静力学(节略修订本)》,张雄武译,北京:商务印书馆,1996年版,第30页。

贫行为,认为这干涉了自然淘汰的进化法则,人类应该放任进化自由进行,"任天而治"。

赫胥黎不满意斯宾塞这种建立在牺牲弱者基础上的"极其残忍的宇宙乐观主义"[1],赫胥黎以人道主义者的姿态宣称"猿与虎的生存斗争方式同合理的伦理原则水火不容"[2],"摆在人类面前的选择,就是通过不断的斗争,维持和改进有组织的社会的'人为状态',进而与'自然状态'相对抗"[3]。赫胥黎强调在利用伦理原则对抗自然进化的过程中,须得培养人类勤劳刻苦、聪明智慧、意志坚定等的优良品质,尤其重要的是要培养理解他人的同理心。严复将同理心译为"感通之机",他称有了"感通之机",人类合群的动力就有了,而合群就能够使人类在与自然进行对抗时加大获胜的可能性,以达到保群的目的。但严复认为赫胥黎将人类拥有同理心看作合群互助的前提是倒果为因,在严复看来,"天演之事,将使能群者存,不群者灭;善群者存,不善群者灭。善群者何?善相感通者也。然则善相感通之德,乃天择以后之事"[4],同理心仍然是自然进化的结果而非原因。

严复深刻把握住了斯宾塞进化论和赫胥黎进化论的根本分歧点:斯宾塞肯定了自然进化适用于包括人类社会在内的整个宇宙,而赫胥黎则试图用人类的伦理原则来抑制自然淘汰原则在人类社会的发展,强调道德和伦理在人类社会与自然进化斗争中的重要性。严复在《天演论自序》中总结说:"赫胥黎氏此书之恉,本以救斯宾塞任天为治之末流,……且于自强保种之事,反复三致意焉"[5],诚如斯言。

---

[1] [美]本杰明·史华兹:《寻求富强:严复与西方》,叶凤美译,南京:江苏人民出版社,1996年版,第91页。

[2] [英]托马斯·赫胥黎:《天演论——及其母本〈进化论与伦理学〉全译》,严复、刘帅译,重庆:重庆出版社,2018年版,第332页。

[3] 同上,第328页。

[4] 王栻主编:《严复集》(第五册),北京:中华书局,1986年版,第1347页。

[5] 同上,第1328页。

三

鲁迅曾在《集外集·序言》里说起在他的文章里有受严复影响的痕迹在，例如他对严复"涅伏""幺匿"等一些翻译词汇的借用，又在《"题未定"草（一至三）》里用严复"一名之立，旬月踌躇"的心得谈翻译的艰难。但如果仅将严复对鲁迅的影响限定在翻译领域至少是很片面的。汪卫东说"严复以古雅文言翻译进化论，在形式和内容两方面都深深吸引了时人"[①]，这里所说的除了语言形式外，还包括思想内容方面。鲁迅在思想内容方面受进化论的影响主要有以下四点。

其一，进化论给鲁迅带来思想上的新鲜感和求知欲，刺激鲁迅更系统地去了解进化论。

1926年在《朝花夕拾·琐记》中，鲁迅用文学性的语言记录了他与《天演论》最初的相遇：

> 我也知道了中国有一部书叫《天演论》。星期日跑到城南去买了来，白纸石印的一厚本，价五百文正。翻开一看，是写得很好的字，开首便道：
>
> "赫胥黎独处一室之中，在英伦之南，背山而面野，槛外诸境，历历如在机下。乃悬想二千年前，当罗马大将恺彻未到时，此间有何景物？计惟有天造草昧……"
>
> 哦！原来世界上竟还有一个赫胥黎坐在书房里那么想，而且想得那么新鲜？一口气读下去，"物竞""天择"也出来了，苏格拉第，柏拉图也出来了，斯多噶也出来了。……[②]

[①] 汪卫东：《鲁迅与20世纪中国民族国家话语》，南昌：百花洲文艺出版社，2018年版，第188页。

[②] 鲁迅：《朝花夕拾·琐记》，《鲁迅全集》（第二卷），北京：人民文学出版社，2005年版，第305—306页。

第三章 鲁迅前期进化论思想的谱系（一）

鲁迅阅读《天演论》从1902年2月起持续到日本留学期间。在仙台学医期间，鲁迅给许寿裳写信还有"昨夜读《天演论》"①的记录。就在购读《天演论》之后一个月的1902年3月9日，鲁迅托人给周作人带了购买的日本加藤弘之的《物竞论》、涩江保的《波兰衰亡战史》。1902年3月17日，又给周作人带去自己读过的谭嗣同《仁学》一本。1903年3月，将德人伊耶陵《权利竞争论》寄给周作人。这些著作都可以放在进化论序列内来看待，能看出鲁迅对进化论保持着持续的兴趣。

其二，接受了"物竞"、"争存"等的进化论思想，开始独立思考进化论对民族和个人的意义。进化论成为指导鲁迅前期活动最主要的思想。在回忆鲁迅的文章中，冯雪峰曾记录鲁迅谈论进化论的影响时说"进化论对我还是有帮助的，究竟指示了一条路。明白自然淘汰，相信生存斗争，相信进步，总比不明白不相信好些。就只不知道人类是有阶级斗争"②，进化论成为鲁迅观察社会、思考人生的重要思想武器之一。即使是在鲁迅成为坚定的马克思主义者之后，进化论也并非完全退出鲁迅的思想世界。

其三，鲁迅接受了"以人持天"、"自强保种"的进化论思想，相信人的内在精神拥有胜天的力量。在《科学史教篇》中，鲁迅写道："英之赫胥黎，则谓发见本于圣觉，不与人之能力相关；如是圣觉，即名曰真理发见者。有此觉而中才亦成宏功，如无此觉，则虽天纵之才，事亦终于不集。说亦至深切而可听也。"③鲁迅所谓的"圣觉"和"灵明"、"神思"是相同的意思，即是指人的主观内在精神。它能帮助人发现真理，从而将人从自然界凸显出来，成为不同于其他动物的生物种属，"论定'人类在宇宙间的位置'"④。

在这个意义上，鲁迅后来研究人的历史，崇尚拜伦、雪莱、尼采等摩罗派

---

① 许寿裳：《亡友鲁迅印象记》，鲁迅博物馆、鲁迅研究室、《鲁迅研究月刊》选编：《鲁迅回忆录 专著》（上册），北京：北京出版社，1999年版，第217页。
② 鲁迅上海纪念馆编：《回忆鲁迅在上海》，上海：上海书店出版社，2017年版，第126页。
③ 鲁迅：《坟·科学史教篇》，《鲁迅全集》（第一卷），北京：人民文学出版社，2005年版，第30页。
④ 鲁迅：《彷徨·伤逝》，《鲁迅全集》（第二卷），北京：人民文学出版社，2005年版，第122页。

诗人的个人主义，倡导改变国民性的启蒙运动都可以在这里找到思想的端绪。

其四，鲁迅还逐步理解并接受了赫胥黎人道主义的进化论思想，从弱者的角度去思考进化论思想。一方面，他认识到了作为弱国的中国将被"挤出"世界的深重危机感，引导他走上要求强烈变革现状的道路上；另一方面，他也关注相似的弱小民族和国家，深切同情印度、波兰、东欧等国家的命运。他不止一次在文章中表达了对那些嘲笑印度、波兰的人们的愤慨，他更在《阿Q正传》中鞭挞了弱者欺负更弱者的卑劣的国民根性。所以，鲁迅说："那时候，相信精神革命，主张解放个性，简直是浪漫主义，也还是进化论的思想。主张反抗，主张民族革命，注重被压迫民族的文学作品和同情弱小者的反抗的文学作品之介绍，也还是叫人警惕自然淘汰，主张生存斗争的意思。"①

第二节 谭嗣同"仁学"

一

谭嗣同是要求变法维新最为激进的代表，也是中国近代历史上最为悲情和壮烈的殉道者。鲁迅为谭嗣同的人格魅力所吸引，对他临刑前的绝命诗句"望门投止思张俭"记忆深刻，也常常为谭嗣同、秋瑾、徐锡麟等革命义士的鲜血冲刷不走中国墨一般黑暗的现实而叹息。在谭嗣同等人身上，鲁迅看到了献在祭台上"散胙"的悲哀和庸众们充当"看客"的无聊，这促使他深入思索作为精英的知识分子如何启蒙大众并自我大众化的问题。鲁迅更从谭嗣同的著作中进一步吸收进化论的养分。

《仁学》是谭嗣同的代表作，是其思想最重要的结晶。《仁学》于1897年

---

① 鲁迅上海纪念馆编：《回忆鲁迅在上海》，上海：上海书店出版社，2017年版，第126页。

春写成,"著成后,恐骇流俗,故仅以示一二同志,秘未出世"①。但《仁学》在出版前就已经在维新派中流传,康有为、梁启超、章太炎、宋恕、唐才常等都曾接触到《仁学》的书稿。1897年唐才常在《湘学报》上发表《质点配成万物说》,即采用谭嗣同《仁学》中的"以太说"来解释宇宙的形成,并宣称其观点是对《仁学》的进一步发挥。同年,梁启超与谭嗣同过从甚密,"复生著《仁学》,每成一篇,辄相商榷"。1899年,章太炎专门写了《儒术真论》一文批议《仁学》中的进化论思想。②

最早发表《仁学》的是《清议报》和《亚东时报》。戊戌政变后,谭嗣同曾将《仁学》手稿托付给梁启超。1898年9月28日谭嗣同死难后,梁启超流亡日本,在横滨创办《清议报》。《清议报》自第二册(1899年1月2日)起开始刊登《仁学》,直至第一百册(1901年12月21日)刊完。几乎在同时,上海发行的《亚东时报》在唐才常参与编辑事务后,从第五号(1899年1月31日)起至第十九号(1900年2月28日)连载《仁学》。1901年10月10日,"国民报社出洋学生编辑部"署名发行《仁学》的单行本,发行地址虽标明为"上海新马路馀庆里三街十九号",实际是在日本东京印刷的。1902年8月5日,《仁学》发行了再版本。③《清议报》刊完《仁学》后,因索补者络绎不绝,故出《清议报全编》本,由横滨新民社辑印,没有注明出版日期。根据该本中的《缘起和凡例》提到《新民丛报》,判断《清议报全编》本于《新民丛报》发刊后才出版。因《新民丛报》于1902年2月8日首次发行,《清议报全编》本的出版日期至早不超过1902年2月8日。④

据周作人日记,鲁迅在1902年3月21日前往水师学堂告知周作人,留日学生在当日集中,将于24日动身前往日本。就在出发前七天的3月17日,鲁迅从绍兴带给周作人很多过去读过的书,其中有谭嗣同《仁学》一本。

---

① 《〈仁学〉广告》,《新民丛报》创刊号,1902年2月8日。
② 关于《仁学》出版前的传播情况,详见汤志钧:《汤志钧史学论文集》,上海:上海社会科学院出版社,2013年版,第172—175页。
③ 关于《仁学》的版本考证,详见汤志钧:《〈仁学〉版本探源》,《学术月刊》,1963年第5期。
④ 汤志钧:《〈仁学〉版本探源》,《学术月刊》,1963年第5期。

根据上述《仁学》的版本考证,从时间上来判断,鲁迅购买的版本最有可能是1901年10月的《仁学》初版本。但国民报社印行的《仁学》有铅字排印、白报纸印刷的平装本和光纸本印刷的线装本两种,两者版式全同,封面上题"浏阳谭壮飞先生著",下印"国民报社藏板",附有谭嗣同像和梁启超所撰《谭嗣同传》,全书分为两卷,内含《仁学自叙》和《仁学界说》。只是平装本为一页单面,共122页;线装本改为一页双面,共61页,末附"仁学正误记"。目前尚无法判断鲁迅购买的具体是平装本还是线装本。此外,也不排除鲁迅通过《清议报》或《亚东时报》等报纸载体阅读《仁学》的可能性。

谭嗣同《仁学》的进化论思想大量体现在他的"日新说"中。关于宇宙的演化历史,谭嗣同有很清晰的论述:

> 天地万物之始,一泡焉耳。泡分万泡,如镕金汁,因风旋转,卒成圆体。日又再分,遂得此土。遇冷而缩,由缩而干;缩不齐度,凸凹其状,枣爆果暵,或乃有纹,纹亦有理,如山如河。缩疾干迟,溢为泽水;干更加缩,水始归墟。泹洳郁蒸,草蕃虫蜎,璧他利亚,微植微生,螺蛤蛇龟,渐具禽形。禽至猩猿,得人七八。人之聪秀,后亦胜前。①

> 天不新,何以生?地不新,何以运行?日月不新,何以光明?四时不新,何以寒燠发敛之迭更?草木不新,丰缛者歇矣;血气不新,经络者绝矣;以太不新,三界万法皆灭矣。……则新也者,夫亦群教之公理也。②

在宇宙的演化史中,谭嗣同表达了唯物主义的一元论思想。宇宙万物是从简单到复杂、从低级到高级不断进化的,人的胜出与智慧的养成也是进化的结果。同时,他通过对事物发展变化的观察,得出"反乎逝而观,则名之

---

① 谭嗣同:《仁学》,李敖主编:《谭嗣同全集》(卷一),天津:天津古籍出版社,2016年版,第40—41页。
② 同上,第29页。

曰'日新'"①的结论,认为事物总是向着"新"的方向发展着的。谭嗣同认为宇宙自然万物都遵循日日更新的规律,他又将这个自然规律推及"群教",认为人类社会也应该遵循"日新"的原则。

据此,谭嗣同吸收康有为"公羊三世说"的成分,杂糅《易》中乾卦六爻的演化思想,提出人类社会按照"逆三世"到"顺三世"的进化顺序发展的进化模式,即从太平世—升平世—据乱世的"逆三世"进向据乱世—升平世—太平世的"顺三世"。谭嗣同对这一进化模式的论述主要集中在《仁学》的第四十七、四十八等篇中,他认为人类的原始社会是太平世,"无教主,亦无君主","于人为初生",其后的升平世,"天统也。时则渐有教主君主矣,然去民尚未远也",再后的据乱世,"君统也"。进入"顺三世"后,又出现升平世,"天统也。地球群教,将同奉一教主;地球群国,将同奉一君主",最后的太平世,"元统也","于时为遍地民主"。②但从"逆三世"到"顺三世"并不是简单的循环重复模式,而是螺旋上升的发展过程,"人阅几千万亿至不可年,而后有《诗》《书》;有《诗》《书》,而后人终以不沦于螺蛤鱼蛇龟鸟兽,抑终以不沦于夷狄",发展到最后的太平世,人类社会将进入无国无君、人人平等自由的大同盛世,"地球之治也,以有天下而无国也。……人人能自由,是必为无国之民。无国则畛域化,战争息,猜忌绝,权谋弃,彼我亡,平等出;且虽有天下,若无天下矣。君主废,则贵贱平;公理明,则贫富均。千里万里,一家一人。……父无所用其慈,子无所用其孝,兄弟忘其友恭,夫妇忘其倡随。若西书中百年一觉者,殆仿佛《礼运》大同之象焉"。③

谭嗣同从进化论中为变法维新寻找到了一个自明的理由,既然宇宙万物都时时处在变化、延续和更新之中,既然人类社会必然向大同的太平世演化,就应顺应时势,日新不已,"夫不已者日新之本体,循序者日新之实

---

① 谭嗣同:《仁学》,李敖主编:《谭嗣同全集》(卷一),天津:天津古籍出版社,2016年版,第29页。
② 同上,第76页。
③ 同上,第74页。

用……不已则必不主故常而日新矣。墨墨乎株守,岂有一当哉"①。他严厉批判封建顽固派泥古不化、反对维新变法的"好古"观念,"欧美二洲,以好新而兴;日本效之,至变其衣食嗜好。亚非澳三洲,以好古而亡。中国动辄援古制,死亡之在眉睫,由栖心于榛狉未化之世,若于今熟视无睹也者"②。谭嗣同发菩萨愿,誓当以一己之身,度世人苦厄,"以速其冲决罗网"。他高扬仁爱、平等理念,倡导冲决利禄、俗学、群学、君主、伦常、全球群教等一切罗网,对封建伦常展开猛烈的批判,向封建专制制度发起了全面的冲击,以使"地球之运,自苦向甘"③。

二

李泽厚曾说:"谭嗣同是近代激进主义的开头"④。尽管受时代局限,谭嗣同将变革维新的理想仍旧托付在封建君主身上,但他的思想已经十分激进和超前。其"冲决罗网"的精神影响了陈天华、邹容等一代青年,其中对鲁迅的影响尤其表现在倡导平等、同情弱者和激烈反抗封建纲常上。

谭嗣同在《仁学》中杂糅中外思想,"凡为仁学者,于佛书当通《华严》及心宗、相宗之书;于西书当通《新约》及算学、格致、社会学之书;于中国书当通《易》《春秋公羊传》《论语》《礼记》《孟子》《庄子》《墨子》《史记》及陶渊明、周茂叔、张横渠、陆子静、王阳明、王船山、黄梨洲之书"⑤,"欲将科学、哲学、

---

① 谭嗣同:《报贝元征书》,李敖主编:《谭嗣同全集》(卷三),天津:天津古籍出版社,2016年版,第378页。
② 谭嗣同:《仁学》,李敖主编:《谭嗣同全集》(卷一),天津:天津古籍出版社,2016年版,第30页。
③ 同上,第4页。
④ 李泽厚:《李泽厚学术文化随笔》,北京:中国青年出版社,1998年版,第248页。
⑤ 谭嗣同:《仁学》,李敖主编:《谭嗣同全集》(卷一),天津:天津古籍出版社,2016年版,第293页。

宗教冶为一炉"①。谭嗣同取佛教，主要是华严宗和法相宗的平等思想，牺牲自我普度众生的大乘教义，西学的算学、格致等自然科学知识，墨子的"任侠"、"兼爱"精神，孔子的"仁"的学说，《易》的"穷则变，变则通，通则久"的思想，以及其他中国传统学说中关于"心"的学说、民主思想、唯物主义思想等融合汇通，再加上他以康有为的私淑弟子自命，接受了康有为"公羊三世说"和大同思想，最终形成了他的"仁学"的思想体系。

谭嗣同将"仁"看作宇宙万物固有性质的体用。充斥宇宙间的万物皆由"以太"这个基本元素构成，而儒家称为"仁"，墨家称为"兼爱"、佛家称为"慈悲"、格致家称为"力"的作用，咸为同一种元素"以太"所生发和体现，是对"以太"所显示功用的不同阐释而已。《仁学》倡导平等，既然宇宙万物都由同一种元素组合而成，是同质的，何以要有高低贵贱之分呢？谭嗣同指出人皆平等的理念，以"君亦一民也，且较之寻常之民而更为末也。民之于民，无相为死之理"②的观点破除了"君为臣纲"，以"子为天之子，父亦为天之子，父非人所得而袭取也，平等也"③破除了"父为子纲"，以"男女同为天地之菁英，同有无量之盛德大业，平等相均"④破除了"夫为妻纲"。他的"仁学"思想立足仁爱理念，提倡兼爱，认为"兼爱则人我如一"⑤，封建社会中的"三纲五常"都是钳制人性、愚弄黔首的所谓"名制"，君臣、父子、夫妇都"以名势相制为当然"，受到封建刑律和制度的维护，"数千年来，三纲五伦之惨祸烈毒，由是酷焉矣。君以名桎臣，官以名轭民，父以名压子，夫以名困妻，兄弟朋友各挟一名以相抗拒"⑥，五伦之中只有朋友一伦可以保留，其他都应破除。

所谓伦常是指封建社会中君臣、父子、夫妇、兄弟、朋友等相处所持的常

---

① 梁启超：《清代学术概论》，见其著《梁启超论清学史二种》，朱维铮校注，上海：复旦大学出版社，1985年版，第74—75页。
② 谭嗣同：《仁学》，李敖主编：《谭嗣同全集》（卷一），天津：天津古籍出版社，2016年版，第49页。
③ 同上，第56页。
④ 同上，第16页。
⑤ 同上，第3页。
⑥ 同上，第12页。

道,也即处理人与人之间关系秉持的封建伦理道德。中国传统社会把伦常与治国、齐家、修身结合起来,发展成为一整套以"三纲五常"为核心的忠君孝亲、治国理家的伦常体系。在封建中国,社会关系是一个由人伦关系构织成的庞大而精密的网络,这个网络等级森严、上下分明、贵贱有别、尊卑有序,鲁迅在《灯下漫笔》中曾引《左传》之文具体表达为:"王臣公,公臣大夫,大夫臣士,士臣皂,皂臣舆,舆臣隶,隶臣僚,僚臣仆,仆臣台"①,仆还有更卑下的妻子和更弱的子女可以统治压制。

鲁迅是"绅士阶级的逆子贰臣",他对他出身阶级的背叛充分体现在一点上,那就是同情弱者、反对封建伦常。鲁迅说:"中国的'圣人之徒',最恨人动摇他的两样东西……一样便是他的伦常",但他是偏要"发几句议论"的。他认为"人伦的索子,便是所谓'纲'"抹杀了正常的父子爱,而代之以"恩情"。父母生育子女本属于生物延续血脉繁衍后代的需要,却被伦常曲解为父母在对子女施恩,而子女为报答这恩情,就须得牺牲自己的欲求,放弃一切发展自身的能力,"只须'父兮生我'一件事,幼者的全部,便应为长者所有"②。鲁迅看到了欧美家庭与中国家庭的区别,他认为欧美家庭"以幼者弱者为本位"的思想才是最合于生物学的办法,比中国家庭"以长者为本位"的伦理道德优越。他明确地揭露"孝"这类道德的本质,实在是老者用来收拾幼者弱者的方法。他指出了"以长者为本位"的伦理纲常只会堵塞幼者生存发展的道路,使幼者未老先衰,更使得中国失却了发展的希望。一意提倡虚伪道德却蔑视了真的人情,这正是中国旧道德、旧习惯、旧方法的可悲之处。鲁迅因而提出父母"对于子女,应该健全的产生,尽力的教育,完全的解放","觉醒的父母,完全应该是义务的,利他的,牺牲的"③,内心中充满了对幼者的爱。

---

① 鲁迅:《坟·灯下漫笔》,《鲁迅全集》(第一卷),北京:人民文学出版社,2005年版,第227页。
② 鲁迅:《坟·我们现在怎样做父亲》,《鲁迅全集》(第一卷),北京:人民文学出版社,2005年版,第137页。
③ 同上,第145页。

近代中国经过戊戌变法、辛亥革命的失败和军阀混战的洗礼,五四知识分子们高举民主、科学、自由的旗帜,大力宣传新思想,纷纷将思想文化批判的矛头指向几千年来的封建伦理道德和价值信仰。陈独秀就曾指出:"自西洋文明输入吾国,最初促吾人之觉悟者为学术,相形见绌,举国所知矣;其次为政治,年来政象所证明,已有不克守缺抱残之势。继今以往,国人所怀疑莫决者,当为伦理问题。此而不能觉悟,则前之所谓觉悟者,非彻底之觉悟,盖犹在惝恍迷离之境。吾敢断言曰:伦理的觉悟,为吾人最后觉悟之最后觉悟。"①鲁迅在新文化运动中加入《新青年》阵营,发表了《我之节烈观》《我们现在怎样做父亲》《春末闲谈》《灯下漫笔》等大量文章,对封建伦常进行了猛烈的批判,其中不能不说有谭嗣同《仁学》中进化论思想的影响在。

谭嗣同自述曰:"吾自少至壮,遍遭纲伦之厄,涵泳其苦,殆非生人所能任受,濒死累矣,而卒不死;由是益轻其生命,以为块然躯壳,除利人之外,复何足惜。"②鲁迅年少时因为祖父入狱、父亲重病,家庭逐渐陷入困顿,尝尽封建家族内部倾轧之苦,他曾在《呐喊·自序》中沉痛地说:"有谁从小康人家而坠入困顿的么,我以为在这途路中,大概可以看见世人的真面目。"③又曾在《两地书》中解剖自己的心声道:"我先前何尝不出于自愿,在生活的路上,将血一滴一滴地滴过去,以饲别人,虽自觉渐渐瘦弱,也以为快活。"④两相对照,令人不得不感叹,他们两人的人生遭遇何其相似。同为封建伦常重压下的觉醒者,他们的反抗精神也是相似的。

---

① 陈独秀:《吾人最后之觉悟》,《青年杂志》第1卷第6号,1916年2月15日。
② 谭嗣同:《仁学》,李敖主编:《谭嗣同全集》(卷一),天津:天津古籍出版社,2016年版,第3—4页。
③ 鲁迅:《呐喊·自序》,《鲁迅全集》(第一卷),北京:人民文学出版社,2005年版,第437页。
④ 鲁迅:《两地书·九五》,《鲁迅全集》(第十一卷),北京:人民文学出版社,2005年版,第253—254页。

第三节　梁启超"新民说"

一

1929年1月19日梁启超与世长辞,胡适敬送挽联曰:"文字收功神州革命;生平自许中国新民",确是对梁启超一生著述数百万言、力行变革中国社会、首倡改造国民性"新民说"的精准总结。的确,在梁启超留给后人的精神财富中,"新民说"是其中最具影响力最有价值的思想学说,"新民说对于中国思想界的独特贡献在于,它在大声疾呼从事广泛的社会变革的同时,提出了人的现代化这一根本性的问题,把国民性的改造提上了中国社会改造的议事日程"①。

在"新民说"的思想脉络上,进化论是一个主要的刺激和构成因素。1890年春,梁启超从北京参加会试返回广州的途中路经上海,购得一部《瀛环志略》。这部介绍五大洲各国风土人情、社会变迁的著作第一次打开了梁启超认识世界的眼界,也成为他思想中的一个重要的转折点,"启超自十七岁颇有怵于中外强弱之迹"②。在万木草堂师从康有为期间,梁启超受惠于康有为以孔学、佛学、陆王心学为体,以史学西学为用的教学理念,加深了对历史地理知识和机械学、图谱学、化学、地质学等西方实学的学习和了解。1892年梁启超在"国学书籍而外,更购江南制造局所译之书,及各星轺日记,与英人傅兰雅所辑之《格致汇编》等书"③并从中受益匪浅。1895年梁启超在北京再度参加会试,认识了传教士李提摩太,并担任其中文秘书。李提摩太时任广学会的总干事,负责发行《万国公报》等报刊,编译出版了很多西

---

① 杨天宏:《新民之梦——梁启超传》,成都:四川人民出版社,1995年版,第360页。
② 梁启超:《适可斋记言记行序》,林志钧编:《饮冰室合集·文集》(第一册),上海:中华书局,1941年版,第266页。
③ 丁文江、赵丰田编:《梁启超年谱长编》,上海:上海人民出版社,1983年版,第28页。

方自然科学和社会科学方面的书籍。通过和李提摩太的交往,梁启超的西学知识大为长进,同时他也认识到报刊是作为舆论宣传、鼓吹新思想和教育民众的有效渠道①,为参与或创办《万国公报》②、《中外纪闻》《时务报》《清议报》《新民丛报》《新小说》等报刊开启了先声。但此时的梁启超还是康有为"公羊三世说"历史循环观的服膺者,"常谓据乱之世则多君为政,升平之世则一君为政,太平之世则民为政。凡世界必由据乱而升平而太平"③,认为人类社会沿着据乱—升平—太平的历史轨迹发展。1896年之后,随着梁启超对严复《天演论》认识的不断加深,梁启超成为进化论忠实的拥护者和积极的宣传者。《天演论》未版之前,梁启超已经得窥全书并手录副本呈给康有为过目,他认为《天演论》其说是对康有为进化论思想的重要补充,"书中之言,启超等昔尝有所闻于南海,而未能尽。……及得尊著,喜幸无量"④。另据有关史料,梁启超曾对《天演论》进行润色,至"十之有七"者⑤。严复在《天演论》中阐述的物竞天择、自强保种的进化思想被梁启超接受,他曾多次表达出对物竞天择、优胜劣汰、不兴则亡的认同,相关的文字不胜枚举。《时务报》曾拟转载严复的《原强》《辟韩》等宣扬进化论的文章,后《辟韩》载于1897年4月12日的《时务报》第二十三册上。梁启超在自己的文章中也反复阐发进化论的思想,在作于1900年的《二十世纪太平洋歌》中写道:"我寻风潮所自起,有主之者吾弗详。物竞天择势必至,不优则劣兮不兴则亡。水银钻地孔乃入,物不自腐虫焉藏。尔来环球九万里上一砂一草皆有主,旗鼓相匹强权强。惟余东亚老大帝国一块肉,可取不取毋乃殃。"⑥1902年他在

---

① 梁启超对报刊"有助耳目、喉舌之用,而起天下之废疾者"功用的阐述详见《论报馆有益于国事》等文,见《时务报》创刊号,1896年8月9日。
② 系1895年梁启超和康有为等人创办的与李提摩太《万国公报》同名的中文报纸,成为维新派宣传变法维新的思想阵地,后改名为《中外纪闻》,成为强学会的机关报并遭封禁。
③ 梁启超:《梁启超致严复书》,王栻主编:《严复集》(第五册),北京:中华书局,1986年版,第1568页。
④ 同上,第1570页。
⑤ 蔡玉洗、董宁文编:《冷摊漫拾》,哈尔滨:北方文艺出版社,2015年版,第126页。
⑥ 梁启超:《二十世纪太平洋歌》,《新民丛报》,第一号,1902年2月8日。

《新中国未来记》中说"因为物竞天择的公理，必要顺应着那时势的，才能够生存"①，表达了对弱肉强食、优胜劣汰的世界进化总趋势下中国现状的深深忧虑。1902年梁启超在《新民丛报》上撰专文《天演学初祖达尔文学说及其略传》宣传达尔文的进化论学说，并点明不能将达尔文学说仅视为"博物界一科之学"，应将自然淘汰优胜劣败的进化思想看作实行在一切邦国、种族、宗教、学术、人事之中的普遍公理，激励民众"不可不战兢惕厉，而求所以适存于今日之道"。

二

除严复《天演论》外，梁启超还受到日本流行进化论思想的影响。1898年戊戌变法失败后，梁启超亡命日本，受以加藤弘之为首的国权派的影响开始信奉国家主义和强权主义，"其由卢梭天赋人权论向伯伦理知国家主义的思想流变亦与加藤如出一辙"②。1899年，梁启超翻译并在《清议报》上连载德国政治学家伯伦知理国家主义的代表作《国家论》，表明他开始受加藤的影响倾向于国家主义。1901年，梁启超又在《清议报》上发表《国家思想变迁异同论》，译介了伯伦知理关于欧洲中世纪和近代国家思想变迁的情况。同年《清议报》上发表的《论强权》一文显示了梁启超对加藤弘之《强者的权利竞争》的完全承袭，他肯定了加藤弘之强者的权利是天赋的、只有强者才有自由、生物界经常发生强者的生存竞争等观点，"述加藤弘之先生之余论而引申之者也"③。在文中，梁启超表达了对人权天赋的摈弃和对强权天赋的认可，国家、民族、个人等要获得自由权，除了自求为强者别无他法，强者的竞争必然引发优胜劣汰，是为国家、民族、社会等一切事物进化之公理，无可避免。但梁启超与加藤弘之的国家主义内涵不甚相同，加藤弘之的国家主义是一种扩张的帝国主义的前奏，而梁启超的国家主义更多的是一种救

---

① 梁启超：《新中国未来记》，林志钧编：《饮冰室合集·专集》（第十九册），上海：中华书局，1941年版，第244页。
② 高力克：《启蒙先知：严复、梁启超的思想革命》，北京：东方出版社，2019年版，第280页。
③ 梁启超：《论强权》，《清议报》，1899年9月21日。

国的国家主义,是与近代中国受压迫欺凌而力求自强的救亡图存的民族要求密切相关的。

在加藤弘之之外,梁启超还受到福泽谕吉(1835—1901)、浮田和民(1859—1946)等人的影响,逐渐将寄希望于政治变革转变为培养国民精神的思想启蒙上。梁启超《自由书》《国民十大元气论》(一名《文明之精神》)所表现的文明观念,受福泽谕吉《文明论之概略》的直接影响。[①]福泽谕吉在《文明论概略》中将野蛮、半开化、文明看作当时世界国家所属的三种文明类型,他作了如下表述:"现代世界的文明状况,要以欧洲各国和美国为最文明的国家,土耳其、中国、日本等亚洲国家为半开化的国家,而非洲和澳洲的国家算是野蛮的国家。"[②]属于半开化国家的日本要发展其文明,就必须以欧洲文明为目标,用欧洲文明的标准来衡量日本文明进程的得失成败。对于如何实现本国的文明化,福泽谕吉在《文明论概略》中提出了具体步骤,首先是变革人心,然后是改革政令,经过前面两个步骤最后完成有形的物质文明。福泽谕吉认为"外在的文明易取,内在的文明难求"[③],因而他的文明观是提倡先在内在精神层面上完成日本文明的欧化,然后再实现外在政治和物质层面的文明,文明中精神性的内容是首要的,也是达成外在文明的基础。梁启超还颇为熟悉浮田和民的著作,他曾借用浮田和民《史学通论》中《历史与地理》关于地理环境决定论的进化思想,对浮田和民的帝国主义理论也曾进行介绍,《清议报》在1901年分四期连载浮田和民的有关帝国主义理论的文章。浮田和民指出民族主义必然向民族帝国主义转化,世界各国之间的竞争不单是物质和军事的竞争,还是经济和政治的竞争,在其中国民的素质将起到关键性的作用。

日本思想界对以国家概念为中心的国民精神和素质的普遍重视引起了梁启超的共鸣,梁启超大力提倡"新民说"有很大一部分原因可以归结于此。

---

① 桑兵:《梁启超的东学、西学与新学——评狭间直树〈梁启超·明治日本·西方〉》,《历史研究》,2002年第6期。
② [日]福泽谕吉:《文明论概略》,北京编译社译,北京:商务印书馆,1959年版,第9页。
③ 同上,第12页。

自1889年至1903年,梁启超以《清议报》《新民丛报》等为喉舌,提出"新民为今日中国第一急务",发表《新民说》《论中国国民之品格》《论中国人种之将来》《国民十大元气论》《十种德性相反相成议》《论近世国民竞争之大势及中国前途》等大量文章系统阐述"新民说",其中界定了"国民"的概念,讨论了国家、政府和国民之间的关系,将新民德置于改造国民性的中心并阐述了国民应具有的道德、政治等的素质。

梁启超对国民和臣民进行了区分,认为"国民者,以国为人民公产之称也。国者积民而成,舍民之外,则无国。以一国之民,治一国之事,定一国之法,谋一国之利,捍一国之患,其民不可得而侮,其国不可得而亡,是之谓国民","有国家思想能自布政治者,谓之国民"。[①] 可以看出,梁启超心目中的"国民"具有相当的国家观念、政治能力、自治意识和对权利、法制等的知识,完全是现代意义上的国民概念。而在国民的基本素质中,"国家思想"是其核心,"今日世界所趋重在'国家主义'教育。惟所论务在养吾人'国家思想'","国家思想者何?一曰对于一身而知有国家,二曰对于朝廷而知有国家,三曰对于外族而知有国家,四曰对于世界而知有国家"。[②] 在个人与国家、民族、世界的关系中,梁启超提出以国家为本位的思想,"国也者,私爱之本位,而博爱之极点。不及焉者野蛮也,过焉者亦野蛮也"[③]。将国家提高到博爱的道德高度上进行宣扬,充分体现了梁启超"新民说"国家主义的本质内涵,"新民"的目的在于"强国","强国"的目的在于在国与国的竞争中获得强权,才能在竞争中立于不败之地。

在国家主义和强权主义的基础上,梁启超进一步思考了个人和群体之关系。一方面,梁启超认为只有在保证群体自由的前提下才能维护个人利

[①] 梁启超:《论近世国民竞争之大势及中国前途》,林志钧编:《饮冰室合集·文集》(第二册),上海:中华书局,1941年版,第56页。
[②] 梁启超:《新民说》,林志钧编:《饮冰室合集·专集》(第三册),上海:中华书局,1941年版,第20页。
[③] 同上,第22页。

益,"善能利己者,必先利其群,而后己之利亦从而进焉"①。在这里,梁启超延续了严复在《天演论》中提出的"合群"观念并将其阐发为"利群"的思想,"故凡古贤今哲之标一宗旨以易天下者,皆非为一私人计也。身与群校,群大身小,诎身伸群,人治之大经也。当其二者不兼之际,往往不爱己、不利己、不乐己,以达其爱群、利群、乐群之实者有焉矣"②。而另一方面,根据进化论的社会有机体学说,梁启超亦强调群体离不开个人而存在,他引严译《群学肄言》中的话说"拓都(aggregate)之性情形制,幺匿(unit)为之,幺匿之所本无者,不能从拓都而成有;幺匿之所同具者,不能以拓都而忽亡"③。所以,国家由国民聚集而成,有什么样的国民就会产生什么样的国家,只有提高国民的素质才能造就强大的国家。"苟有新民,何患无新制度?无新政府?无新国家?"④

三

所谓新民,就是提高国民的素质,使其具有国民所独有的气质。梁启超从公德、国家思想、进取冒险精神、权利思想、自由思想、自治意识、进步精神、自尊、合群能力、毅力、尚武、私德等诸多方面阐述"新民"所应具有的新的价值观念、新的道德风貌和新的社会能力,力倡在全体国民身上培养"上自道德法律,下至风俗习惯、文学美术,皆有一种独立之精神"⑤。

梁启超没有把中国的进步仅仅局限于物质和制度层面,而是突出了国民性的改造和重塑问题。至于如何改造和重塑国民性,梁启超起初诉诸政

---

① 梁启超:《十种德性相反相成义》,林志钧编:《饮冰室合集·文集》(第二册),上海:中华书局,1941年版,第302页。
② 梁启超:《新民说》,林志钧编:《饮冰室合集·专集》(第三册),上海:中华书局,1941年版,第50页。
③ 同上,第123页。
④ 同上,第6页。
⑤ 同上,第10页。

治小说，认为政治小说"浸润于国民脑质，最有效力者"①并将之视为"国民之魂"。在《译印政治小说序》中，他认为在欧洲各国的变革过程中，政治小说曾发挥宣传变革思想、启蒙民众、弥集人心的重大作用，"往往每一书出而全国之议论为之一变。彼美、英、德、法、奥、意、日本各国政界之日进，则政治小说为功最高焉"②。其后，梁启超更将小说看成拥有"不可思议之力"，是足以支配人道的万能钥匙，认为小说具有熏、浸、刺、提四大功效，具备艺术感染力和潜移默化的力量，达到提升道德、移易风俗、变革人心、改良群治的强大能力。"故今日欲改良群治，必自小说界革命始！欲新民，必自新小说始！"③梁启超大大提升了小说的社会功能，一改小说在传统文学秩序中的边缘地位，从而将之看成"新民"的最佳途径。1902 年 11 月，梁启超在日本横滨创办《新小说》月刊，以他的《论小说与群治之关系》代发刊词，正式提出"小说界革命"和利用小说为社会改革服务的宗旨。为实验自己的理论主张，梁启超创作了中国第一部政治小说《新中国未来记》。这部小说连同 20 多部创作或翻译的历史、政治、哲理、社会、法律等新小说共同体现着梁启超的办刊宗旨，"专在借小说家言，以发起国民政治思想，激励其爱国精神"④。

梁启超首开以小说改造和重塑国民性之先河。在他的极力鼓吹和宣传下，革命派和倾向革命的人士纷纷效仿，《新民丛报》《江苏》《浙江潮》等报刊也辟出专栏用于刊发新小说，小说创作和翻译出现了空前繁荣的局面，"不数年而吾国之新著新译之小说，几于汗万牛充万栋，犹复日出不已而未有穷期也"⑤。新小说的繁荣为破除旧习，开启民智，树立自由平等、自强自立的国民新精神起到了思想启蒙的作用，影响甚大。

---

① 梁启超：《传播文明三利器》，林志钧编：《饮冰室合集：专集》（第二册），上海：中华书局，1941 年版，第 44 页。
② 梁启超：《译印政治小说序》，林志钧编：《饮冰室合集：文集》（第二册），上海：中华书局，1941 年版，第 109 页。
③ 梁启超：《论小说与群治之关系》，林志钧编：《饮冰室合集：文集》（第四册），上海：中华书局，1941 年版，第 119 页。
④ 梁启超：《中国唯一之文学报新小说》，《新民丛报》，1902 年 7 月 15 日。
⑤ 吴趼人：《月月小说序》，《月月小说》，1906 年第一号。

第三章 鲁迅前期进化论思想的谱系(一)

鲁迅受梁启超思想影响存在一个转折:在到日本后最初几年间,鲁迅从正面接受梁启超影响,而在留日后期,鲁迅开始对梁启超产生反感,并开始了对梁启超的批判。[①]梁启超对鲁迅的正面影响,主要体现在两点上:一是梁启超的"新民说"成为鲁迅改造国民性思想的重要来源;二是梁启超"新民必自新小说始"的小说观启发鲁迅形成以文学为思想启蒙、改造国民性工具的观念。

有学者认为,鲁迅开始认识到改造国民性为救国的紧迫课题,是清末留日时期在弘文学院的事,他后来从仙台医科专门学校退学,专心致力于文艺运动也主要是为实现这一课题。[②]在弘文学院时期,鲁迅对梁启超的思想已经比较熟悉。据周作人回忆称,梁启超的《饮冰室自由书》和《中国魂》鲁迅在国内时已经借看到,1902年2月到了日本以后,鲁迅更广泛地接触新书报。其时梁任公亡命日本,在横滨办《清议报》,后来继以《新民丛报》,风行一时。鲁迅到东京后,梁启超主编的几种报刊"的确都读过也很受影响"[③]。1903年4月鲁迅寄给他的一大包书刊中,就有《清议报汇编》八大册、《新民丛报》二册及《新小说》第三号一册[④]。1904年2月,鲁迅给周作人邮寄了《新小说》《浙江潮》《月界旅行》等书刊。在日本弘文学院学习时,鲁迅与许寿裳经常讨论(一)怎样才是最理想的人性?(二)中国国民性中最缺乏的是什么?(三)它的病根何在?这三个大问题。[⑤]可见,国民性问题已经经由梁启超的文章进入鲁迅的思考范围。这一主题又进一步延续了严复《天演论》和谭嗣同"仁学"对"人"这个命题的关注,在发挥人的主体意识、冲决封

[①] 王彬彬:《鲁迅与梁启超》,《鲁迅研究月刊》,2021年第3期。
[②] [日]北冈正子、李冬木:《另一种国民性的讨论——鲁迅、许寿裳国民性讨论之引发》,《吉林大学社会科学学报》,1998年第1期。
[③] 周作人:《关于鲁迅之二》,鲁迅博物馆、鲁迅研究室、《鲁迅研究月刊》选编:《鲁迅回忆录 专著》(中册),北京:北京出版社,1999年版,第887页。
[④] 鲁迅博物馆、鲁迅研究室编:《鲁迅年谱长编(第一卷)(1881—1921)》,郑州:河南文艺出版社,2012年版,第89页。
[⑤] 许寿裳:《亡友鲁迅印象记》,鲁迅博物馆、鲁迅研究室、《鲁迅研究月刊》选编:《鲁迅回忆录 专著》(上册),北京:北京出版,1999年版,第226页。

建专制罗网、摈弃旧道德和旧伦理压制下形成的奴隶性的层面上,其内在是同一的。

鲁迅自创刊号起即订购《新小说》,并由此对嚣俄(今译雨果)、焦尔士威奴(今译儒勒·凡尔纳)等很感兴趣,"鲁迅决心来翻译《月界旅行》,也正是为此"[①]。1903年10月,鲁迅翻译儒勒·凡尔纳的《月界旅行》由东京进化书社出版,12月鲁迅翻译了儒勒·凡尔纳的另一本书《地底旅行》,第一、二回发表于《浙江潮》第十期,但此后没有继续刊载,全书的单行本在1906年3月由南京启新书局出版发行。在《〈月界旅行〉辨言》中,鲁迅说翻译本书的目的在于"获一斑之智识,破遗传之迷信,改良思想,补助文明"[②],其思路实则脱胎于梁启超用小说来改良群治的思想,尽管鲁迅在这里用"科学小说"代替了"政治小说"。周作人评价说:"梁任公的《论小说与群治之关系》当初读了的确很有影响,虽然对于小说的性质与种类后来意见稍稍改变,大抵由科学或政治的小说渐转到更纯粹的文艺作品上去了。不过这只是不侧重文学之直接的教训作用,本意还没有什么变更,即仍主张以文学来感化社会,振兴民族精神,用后来的熟语来说,可说是属于为人生的艺术这一派的。"[③]可见,鲁迅试图利用小说来启蒙民众的想法和梁启超的新小说观也是一以贯之的。

随着民族革命的深入发展,鲁迅逐渐为章太炎等革命派的思想所吸引,开始对主张渐进改良论调的梁启超产生反感,但梁启超对鲁迅上述两点的影响是无法抹杀的。即使在辛亥革命成功推翻清王朝之后,鲁迅仍旧遗憾于政治革命虽然变更了政权,但国民的现状却并不令人满意,改造国民性的任务依旧任重而道远,"最初的革命是排满,容易做到的,其次的改革是要国民改革自己的坏根性,于是就不肯了。所以此后最要紧的是改革国民性,否

---

① 周作人:《鲁迅的青年时代》,南京:江苏人民出版社,2018年版,第85页。
② 鲁迅:《译文序跋集·〈月界旅行〉辨言》,《鲁迅全集》(第十卷),北京:人民文学出版社,2005年版,第164页。
③ 周作人:《鲁迅的青年时代》,南京:江苏人民出版社,2018年版,第142页。

则,无论是专制,是共和,是什么什么,招牌虽换,货色照旧,全不行的"①。正如王富仁所说:"梁启超当时的《新民说》和许多其他作品,鲁迅分明是相当熟悉的……鲁迅的'国民性'研究,是继续着梁启超的致力方向的。"②

第四节 章太炎"俱分进化论"

一

章太炎和严复并称为"清末社会学先锋"③,以翻译斯宾塞为嚆矢,在19世纪末共同推动社会进化学说在中国的传播。章太炎最早接触生物进化论是在诂经精舍进修期间。据姜义华《章太炎评传》,章太炎那时已经读过侯失勒《谈天》(原名《天文学教程》)、雷侠尔《地学浅说》、威廉臣编写的《格致探原》等包含有天体演化学说、生物进化学说内容的著作,并在《膏兰室札记》中用这些学说疏证《庄子》《淮南子》④。1898年8月起,《昌言报》自第一册至第八册(其中第七册未刊)发表曾广铨采译、章太炎笔述的《斯宾塞尔文集》,包含《论进境之理》和《论礼仪》两篇文章,均出自斯宾塞《论文集:科学的,政治的和推断的》(*Essays: Scientific, Political, and Speculative*),原篇名分别为:Progress: Its Law and Cause(《论进步:其法则和原因》)和Manners and Fashion(《礼仪与风尚》)。⑤《论进境之理》阐述了斯宾塞关于宇宙和人类社会进化的主要原理,"夫地球之成果,众生之成果,交际之成

---

① 鲁迅:《两地书·八》,《鲁迅全集》(第十一卷),北京:人民文学出版社,2005年版,第31—32页。
② 王富仁、查子安:《立于两个不同的历史层面和思想层面上——鲁迅和梁启超的文化思想和文学思想之比较》,《河北学刊》,1987年第6期。
③ 董家遵:《清末两位社会学的先锋:严几道与章炳麟》,《社会研究》,1937年第1卷第3期。
④ 姜义华:《章太炎评传》,南昌:百花洲文艺出版社,1995年版,第35页。
⑤ 关于章太炎译《斯宾塞尔文集》原作底本的考证详情,参见彭春凌:《章太炎译〈斯宾塞尔文集〉原作底本问题研究》,《安徽大学学报(哲学社会科学版)》,2017年第3期。

果,政治之成果,制造之成果,贸易之成果,语言文学工艺之成果,其始皆原于一,其后愈推至于无尽。盖夫日夜相代乎前而未尝息者,斯进境之说也"①,"由一生万,是名进境"②。《论礼仪》则研究了礼仪与风俗产生、演变的过程,阐述了变法是"一定不易之理"的观点。章太炎早期代表作《訄书》《儒术真论》的整个知识背景受到斯宾塞社会进化论学说的启迪。③在《斯宾塞尔文集》中,章太炎认为人们对事物的认知水平受到这样或那样的限制,对于进化论的"由一生万"、"变之生于力"、"极知之理"等观念已经表达出某种程度的怀疑。他说:

> 夫地球内外之变态,生生不已,上不能穷其本,下不能究其标,虽以天地之始为散点,其散点所自,又何物哉? 未来之变,能指其一二,变后之变,何自而度之? 然则已所知者,诚持之有故矣。其所未知,能定其起点之所在乎? 既往者知之矣,未来者能烛照而数计乎? 且所已知,特内外之变耳。变之生于力,吾知之。其力之为何物? 则吾勿能知也。人之意念,必始于知觉,吾知之。知觉所自始? 吾又勿能知也。……然则谓人智之有涯可也,谓其无涯亦可也。何者? 因其所知而绳凿之则无涯;于所未历,于所未见,不能立天元一而求之,则又有涯矣。然后知天下无极知之理,而万物各有不能极知之理。④

按照章太炎的逻辑,已知的东西追查下去只能获得"勿能知"。万物的起点归于一,然而追查这个"一"的来源是不可能的;万物皆出于变化之中,变化来自力,而这个"力"由何而来也是无法知道的;人的意念来源于知觉,

---

① 上海人民出版社编;马勇编订:《章太炎全集 译文集》,上海:上海人民出版社,2015年版,第4页。
② 同上,第13页。
③ 参见姜义华:《章太炎评传》,南昌:百花洲文艺出版社,1995年版,第27—39页。
④ 上海人民出版社编;马勇编订:《章太炎全集 译文集》,上海:上海人民出版社,2015年版,第25页。

而知觉又来自哪里,无从知晓……归根结底,人对万事万物的认知深究下去只能得到一种不可知的结论,知即是不知,这已经是一种相对主义的论调了。章太炎深受庄子齐是非、泯彼此的"齐物"思想的影响,由此可见一斑。

1899年8月6日起,《清议报》第二十三册至第三十四册连载章太炎撰写的《儒术真论》,其中附《视天论》《菌说》两篇文章,并录范缜《神灭论》于文末。1899年,《清议报》《亚东时报》先后刊载《仁学》,在当时造成很大的影响,风行一时。章太炎接触到《仁学》是在1897年,章太炎《自定年谱》称"平子(即宋恕——笔者注)以浏阳谭嗣同所著《仁学》见示",章太炎阅后"怪其杂糅,不甚许也"①。章太炎运用当时最新的科学知识,分别从宇宙论、进化论和无神论三个方面对康有为、谭嗣同哲学的自然观部分进行驳议。②其中,章太炎继续阐发了关于进化论的相对主义思想。

在《菌说》中,章太炎从分析细菌起,考察了生命、物种和人类的起源、进化。他指出细菌"为动、为植、为微虫、为微草",其形态介乎于动植物之间,"良以二者难辨,而动植又非有一定之界限也"③。推而论之,自然进化过程,从细菌发展到人,是一个由低级到高级、由简单到复杂的相互联系又互有区别的序列。这一过程中的每一个环节都是一种相对固定的存在,但又时时处于变化发展的进程中,因此界限分明的绝对状态是不存在的,一切都处于变化着的相对状态中。针对谭嗣同"性善、性恶之说,皆不如言无善无恶者"的观点,章太炎也采用相对主义进行辩驳。他说"无善无恶,就内容言;有善有恶,就外交言"④,意思是从人内在的主观而言人性既无善也无恶,不同的人有不同的标准,而从社会认同的观念来看就有善也有恶了,因为出现了一个共同的参照标准。章太炎指出参照物不一样,那么得出的结论也就不一样,凡事都是相对的,善恶标准也是相对而言的。《视天论》《菌说》反映了章

---

① 章太炎:《太炎先生自定年谱》,上海:上海书店,1986年版,第73页。
② 朱维铮、姜义华等编注:《章太炎选集 注释本》,上海:上海人民出版社,1981年版,第39页。
③ 同上,第54—55页。
④ 同上,第86页。

太炎的唯物论和无神论的进化论思想,但更多的是一种相对主义的思想。

《訄书》是更为集中反映章太炎利用斯宾塞的社会有机体论和社会进化论来解释人类社会的著作。据《章太炎年谱长编》,1898年12月章太炎将过去发表的和新撰的文章辑订成《訄书》,列目五十。1899年冬,《訄书》木刻本(原刊本)付梓,至于刻完出书,则在1900年7月前。据《自定年谱》,1902年章太炎称"余始著《訄书》,意多不称。自日本归,里居多暇,复为删革传于世"。①章太炎认为《管子》《韩非子》等"深识进化之理",他将之与西方的进化论融会贯通,"熔铸新理"、"推迹古近",删革后形成《訄书》的重订本。1904年由邹容题识的《訄书》重订本在东京翔鸾社出版,文章增至63篇,并附录4文。因一般读者无从分其句读,后来出了专门的圈点本,并于1904—1906年间多次重印。1914年章太炎对《訄书》做了第三次增删,更名为《检论》,保留《訄书》中原来的46篇,新增16篇,收入《章氏丛书》②。

《訄书》中《冥契》《封禅》《河图》《干蛊》《订文》《方言》《争教》《原教》《订礼俗》《原变》各篇明显吸收了斯宾塞关于文化、文明的演变以及政治、贸易、语言、文字、工艺等的进步在人类文明中所起作用的理论,说明了一个道理:人不仅与自然竞争,而且与人本身进行竞争,人在彼此竞争时,人的形体、礼制、语言、文字、政治制度等又无一不在竞争,"昔之有用者,皆今之无用者也"。章太炎在阐述求变、争竞的进化论思想的同时,也表达了一种平等主义的自由观,"即要求世界万物各从所好、各得自在,不以今非古,以古非今,不以异域非宗国,以宗国非异域,人人得以各适其欲、各修其行、各致其心"③。由此可知,章太炎并不用统一的标准来衡量和看待进化,古今中外的进化并没有固定的模式,进化只是相对而言的,不能用进化来抹杀事物在其各个发展阶段的价值。这表明章太炎的进化发展观已经发生动摇,为他后来提出"俱分进化论"并将进化看作"四惑"之一埋下了伏笔。

---

① 参见汤志钧编:《章太炎年谱长编》(上册),北京:中华书局,1979年版,第76—128页。
② 参见李春阳:《鲁迅与章太炎》,《社会科学论坛》,2015年第5期。
③ 姜义华:《章太炎评传》,南昌:百花洲文艺出版社,1995年版,第37页。

二

1906年9月5日,章太炎在《民报》第七号上发表了著名的《俱分进化论》,其中对直进的进化发展观进行了批评。章太炎承认进化客观存在,但他否定了进化一定能达到终极完美的境地的论调,他指出在海克尔提出发展进化论的同时即有叔本华与之相抗。叔本华以为"以世界之成立,由于意欲盲动,而知识为之仆隶"。人的欲望不辨道途,惟以追求享乐为目的,求而不得由是亦生烦恼。进化"非由一方直进,而必由双方并进",从道德上来讲,必然的结果是善在进化,恶也在进化,从生存体验上来讲,快乐在进化,苦痛也同步进化,"善恶、苦乐二端,必有并进兼行之事。世之渴想于进化者,其亦可以少息欤?"于是,章太炎得出结论云"进化之实不可非,而进化之用无所取"[①]。章太炎的"俱分进化论"融老庄矛盾对立面相互依存并相互转化的观点和佛教唯识论的善恶苦乐观,将进化看成善恶苦乐同步发展的混合体,质疑和批判了直线进化的进步主义,破除了进化必然引导人类进入臻境的意识形态神话。

1907年的《五无论》和1908年的《四惑论》继续了章太炎对进化论的批判。《五无论》载于《民报》第十六号,文章认为"世界本无",故以无政府、无聚落、无人类、无众生、无世界为最高理想。其中,章太炎批驳了进化的目的论发展观,认为宇宙进化无所谓成之目的。"或窃海格尔说,有无成义,以为宇宙之目的在成,故惟合其目的者为是。夫使宇宙而无所知,则本无目的也;使宇宙而有所知,以是轻利安稳之身,而候焉生成万物以自蠹。……然则宇宙目的,或正在自悔其成,何成之可乐?"[②]《五无论》充分体现了章太炎的道德悲观主义和虚无主义思想,他哀叹:"望进化者,其迷与求神仙无异。今自微生以至人类,进化惟在智识,而道德乃日见其反。张进化愈甚,好胜

[①] 章太炎:《俱分进化论》,章太炎:《章太炎全集》(四),上海:上海人民出版社,1985年版,第386—387页。

[②] 章太炎:《五无论》,章太炎:《章太炎全集》(四),上海:上海人民出版社,1985年版,第439—440页。

之心愈甚,而杀亦愈甚。纵令进化至千百世后,知识慧了,或倍蓰于今人,而杀心方日见其炽。所以者何? 我见愈甚故。……故余以为我见在者,有润生则淫必不可除,有好胜则杀必不可灭。夫耽于进化者,犹见沐浴为清凉,而欲沉于溟海。所愿与卓荦独行之士,勤学无生,期于人类众生,世界一切,销镕而止,毋沾沾焉以进化为可欣矣。"①在章太炎看来,进化是一种虚幻的、无法实现的迷思。现实生活中,进化助长了恶的道德,令进化中竞争的杀机更为炽盛,并不能引导世界走向平和,所以不必以为进化是可欣喜的东西。

　　1908年发表的《四惑论》将"公理"、"进化"、"惟物"、"自然"归为"四惑"。章太炎认为物质遵循质量守恒定律,不增不减,故而有进化就有退化,怎么能保证一定向着进步方向发展呢? 按照俱分进化的原理,善恶都在进化,脱胎于动物界的人在初始只有兽性,如果遵循其原初点而日进不已,只是在扩张兽性而已,那么结果是进化造成的危害将远大于不进化。如果将进化奉行为主义,进化将成为人构造出来的一种神道设教,"余谓进化之说,就客观而言之也。若以进化为主义者,事非强制,即无以使人必行。彼既标举自由,而又预期进化,于是构造一说以诬人曰:'劳动者人之天性。'若是者,正可名进化教耳"②。

　　综上,章太炎的"俱分进化论"带有浓厚的悲观主义、神秘主义、相对主义和不可知论的色彩,但需要指出的是章太炎反对和破除的并不是进化本身,他曾说"自然者,道家之第一义谛,由其博览史事,而知生存竞争,自然进化,故一切以放任为主"③,他怀疑和否定的是进化的方法论,即用什么样的方法来看待进化这个客观存在的事物。在章太炎的进化论思想中,我们看到了浓厚的思辨气质、否定的理论勇气和解构的启蒙意义。这对鲁迅形成

---

① 章太炎:《五无论》,章太炎:《章太炎全集》(四),上海:上海人民出版社,1985年版,第442—443页。
② 章太炎:《四惑论》,章太炎:《章太炎全集》(四),上海:上海人民出版社,1985年版,第451页。
③ 章太炎:《诸子学略说》,姜义华编:《中国近代思想家文库　章太炎卷》,北京:中国人民大学出版社,2015年版,第298页。

独特的进化论思想产生了重大的影响。

章太炎1936年6月14日去世后,鲁迅曾连续写作《关于太炎先生二三事》和《因太炎先生而想起的二三事》两篇文章表达对乃师的悼念之情。鲁迅自承"知道中国有太炎先生"是"为了他是有学问的革命家"的缘故,"我以为先生的业绩,留在革命史上的,实在比在学术史上还要大"。① 作为革命家的章太炎思想激进、笔锋凌厉、战斗风姿卓越,固然是鲁迅神往、敬佩的原因之一,但毕竟章太炎还是位"有学问"的学者,鲁迅对章师的学问文章也是非常熟悉的。就章太炎的进化论相关文章而言,鲁迅曾回忆到三十余年之前读不断木刻本的《訄书》,又曾提到《訄书》有木刻初版和排印再版,后经更定改名为《检论》②,说明他对《訄书》是十分留意的,也一定见到过各种版本的《訄书》。还有多个学者提出鲁迅的《破恶声论》受到章太炎《四惑论》很大的影响③。日本学者木山英雄曾认为"如果说章氏的小学由黄侃和钱玄同等嫡传弟子所继承,东方哲学的构筑则触发了熊十力、梁漱溟的儒、道、佛三教间各种会通的尝试的话,那么,他在《民报》时期独特的思想斗争最全面的继承者,则非鲁迅莫属了"④,他也认为《破恶声论》是《四惑论》的摹仿之作,这应该是鲁迅继承自章师独特思想之一面吧。

《破恶声论》要打破的恶声中,有两种是"一曰汝其为国民,一曰汝其为世界人"⑤的恶声。鲁迅认为这两种恶声虽表面上看起来背道而驰,一种强调国家意识,一种崇尚世界大同,但骨子里都有着"灭裂个性"的共同特征。

---

① 鲁迅:《且介亭杂文末编·关于太炎先生二三事》,《鲁迅全集》(第六卷),北京:人民文学出版社,2005年版,第565页。
② 参见鲁迅:《关于太炎先生二三事》《因太炎先生而想起的二三事》《病后杂谈之余》等文。
③ 参见[日]木山英雄:《文学复古与文学革命——木山英雄中国现代文学思想论集》,赵京华编译,北京:北京大学出版社,2004年版;李春阳:《鲁迅与章太炎》,《社会科学论坛》,2015年第5期;王小惠:《鲁迅〈破恶声论〉所受章太炎〈四惑论〉影响略述》,《鲁迅研究月刊》,2014年第10期;等等。
④ [日]木山英雄:《文学复古与文学革命——木山英雄中国现代文学思想论集》,赵京华编译,北京:北京大学出版社,2004年版,第237页。
⑤ 鲁迅:《集外集拾遗补编·破恶声论》,《鲁迅全集》(第八卷),北京:人民文学出版社,2005年版,第28页。

和章太炎一样，鲁迅提倡尊重事物的特性和个性，不强求齐一。他认为人在进化的过程中，进化的程度各个不同，大有差等，"或留蛆虫性，或猿狙性，纵越万祀，不能大同"①。如果硬要追求群体的整齐划一、抹杀异类，其必然后果要么是造成民性柔弱如羔羊的恶果，一旦有外敌入侵，就将如狼入羊群那样全群覆灭，又或者是民性嗜好侵略，养成群体兽性爱国的恶习。两者依据弱肉强食的进化规则，其结果都将是战争永续，直至人类灭尽。鲁迅已经接受了章太炎关于进化的悲观态度，进化有可能导致悲惨的结局，那种认为"顾仍奉行仪式，俾人易知执着现世，而求精进"②的乐观进化论至少是片面的、不科学的。

诚如斯宾塞所言："如果把所有社会看作一个整体，那么进步是必然的。但是对于个别的社会，进步则不是必然的，甚至是不可能的。"③进化绝不是只有一种固定模式，鲁迅在这里批判了片面追求共性的集体主义缺陷，为他倡导"尊个性、张灵明"的立人观找到了进化论上的依据。在日本留学时期，鲁迅又深受流行于日本的欧洲个人主义思潮代表人物尼采、克尔凯郭尔、施蒂纳、易卜生等人的影响，他更看到了"所贵所望，在有不和众嚣，独具我见之士"④的无限魅力，并希冀张扬个性的"精神界之战士"掀起反抗世俗的浪潮。

---

① 鲁迅：《集外集拾遗补编·破恶声论》，《鲁迅全集》（第八卷），北京：人民文学出版社，2005年版，第34页。
② 同上，第31页。
③ [美]刘易斯·A.科瑟：《社会学思想名家——历史背景和社会背景下的思想》，石人译，北京：中国社会科学出版社，1990年版，第107页。
④ 鲁迅：《集外集拾遗补编·破恶声论》，《鲁迅全集》（第八卷），北京：人民文学出版社，2005年版，第27页。

第四章
鲁迅前期进化论思想的谱系(二)

鲁迅与进化论的接触,除了国人的思想资源,还有一个很重要的源头是日本的思想界。鲁迅曾在日本留学八年,"留日时代的鲁迅,通过自然科学书、进化论、科幻小说、尼采、克尔凯郭尔等等,凭借一个青年鲜活的感受性,感受到了它们根柢当中的那种共通的'自由精神'及其能量,并且以进化论者和尼采式的个人主义者这一形态,把它们化作自己的东西"①。伊藤虎丸在这里强调的是鲁迅对自身精神的主动建构,而我们注意到的则是鲁迅是在什么基础上构筑自身精神的。

换言之,自然科学、科幻小说、尼采主义、柏格森创化论等等,都是鲁迅在进化论视野中选择和使用的思想材料,他利用这些资源将自己塑造成一个进化论者。本章我们将梳理鲁迅的这部分进化论思想的谱系。

第一节 丘浅次郎"种族竞争论"

一

丘浅次郎(1868—1944)是日本著名的生物学家和进化论的宣传普及

---

① [日]伊藤虎丸:《鲁迅与终末论:近代现实主义的成立》,李冬木译,北京:生活·读书·新知三联书店,2008年版,第48页。

者。1886年至1889年,丘浅次郎在东京大学理科动物学系学习三年。毕业后于1891年前往德国留学,曾先后在弗赖布格大学师从著名生物学家、"种质连续学说"的提出者魏斯曼(A. Weisman,1834—1914)和莱比锡大学的德国著名动物学家卢卡尔特(K. Leuckart,生卒年不详)学习。1894年归国后,先后任山口高等学校和东京高等师范学校教授,后任东京文理科大学讲师,直到1936年辞去教职。丘浅次郎一生著述颇丰,代表作有:《进化论讲话》(1904年)、《雌雄的起源与进化》(1908年)、《进化与人生》(1911年)、《人类的过去现在及未来》(1915年)、《从猿群到共和国》(1926年)等。

丘浅次郎除了教授生物学和动物学等科目外,他更为人所知的身份是以进化论为思想武器的"文明(文化)批评家"。作为进化论的积极宣传者,丘浅次郎从生物学的基本知识出发,广泛联系社会和人生,阐述进化论促进教育、社会、卫生、民族、种族等多方面领域发展的理论。刘文典曾在《〈进化论讲话〉译者序》中评说丘浅次郎"会用极畅达的文辞说精微的学理,教人读着无异听一位老博士'口若悬河'似的在那里讲演,只觉得畅快,不觉得烦难。一场听到底,不费事就把进化论的梗概都懂得了"[1],对其普及工作评价甚高。

周作人在《鲁迅的青年时代》中提出一个观点,认为鲁迅在南京看了严译《天演论》,而《天演论》原来只是赫胥黎的一篇题目叫《伦理与进化论》的论文,不是专门谈进化论的,所以并没有把进化论说得很清楚。鲁迅到日本东京后,学习了日文,看懂了丘浅次郎的《进化论讲话》,这才懂得了达尔文的进化论,明白了进化学说到底是怎么一回事。[2]学者李冬木曾在《鲁迅与丘浅次郎》(上、下)的长文中据此观点,认为"通过日语阅读日本学者介绍的进化论,特别是丘浅次郎的《进化论讲话》,鲁迅才真正达到了对进化论的理解"[3]。事实上,鲁迅与丘浅次郎进化论思想的接触早于购阅《进化论讲话》,而且也不是以《进化论讲话》作为结束的。

---

[1] [日]丘浅次郎:《进化论讲话》(上),刘文典译,上海:亚东图书馆,1927年版,第2页。
[2] 周作人:《鲁迅的青年时代》,南京:江苏人民出版社,2018年版,第52—53页。
[3] 李冬木:《鲁迅与丘浅次郎》(上),《东岳论丛》,2012年第4期。

众所周知,《进化论讲话》初版于 1904 年 1 月东京开成馆,十年后的 1914 年 11 月出增补版。而据潘世圣考证,鲁迅 1902 年 4 月至 1904 年 4 月就读于东京弘文学院时期已经听到过丘浅次郎的进化论讲演,其讲演笔记后于 1904 年 2 月在《新民丛报》半月刊第 46、47、48 号(一册合刊)第 157—191 页发表,题为《进化论大略(弘文学院特别讲义)》。① 鲁迅在谈到自己的留日生活时说:"凡留学生一到日本,急于寻求的大抵是新知识。除学习日文,准备进专门的学校之外,就赴会馆,跑书店,往集会,听讲演。"② 鲁迅这里所说的"新知识"包含丘浅次郎宣讲的进化论。另据北冈正子考证,鲁迅 1906 年从仙台医科专门学校退学返回东京后,将学籍挂靠在独逸语专修学校,期间丘浅次郎在该校教生物学。北冈正子认为鲁迅需要完成最低限度的学时才能确保学籍不被开除,而鲁迅由于之前与丘浅次郎有过接触,选择丘浅次郎教的生物课程的可能性非常大。③ 故而,鲁迅与丘浅次郎的交集从弘文书院学习期间断续延续到东京独逸语专修学校学习期间。那么,丘浅次郎《进化论讲话》的什么思想触动到了鲁迅,以至于鲁迅才算是真正明白了进化学说呢?

受盛行于德国的种族观念的刺激,丘浅次郎形成了将种族之间的竞争看成进化论最重要内容的观念。丘浅次郎曾师从德著名生物学教授魏斯曼学习,1892 年魏斯曼提出种质学说时,正是丘浅次郎在德国从其学习的时期。种质学说(germplasm)宣传遗传物质连续性学说(the Doctrine of the Continuity of the Germ Plasm),认为在多细胞有机体中,存在种质(germ line)(这些细胞是有机体的生殖细胞的上代)与体质(somatic line)(这些细胞形成了有机体的身体组织和成分)的严格区分。种质是亲代传递给下代

---

① 关于鲁迅听过丘浅次郎进化论讲演的详细考证,参见潘世圣:《还原历史现场与思想意义阐释——鲁迅与丘浅次郎进化论讲演之悬案》,《现代中文学刊》,2016 年第 3 期。
② 鲁迅:《且介亭杂文末编·因太炎先生而想起的二三事》,《鲁迅全集》(第六卷),北京:人民文学出版社,2005 年版,第 578 页。
③ [日]北冈正子:《独逸语专修学校に学んだ鲁迅》,鲁迅论集编辑委员会编:《鲁迅研究の现在》,东京:汲古书院,1992 年,第 39 页。

的遗传性物质，不因环境改变而改变，可以通过遗传世代延续。体质则不能产生生殖细胞，也就不能转变为种质，它们受环境影响而获得的变异不能够遗传给下代，会随着个体的死亡而消失。魏斯曼的种质学说在达尔文自然选择学说的基础上结合当时生物科学中的研究成果和他自己的研究心得产生，有其一定的科学性，但这个学说支持了种族特征的前定性，强调种质的决定论和连续论，为殖民主义、帝国主义和种族主义提供了理论的依据。

从非白人种族的立场出发，丘浅次郎是极其不愿意承认魏斯曼种质学说的科学性的，他在《进化论讲话》的"瓦来士和魏兹曼（刘文典将魏斯曼译作魏兹曼——笔者注）"、"罗曼内斯和赫尔特维希"两节中将魏斯曼的学说批驳得体无完肤，认为魏斯曼的学说不仅繁杂而且完全建立在假说的基础上，"为要拥护自己的学说，并且解释这些矛盾，又想出种种的假说，追加上去。从来大家所想出来的生物学的学说里，还没有第二个繁杂到魏兹曼的学说这样，假说上又堆着假说的啊"①。但魏斯曼的学说传播非常广，产生的影响也非常大，连丘浅次郎也不得不承认魏斯曼的学说"确乎是达尔文以后的许多学说里对于最多数的人有最大影响的"②。

非白人种族低于白人种族的观念早在资本主义原始积累阶段就因奴隶买卖而滋生并流行了几个世纪，"毫无疑问，进化运动与欧洲人试图将非白人种族定义为生物学上低级的做法之间有关联。世界各处都是如此，但是最严重的地方就是德国"③。殖民主义、帝国主义和种族主义认为人类种族天生是不平等的，在智力和道德发展的能力上有着天然的差别。由于种质学说承认种质不能被环境所改变并且世代遗传，种族的优劣之分会从远古一直持续到人类的将来，"高级种族生来具有创造高度文明的生物本质，负

---

① ［日］丘浅次郎：《进化论讲话》（下），刘文典译，上海：亚东图书馆，1927年版，第407页。
② 同上，第410页。
③ ［英］彼得·J.鲍勒：《如果没有达尔文 基于科学的推想》，薛妍译，北京：商务印书馆，2017年版，第272页。

有统治世界的使命;低级种族则无力创造和掌握高级文化,注定成为统治对象"[1]。丘浅次郎在进化论中看到了白人种族对非白人种族的歧视和侵略性,由此他产生了对日本民族竞争能力的强烈焦虑。这种焦虑在他的《进化论大略》和《进化论讲话》中有着非常深刻的体现。

二

丘浅次郎在《进化论大略》中首先概述了进化论学说的由来,并从动物学和植物学的角度对进化过程进行了讲解,重点阐述了进化论对人类社会发生所具的意义。在这个部分,丘浅次郎重点强调了种族竞争是普遍和必然的,"百年以来生存竞争之风潮日烈一日,苟今日人类中有缺生活之资格者,势必如昔日多数劣等动物之不免于惨杀不免于死亡不免于灭种。因而以少数生存之人类掌握万能支配世界者,此必然之势也"[2]。他举世界上种族殖民的实例对种族竞争的残酷性加以说明:

> 今试旷览五洲人种之现状,澳洲南有达司马尼亚者,在昔土人甚多,自欧洲人前往殖民,不数十年土民种族,尽归歼灭,新西兰岛亦然。今日土民之存者,不及千分之一。穷思过此以往,并此千分之一恐亦不可复存。盖新种入而旧种亡,新种强而旧种弱,公理然也。亚美利加当哥伦布未发现之前,红色土民甚为蕃庶,一自欧人移往,建立国家,至于今日,其种族存者寥寥如晨星,虽美国力倡保护以为人种纪念之说,然亦终归无济耳。余如亚非利加与非律宾群岛等处,自被欧人踪迹蹂躏后,新种日繁,旧种日减,其少数之土民,仅供博览会之参列品与人之玩具而已,物竞天择优胜劣败岂不可畏哉?
>
> 要之,人类中非自治即为人治,为人治则不免于受鞭挞苦戮辱而为

---

[1] 北京大学国情研究中心主持编纂:《世界文明百科全书》,太原:山西教育出版社,1992年版,第1327页。
[2] [日]丘浅治郎:《进化论大略(弘文学院特别讲义)》,《新民丛报》1903年汇编,第46—48号合刊,第165页。

之奴仆。其利权其实业皆操之于治者之手,世袭土地拱手授人,为他人长子孙聚国族之新乐地,而茕茕被治之种族沦于饿莩,或乞食于道衢或逃窜于深山穷谷,不至于灭种不止。诸君有闻吾言而醒警乎,当知此为世界之公理,不可逃避者也。

> 由今日情势以测将来,苟不能自治,即当为人所治而受天演之淘汰。……而适于生存竞争者其人种必居优胜,不适于生存竞争者其人种必居劣败。若优胜人种中人口而增一倍也,则劣等人种必死去一倍。愈争愈烈,愈烈而胜负愈判,遂演出亡国灭种之惨剧矣。①

丘浅次郎直接用达尔文的生存竞争和优胜劣败的进化论公理来阐述人类种族之间的竞争。基于种族竞争的公理,丘浅次郎认为完全废止种族之间的战争是不可能的,而那种期待人类走向世界大同的理想更是痴人说梦,保证种族生存的唯一办法是加速本种族的进步发展以在竞争中取得优势。在种族竞争的大前提下,进化迟缓的种族没有竞争优势,失败灭亡无可避免,所以每一个种族都不得不极力谋求本族的进步改良。丘浅次郎更具体地将种族竞争聚焦在黄种人与白种人之间:

> 彼非澳诸洲群岛经白人辟草莱驱猛兽,瓜分豆剖而后已,无复尺土之存。然西尽东来,图其高瞻远瞩之人民出,其狐媚狼吞之手段,欧风美雨掀天翻地阵阵凭陵,黄种之存亡已决于今日而起我抵抗之旅,保种族守国土,我亚洲东部之人民实负其责任焉。虽然于竞争风潮轰轰烈烈之中,仍有晏安如故充耳未闻瞠目无睹者,吾恐凌铄全球之力尽将让之白人矣。此进化论之结果而白人之日以此自负而相勉者也。诸君其一熟思之乎。②

---

① [日]丘浅治郎:《进化论大略(弘文学院特别讲义)》,《新民丛报》1903年汇编,第46—48号合刊,第165—166页。
② 同上,第166页。

在上述引用的长文中,丘浅次郎将世界范围内的种族竞争看成白种和黄种之间的竞争,认为在欧风美雨的冲击下已经到了"黄种之存亡"的生死关头,并试图以"亚洲东部之人民"将日本和其他亚洲民族混同而谈。

1904年东京开成馆出版的《进化论讲话》可被视作《进化论大略》的详解版,其基本思想是相同的。他仍旧强调竞争是进化的唯一原因,"只要是一息尚存的时候,都是绝对免不了竞争的"[①]。人类和其他生物种属一样,都进行着包括异种属之间和同种属之间的两种种族竞争。异种族之间的竞争导致各种族的盛衰存亡,同种族内的竞争导致本种族的进步改良,因而只要存在许多种族并列生存的情况,种族之间的竞争就不可避免,同种族中个人与个人的竞争也是不能停止的。他进一步描述人类社会种族竞争的现状:

> 凡是分布的区域广大,个体的数目众多的生物种属,都必然要分为若干的变种,到后来各个变种还要相互争斗不已的。人类现在就正是这个光景,所以和异种族用某种方式相互争斗的事是无法避免的。在种族和种族的竞争上,进步迟缓的人种是到底没有胜利的希望的;所以无论那一个民族都不能不极力的专图本民族的进步改良。[②]

在《进化论大略》和《进化论讲话》初版发表的1904年,日俄战争全面爆发。这场在中国境内发动的战争被视为黄种与白种之间的种族战争,"当时落后的亚洲各国……流行着一种民族主义,甚至是种族主义的思潮,认为日俄战争是近代以来,黄种人第一次打败白种人,而为日本欢呼"[③]。但鲁迅对丘浅次郎裹着进化论外衣的日本帝国主义侵略逻辑无疑有着清醒的认识,他认为不可对日本抱有同情和幻想,"日本军阀野心勃勃,包藏祸心,而且日本和俄国邻接,若沙俄失败后,日本独霸东亚,中国人受殃更毒"[④]。针对当

---

① [日]丘浅次郎:《进化论讲话》(下),刘文典译,上海:亚东图书馆,1927年版,第569页。
② 同上,第569页。
③ 王仲涛、汤重南:《日本近现代史 现代卷》,北京:现代出版社,2016年版,第48页。
④ 薛绥之主编:《鲁迅生平史料汇编》(第2辑),天津:天津人民出版社,1982年版,第51页。

时的留学生群体、国内舆论界普遍袒护日本、抨击俄国的做法,鲁迅表示了不满,他曾托友人转告主编《俄事警闻》蔡元培等人三点提醒:"(一)持论不可袒日;(二)不可以'同文同种',口是心非的论调,欺骗国人;(三)要劝国人对国际时事认真研究。"①

关于种族间的竞争,鲁迅承认其的确是客观存在的,但他并不认同丘浅次郎将种族竞争普遍化的做法。鲁迅从弱者角度出发,认为种族之间除了竞争这一种相处方式外,还可以和平互助,"凡有危邦,咸与扶掖,先起友国,次及其他,令人世间,自繇具足,眈眈皙种,失其臣奴,则黄祸始以实现"②。所谓通过丘浅次郎鲁迅真正达到对进化论的理解,这理解其实是反向的,透过披着对抗种族竞争外衣的黄种自强论,鲁迅看清了日本狭隘的民族主义和兽性的爱国主义。

丘浅次郎对鲁迅产生的另一个影响是,鲁迅通过丘浅次郎接触到了海克尔的进化论思想并对其发生了兴趣。在《进化论讲话》中,丘浅次郎对海克尔的评论极为正面:"看他(此处指原文中的'赫凯尔',刘文典将海克尔译作赫凯尔——笔者注)生平的议论,都是由根据自然科学的哲学见地,统关生物进化的全局立论,决不过于重视一个局部的现象,偏于那一方面的。"③丘浅次郎认为海克尔的立论公平持正,与他对魏斯曼的看法两相对比,不难看出其推崇海克尔之意。

第二节 海克尔"一元论"

丘浅次郎在《进化论讲话》中介绍了海克尔(E. Haeckel,1834—1919)

---

① 沈瓞民:《鲁迅早年的活动点滴》,《上海文学》,1961年第10期。
② 鲁迅:《集外集拾遗补编·破恶声论》,《鲁迅全集》(第八卷),北京:人民文学出版社,2005年版,第36页。
③ [日]丘浅次郎:《进化论讲话》(下),刘文典译,上海:亚东图书馆,1927年版,第399—400页。

的生平，他将海克尔与赫胥黎并列，指出海克尔是达尔文进化论在德国最得力的普及者和卫护者。丘浅次郎列举海克尔的代表性著作有《自然创造史》(1868年)、《人类发生学》(1874年，又译为:《人类起源，或人的进化》)、《宇宙之谜》(1899年)、《生命之不可思议》(1904年，又译为:《生命的奇迹》)等几部。这就是鲁迅大致从丘浅次郎那里了解到的海克尔的情况。

据姚锡佩在《现代西方哲学在鲁迅藏书和创作中的反映》(上)中的考证，鲁迅购读了威廉·伯尔舍氏撰写的《恩斯特·海克尔的一生》，这在鲁迅现存藏书中是关于自然科学家传记作品唯一的一种。此外，鲁迅还拥有1902年G.莱莫尔出版的海克尔的《自然创造史》、1903年克吕纳出版社出版的《宇宙之谜》和1906年同一出版社发行的《生命的奇迹》(1919年刘文典中译本名为《生命之不可思议》)。[①] 当时在日本，除了《宇宙之谜》的德文原版书，1906年3月有朋堂还出版了冈上梁、高桥正熊翻译的日译本，书前有加藤弘之、元良勇次郎、石川千松代和渡赖庄三郎的序，附有译者的《生物学说沿革史》《海格尔略传》和《日语、德语对照表》。[②] 王士菁认为，鲁迅在日本还曾接触到海克尔的《人类发生学》。[③] 又据孙尧天《跨文化语境中的〈人之历史〉——重审早期鲁迅与海克尔、泡尔生的思想联系》一文，著名的国权论者加藤弘之的《人权新说》很可能参考了海克尔的《自然创造史》一书写成。[④] 鉴于《人权新说》在日本的流行程度以及加藤弘之对梁启超进化思想的影响，鲁迅应该能间接接触到海克尔《自然创造史》的内容。由上述情况看来，鲁迅了解到的关于海克尔的材料是比较全面的。

鲁迅1907年12月发表于东京《河南》月刊第1号上的《人之历史》，原

---

① 姚锡佩:《现代西方哲学在鲁迅藏书和创作中的反映》(上)，《鲁迅研究月刊》,1994年第10期。
② [日]中岛长文:《蓝本〈人之历史〉》,陈福康节译,北京鲁迅博物馆、鲁迅研究室编:《鲁迅研究资料》(12),天津:天津人民出版社,1983年版。
③ 王士菁:《〈鲁迅手稿和藏书目录〉前言——纪念鲁迅诞生120周年》,《鲁迅研究月刊》,2001年第3期。
④ 孙尧天:《跨文化语境中的〈人之历史〉——重审早期鲁迅与海克尔、泡尔生的思想联系》,《东岳论丛》,2020年第1期。

题为《人间之历史》，其内容被考证认为90%的地方都有据可查，所依据的三个底本中就有海克尔《宇宙之谜》第五章《人类之种族发生学》[①]。根据该文的副标题"德国黑格尔氏[②]种族发生学之一元研究诠解"可以看出，鲁迅对海克尔进化论思想的兴趣主要体现在两点上：一是海克尔的人类种族发生学理论；二是人类种族发生学的"一元论"哲学思想。

鲁迅是向国人推介海克尔学说的第一人，他对海克尔人类种族发生学发生兴趣是在反思丘浅次郎以种族概念为核心的进化论的延长线上进行的。在海克尔之前，生物发生学仅指生物个体的发生，海克尔综合前人成果，提出种族发生实为个体发生的反复，也符合生物进化中遗传和适应两种规律。海克尔采取间接推理和批判反省的方法，从脊椎动物上溯至无脊椎动物辨析进化痕迹，"间有不足，则补以化石与悬拟之生物"，绘制出了自单细胞生物至人类的生物谱系图。由是，种族发生学得以明了，"知一切生物，实肇自至简之原官，由进化而繁变，以至于人"[③]。海克尔因此得出人类和其他动植物都是由最简单、最低级的原生物逐渐进化发展而来的结论，而原生物又始于无生物，"物质全界，无不由因果而成，宇宙间现象，亦遵此律，则成于非官品之质，且终转化而为非官品之官品，究其本始，亦为非官品必矣"[④]。海克尔的人类种族发生学阐明了人类在自然界的位置，解决了人类与自然起源的"重大宇宙之谜"[⑤]，同时也奠定了其"一元论"哲学的基础。海克尔的"一元论"哲学对鲁迅的进化论思想影响很大，主要表现在三个方面：

其一，否定了神话和宗教中的"造人说"，确立了精神统一于物质的科学的自然观。海克尔"一元论"是一种统一的世界观，它将物质的物质世界与非物质的精神世界统一于单一的、不可分割的实体世界。海克尔确定了精

---

① [日]中岛长文：《蓝本〈人之历史〉》，陈福康节译，北京鲁迅博物馆、鲁迅研究室编：《鲁迅研究资料》(12)，天津：天津人民出版社，1983年版。
② 鲁迅将海克尔译作黑格尔，而不是指德国哲学家格奥尔格·威廉·弗里德里希·黑格尔。
③ 鲁迅：《坟·人之历史》，《鲁迅全集》(第一卷)，北京：人民文学出版社，2005年版，第14页。
④ 同上，第17页。官品指生物，非官品指无生物。
⑤ [德]恩斯特·海克尔：《宇宙之谜——关于一元论哲学的通俗读物》，上海外国自然科学哲学著作编译组译，上海：上海人民出版社，1974年版，第5页。

神统一于物质的哲学思想,认为精神有其物质基础,而非超自然的现象,"所有灵魂生活的现象,毫无例外都和躯体的生命实体中的、也就是原生质中的物质过程分不开的"①。在他的"一元论"中,进化贯彻始终,人类的精神能力也是随着人类的进化而逐渐获得的。他这样表述道:"种系发生学的证明是以大脑的古生物学、比较解剖学和生理学为依据的;这些科学相互补充,一致证实:人类的大脑(及其功能,即灵魂)必然是从哺乳动物的大脑,此外还从低级脊椎动物的大脑,依次逐步进化而来的。"②人类种族的进化连同生物体和精神能力都是进化的产物,这就打破了生物进化中的"神创说",将上帝从人类的演进历史中驱逐了出去。海克尔"一元论"在破坏宗教神学教义的历史功能上的确功勋卓著,五四运动前后,以陈独秀、马君武、刘文典为代表的有识之士还在借用海克尔物质一元论批判当时盛行的灵学思潮。③刘文典回忆翻译海克尔著作的缘由时,曾说:"我着手译这部书,是在三年以前,正当那《灵学杂志》初出版,许多'白日见鬼'的人闹得乌烟瘴气的时候。我目睹那些人那个中风狂走的惨象,心里着实难受,就发愿要译几部通俗的教科书来救济他们,并且防止别人再去陷溺,……经了几次的选择,就拣定了赫凯尔博士的两部书,一部是《宇宙之谜》,一部就是这个《生命之不可思议》。"④鲁迅准确地把握住了海克尔"一元论"的重要历史意义,他评价说:"故进化论之成,自破神造说始"⑤。

其二,强调人类的精神之能是使人类在进化中胜出其他生物种群的关

---

① [德]恩斯特·海克尔:《宇宙之谜——关于一元论哲学的通俗读物》,上海外国自然科学哲学著作编译组译,上海:上海人民出版社,1974年版,第105页。
② 同上,第191页。
③ 陈独秀创办《新青年》后不久开始连载马君武翻译的《赫克尔一元哲学》,即《宇宙之谜》;1917年陈独秀翻译了《宇宙之谜》的第17章,以《科学与基督教》为题分两次刊载在《新青年》上;刘文典于1919年翻译《生命之不可思议》和《宇宙之谜》。同年6月起,《生命之不可思议》以《生命论》为题连载于《新中国》杂志上,先后发表10章,后列入"共学社丛书"之哲学系列,多次出版。1920年1月起,《宇宙之谜》从《新中国》第2卷第1号至第8号起连载到第5章。
④ 刘文典著,诸伟奇、刘兴育编:《刘文典诗文存稿》,合肥:黄山书社,2008年版,第108页。
⑤ 鲁迅:《坟·人之历史》,《鲁迅全集》(第一卷),北京:人民文学出版社,2005年版,第13页。

键因素。鲁道夫·欧肯认为物质一元论取消了人类神创的神圣身份,从而使得人类在自然界中的地位一落千丈,失去了原本高高在上的特殊位置,"一切属于人类的东西都被抹杀了,一切精神的,一切赋予生活以充实的内容的事物都不见了,这包括对生活的禁锢和贫瘠。这标志着它拒绝历史的全部内在实质,抛弃一切人性追求的,并期望达到最高点的事物"①,一元论"将自然视为万物的本质并允许自然观点占据整个事实,而否认所有的独立精神生活"②。

然而海克尔真的彻底否认了人类独立的精神生活了吗?海克尔明确指出:"人类的概念思维和抽象能力是由亲缘关系相近的哺乳动物的思维与表象的非抽象的初步阶段逐步发展而来的。人类最高级的精神活动,如理性、语言和意识都是由灵长类祖先系列(猿猴和狐猴)中的精神活动的低级初步阶段发展起来的。"③同时,海克尔还进一步认为人类文明的发展有赖于人类高级语言、思维、意识等精神能力的进化,文明人能够达到的意识发展的最高阶段是从低级阶段逐渐进化而来的,与未开化民族相比较,文明阶段的语言、思维和意识发展程度都更高,不仅语言更富有思想,思维的概括能力更强大,而且意识也更为深刻和清晰。很显然,海克尔并非否定人类具有独立的精神生活,他反对的是认为在自然界之外还存在一个独立的"精神世界"的论调,他强调人类的精神生活源于进化,具有物质性。海克尔以人类在进化中获得强大的精神能力为荣耀,将之视为极为重要的进化成果,"从最低级的原生生物的最简单的无意识联想,一直进化到文明人的非常完善的有意识的观念联想。人类意识的统一也是人类本身的最高成果"④,"(灵魂生活)从种系发生上来讲,高级是从低级进化而来的,以前分离功能的更高一

---

① [德]鲁道夫·欧肯:《近代思想的主潮》,高玉飞译,合肥:安徽人民出版社,2013年版,第192页。
② 同上,第182页。
③ [德]恩斯特·海克尔:《宇宙之谜——关于一元论哲学的通俗读物》,上海外国自然科学哲学著作编译组译,上海:上海人民出版社,1974年版,第101—102页。
④ 同上,第116页。

级的整合或集中,联想或统一把高级动物和人类的灵魂活动提到一个令人吃惊的高度"①。鲁迅在《人之历史》中继承了海克尔进化论并没有取消人类在自然界中特殊位置的理论,人类通过进化获得的理性、思维、语言和意识等高级精神能力为自己挣得在进化中的优势地位。鲁迅据此驳斥了那些认为人类进化之说亵渎了人类"万物之灵"称号的观念。他认为人类通过自己的主体精神力量,"自卑而高,日进无既,斯益见人类之能,超乎群动"②,奋力追求进化才达到今天在自然界中的位置,这一历程实在是伟大,怎么能说进化论亵渎了人类呢?

其三,对人类内在的精神信仰进行正面肯定和积极辩护。鲁迅在《破恶声论》中将海克尔的这段话转述成"德之学者黑格尔,研究官品,终立一元之说,其于宗教,则谓当别立理性之神祠,以奉十九世纪三位一体之真者。三位云何?诚善美也"。但鲁迅又在这段话之前加了一句话:"夫欲以科学为宗教者,欧西则固有人矣。"③科学何以能够成为宗教?汪晖对此的解释是:"海克尔是个科学家,但是他这个科学可以变成宗教,因为科学恰恰就起源于宗教。"④汪晖的解释稍显勉强,因为他并未给出海克尔的"一元论"转变成宗教的理由。为此,我们查询了《宇宙之谜》,发现《我们的一元论宗教》这一章中海克尔的原话是这样说的:"为了达到这一崇高目标,最重要的是,现代自然科学不仅要粉碎迷信的幻境,清除道路上迷信的杂乱瓦砾,而且要在变得空旷的建筑场地上为人类意志建立起一座新的起居舒适的大厦——理性的宫殿,在里面,我们可以凭借我们新获得的一元论世界观对十九世纪真正

---

① [德]恩斯特·海克尔:《宇宙之谜——关于一元论哲学的通俗读物》,上海外国自然科学哲学著作编译组译,上海:上海人民出版社,1974年版,第87页。
② 鲁迅:《坟·人之历史》,《鲁迅全集》(第一卷),北京:人民文学出版社,2005年版,第8页。
③ 鲁迅:《集外集拾遗补编·破恶声论》,《鲁迅全集》(第八卷),北京:人民文学出版社,2005年版,第30页。
④ 汪晖:《声之善恶:鲁迅〈破恶声论〉〈呐喊·自序〉讲稿》,北京:生活·读书·新知三联书店,2013年版,第79页。

的'三位一体',即真、善、美三位一体,表示虔诚信奉。"①可以看出,海克尔的原意是扫除基督教、天主教等宗教"圣父圣子圣灵"的"三位一体"而奉行以"真、善、美"的人类情感和伦理为标准的真正的"三位一体"。很显然,海克尔的"一元论"之所以能够称之为"宗教",是因为他的"理性之神祠"里供奉着人类精神以代替神性精神,他将人类的精神抬到了信仰的高度。

鲁迅把捉到了海克尔"一元论"的精髓所在,他指出海克尔的学说"虽云据科学为根,而宗教与幻想之臭味不脱,则其张主,特为易信仰,而非灭信仰昭然矣"②。鲁迅高度赞扬了信仰的重要性,认为宗教、迷信"本向上之民所自建,纵对象有多一虚实之别,而足充人心向上之需要则同然"③,只要是以人为中心、为人类进步服务的信仰就都值得称颂。反倒是那些斥责迷信、以他人有信仰为大可奇怪的事、定要除之而后快的伪士们才应该被唾弃,因为伪士们"自惟为稻粱折腰,则执已律人",没有"真、善、美"的内在精神信仰。这才是鲁迅"伪士当去,迷信可存"的真义。

鲁迅还将海克尔的"一元论"与尼采的"超人说"并举,"至尼佉氏,则剌取达尔文进化之说,掊击景教,别说超人"④,认为二者在本质上有异曲同工之妙。海克尔和尼采所信仰的"宗教"均极力反对上帝,具有肯定尘世的人本主义意义。他们同时也高度肯定了人类内在精神的重要价值,正如鲁迅在《破恶声论》中所指出的"俾人易知执着现世,而求精进"。在下一节中,我们将讨论尼采的"超人说"在进化论意义上对鲁迅思想产生的影响。

---

① [德]恩斯特·海克尔:《宇宙之谜——关于一元论哲学的通俗读物》,上海外国自然科学哲学著作编译组译,上海:上海人民出版社,1974年版,第318页。
② 鲁迅:《集外集拾遗补编·破恶声论》,《鲁迅全集》(第八卷),北京:人民文学出版社,2005年版,第31页。
③ 同上,第30页。
④ 同上,第31页。

第三节 尼采"超人说"

与国家政治军事的目标相一致,日本思想界逐步停止英美等国的思想体系的输入,其转向德国寻求理论支撑的倾向愈发明显。日本明治政府在寻求现代化的过程中,出现了"弃英美学而崇德学的现象"[1]。19世纪80年代起,康德、黑格尔等的德国哲学成为日本大学的主流,也就是在这股潮流中,尼采主义进入日本并引发了"尼采热","尼采主义的流行跟一个以东京帝国大学出身者为中心的国权论派之间存在着一种联系"[2]。井上哲次郎被认为是明治尼采热的发端者,他是东京大学哲学科的第一届毕业生,1884年2月作为文科最初的文部省留学生被派往德国研究哲学。井上哲次郎曾担任东京大学文科大学校长,与加藤弘之同为帝国学士院的会员,是明治时期另一位具有代表性的国家主义者。1898年,从德国留学回国后的井上哲次郎在大学讲坛上宣扬尼采[3]。

据伊藤虎丸分析认为,尼采在日本的形象经过三个阶段的发展:"从当初的'积极的'人,又经'文明批评家'的中介,终于定型为高山樗牛所谓的'本能主义'者"[4]。1898年3月《太阳》杂志刊载《尼采思想的输入与佛教》一文,指出尼采哲学包含有"超人的理想"和"依靠坚强的意志努力从生存之罚中得到解脱"等积极的因素,输入尼采哲学是作为对斯宾塞不可知论和叔本华悲观主义哲学的反拨,以期纠正当时深受上述两种思想影响的日本佛教阿世媚俗、短视弱能的缺陷,从而使备受外来基督教压制的传统佛教能够

---

[1] 盛邦和:《亚洲认识:中国与日本近现代思想史学研究》,上海:上海人民出版社,2019年版,第140页。
[2] [日]伊藤虎丸:《鲁迅、创造社与日本文学:中日近现代比较文学初探》,孙猛、徐江、李冬木译,北京:北京大学出版社,1995年版,第53页。
[3] 参见李克:《鲁迅接受尼采哲学原因探析》,《鲁迅研究月刊》,1998年第11期。
[4] [日]伊藤虎丸:《鲁迅、创造社与日本文学:中日近现代比较文学初探》,孙猛、徐江、李冬木译,北京:北京大学出版社,1995年版,第57页。

积极抗争以图重新繁荣。1901年登张竹风在《帝国文学》上发表论文《论弗·尼采》，将尼采的学说看作对19世纪欧美社会道德无序、颓废精神弥漫等现状不满而发的愤懑之声，"旧道德已废而新道德未立，道德伦理之书空多而伦常日趋弛坏……以善恶来规范一切人生的伦理学者愈多出世，而'病态的感伤主义'潮流却将要渐渐普遍全社会"，同年8月《太阳》杂志又发表了高山樗牛的《论美的生活》，将尼采理解成"极端个人主义"的形象，认为"所谓幸福究为何物，以吾人之见即唯是本能的满足。所谓本能究为何物，人性自然之要求是也。使人性自然之要求满足，此即所谓美的生活"①。

究其实质，尼采学说本身是对达尔文进化论的一种"批评性反思"，"尼采最激进哲学思考的基础，本质上是一种'进化'的基础"，但尼采"以一种非达尔文主义的演化方式"②解说超人、自然选择、适者生存等进化论思想。尼采与进化论的关系可谓复杂而又深刻。

从表面上看来，尼采的确以反达尔文主义者的面目出现。在《瞧，这个人》"为什么我是命运"一节中、在《偶像的黄昏》"不合时宜的人的漫游"一节中、在《善恶的彼岸》《快乐的知识》等文中，可以看到尼采对达尔文、斯宾塞等不甚尊敬的评论性文字，比如他将达尔文和斯宾塞称为"英国庸人"，认为达尔文在生存斗争中只注重物质而丢了精神，"达尔文忘记了精神"③。但我们需要认识到的是，尼采所质疑和驳斥的对象并不是达尔文学说本身，而是将达尔文思想庸俗化的行为。换言之，尼采是站在进化论的立场上用一种"反达尔文"的方式来解说进化论，这种解说被尼采用他特有的诗意语言哲学化地表达出来，具有高度的形而上的特性。

在《查拉图斯特拉如是说》中，查拉图斯特拉从山上结束修行返回人间

---

① 参见[日]伊藤虎丸：《鲁迅与日本人——亚洲的近代与"个"的思想》，李冬木译，石家庄：河北教育出版社，2000年版，第23—25页。
② 刘小枫选编：《尼采与古典传统续编》，田立年译，上海：华东师范大学出版社，2008年版，第380—381页。
③ [德]尼采：《瓦格纳事件、偶像的黄昏、敌基督者、瞧，这个人、狄奥尼索斯颂歌、尼采反瓦格纳》，孙周兴、李超杰、余明锋译，《尼采著作全集》（第六卷），北京：商务印书馆，2015年版，第150页。

第四章 鲁迅前期进化论思想的谱系（二）

去教导人们追求超人和永恒的轮回，他在演讲中说道：

> 我给你们教授超人。人类是一种应该被超越的东西。你们都做了些什么以便超越呢？
>
> 迄今，一切生物都创造了某些超越自身的东西：难道你们愿做这壮潮中的落潮，宁愿退化为动物而不为超人吗？
>
> 对人而言，猿猴是什么？一种可笑的动物，或一种痛苦的羞耻。人之于超人也是如此：可笑之物，或痛苦的羞耻。
>
> 你们走过了由蠕虫变人的道路，可是在你们之中，有许多方面仍是蠕虫。你们曾是猿猴，可现在的人比任何一种猿猴更猿猴。
>
> 即使你们当中的最智慧的人，也不过是植物和魔鬼的矛盾体和阴阳人。可我叫你们变成植物和魔鬼吗？
>
> 你们看呀，我给你们教授超人！
>
> 超人是大地的意义。让你们的意志说吧：超人必定是大地的意义！①

在查拉图斯特拉看来，存在一个植物、虫子、猴子、人、超人的进化链条，这个进化链条并不是一个机械的发展过程，而是强调主体性的进化过程。进化在这里不仅指具备了更高级的物质的表面形象，而且指是否拥有进化的内在动力，即使已经具备了人的外形，但也很可能内在仍旧处于"蠕虫"或者"比猿猴更猿猴"的阶段。在这里，尼采声明内在的进化精神与外在的自然形态对进化来说一样重要，同时他也表达了对达尔文学说的不满，认为将物质与精神的统一体"人"撕裂为物质的或精神的都是对进化的片面理解。尼采在纠正达尔文进化论物质化的基础上，进一步提出了将物质与精神整合的进化模式，"人类在其分裂中作为肉体——灵魂的本质而应被超越，而且

---

① ［德］尼采：《扎拉图斯特拉如是说：一本为所有人又不为任何人所写之书》，黄明嘉、娄林译，上海：华东师范大学出版社，2008年版，第34—35页。

这超越的方式是人类向前发展并达到下一个阶段,即超人的阶段"①。

"超人"在尼采的上述文本中既是一个名词,指代进化链条上的最高层级;又是一个动词,具有向外延伸并超越的涵义。植物、蠕虫、猴子、人类和超人只有在超人模式下才能实现进化,在其中权力意志是进化的核心力量。按照尼采的理论,权力意志不是将"适应"放在首要位置,因为"适应"是被动的反应性概念,只能是一种伴随性的行为。他强调主动性的生命概念,一种能够"带来新的方向和解释的、自发的、扩张的和自组织的'塑型力量'"②。权利意志在最初的意义上不是一个代表强权或反生命的政治性概念,它所表达的是复杂的进化过程中的生命冲动,一种面向更高程度、更加发达、更为充盈的生命内在力量和生命发展的内在渴望,一种对自我更具掌控的生命能力和生命追求,简言之,它是宇宙中唯一的进化源泉,"我认为,一切原动力皆为权力意志"③。正是在这个意义上,尼采才嘲笑缺乏权力意志的弱者而呼唤充满生命活力的超人。

尼采以"超人说"质疑了达尔文进化论,因为达尔文进化论认为在进化过程中自然选择的因素大于物种自我调适的因素④。尼采修正了达尔文学说中自然选择不要求控制或操纵进化的主体性因素的观念,提供了进化的动力源泉——权力意志,同时,达尔文学说也并不认为进化必然导致进步或向高等阶段发展,而尼采则在他的进化链条中将"超人"作为完美阶段的表现物。尼采看似"反达尔文"立场只不过是对达尔文进化论的修正和纠偏,当然,这是在他所理解的范畴之内进行的。说到底,尼采"超人说"也还是进

---

① [德]A.彼珀:《动物与超人之间的绳索:〈查拉图斯特拉如是说〉第一卷义疏》,李洁译,北京:华夏出版社,2006年版,第54页。
② 刘小枫选编:《尼采与古典传统续编》,田立年译,上海:华东师范大学出版社,2008年版,第387页。
③ [德]弗里德里希·尼采:《权力意志——重估一切价值的尝试》,张念东、凌素心译,北京:商务印书馆,1991年版,第504页。
④ 尼采对自然选择的立场是:他不拒绝自然选择,但他强调,在多么大的程度上,各种反应性力量可以通过这种"机制"获得一种主导地位。参见刘小枫选编:《尼采与古典传统续编》,田立年译,上海:华东师范大学出版社,2008年版,第383页。

化论的一种。

从时间上来考察,鲁迅留学时期正好与尼采在日本的流行时期重合,"尼采思想乃至德意志哲学,在日本学术界是磅礴着的"[①]。据有些学者考证,鲁迅当时至少读过或拥有过三种与尼采相关的著作:《尼采与二诗人》(登张竹风著)、《尼采氏伦理说一斑》(桑木严翼著)、《察拉图斯忒拉如是说》(德文原版书,1906年莱比锡 E.G. 瑙伊曼出版《尼采文集》袖珍本第七卷)[②]。但据姚锡佩对鲁迅藏书的研究,鲁迅拥有的与尼采相关的著作不止上述三种,还有1901年德国斯图加特 Fr. 弗曼罗斯出版社出版的一套《经典哲学家丛书》第六卷《艺术家和思想家尼采》(附肖像,A. 里尔著)、《察拉图斯忒拉如是说》的两种注释本:德国 O. 格拉姆措夫著的《扎拉图斯特拉简释》(1907年沙罗腾堡 G. 毕克纳斯出版)、德国 Th. 赖斯豪斯著的《论尼采〈扎拉图斯特拉如是说〉》(1901年斯图加特不来梅书店出版)。[③]

学界普遍认可鲁迅在留学时期的思想受到了尼采的强烈影响的说法。就进化论思想的范畴而言,伊藤虎丸认为鲁迅"将尼采作为进化论者,作为反科学、反道德、反国家主义以及文明批评家来理解的框架,则仍是与日本文学共有的"[④],"鲁迅和他留学时代的日本文学,共同拥有十九世纪文明的批判者这一尼采形象"。[⑤]但我们更愿意将鲁迅看作重建文明的呼吁者而非现有文明的批判者。作为后进文明的觉醒者,鲁迅并非站在现代的立场上评价文明的现代化弊病,而是站在前现代的立场上去呼唤"超人"的出现以引领民众重塑文明,鲁迅的启蒙立场明显区别于日本文学的批判立场。

[①] 郭沫若:《鲁迅与王国维》,《沫若文集》(第十二卷),北京:人民文学出版社,1959年版,第535页。

[②] 相关内容参见[澳]张钊贻:《鲁迅:中国"温和"的尼采》,北京:北京大学出版社,2011年版,第170页;刘柏青:《鲁迅与日本文学》,长春:吉林大学出版社,1985年版;等等。

[③] 姚锡佩:《现代西方哲学在鲁迅藏书和创作中的反映》(上),《鲁迅研究月刊》,1994年第10期。

[④] [日]伊藤虎丸:《鲁迅与日本人——亚洲的近代与"个"的思想》,李冬木译,石家庄:河北教育出版社,2000年版,第11页。

[⑤] 同上,第34页。

尼采试图打破西方启蒙时代的理性主义，而鲁迅则借用尼采学说去构建启蒙的理性主义，其共同思维是对既有框架的嘲讽与突围，高扬的是一种反抗奴性束缚的自由精神和创造新价值、新制度的主体力量。"超人"成为鲁迅期待重建文明的"大士天才"、"精神界战士"、"摩罗派"，"递天才出而社会之活动亦以萌"[①]，由是社会、文明和人类得以蔓延、得以生长、得以进化。

"超人说"契合了鲁迅从严复、谭嗣同、梁启超进化论思想中引发、生成的对"人"这个主题的思考，它第一次具体生动地刻画出了鲁迅心目中理想的个人形象，为他之后确立以个人主义为中心的前期进化论思想提供了方向。

第四节　厨川白村"生命创化论"

1924年9月22日至10月10日，鲁迅在短时间内飞快地译出了日本文艺理论家厨川白村（1880—1923）的《苦闷的象征》。鲁迅对这本著作是很重视的，据鲁迅日记，日文本《苦闷的象征》出版后不久，鲁迅就在北京日本东亚公司买到了。全书译完后，鲁迅先在《晨报副刊》连载（1924年10月1日—1924年10月31日），稍后又将它集印为《未名丛刊》的第一种，由北京新潮社代售。鲁迅还请报馆印了若干活页，作为讲义发给北京大学、北京女子师范大学等学校的学生。当年北京大学学生冯至回忆说，鲁迅"把他翻译的厨川白村的《苦闷的象征》抽印的活页发给我们，作为辅助的教材"[②]。

鲁迅说："因为这于我有翻译的必要，我便于前天开手了。"[③]鲁迅为何如

[①] 鲁迅：《坟·文化偏至论》，《鲁迅全集》（第一卷），北京：人民文学出版社，2005年版，第53页。

[②] 冯至：《笑谈虎尾记犹新》，鲁迅研究资料编辑部编，《鲁迅研究资料》（1），北京：文物出版社，1976年版，第29页。

[③] 鲁迅：《译文序跋集·译〈苦闷的象征〉后三日序》，《鲁迅全集》（第十卷），北京：人民文学出版社，2005年版，第261页。

此看重《苦闷的象征》？这所谓"翻译的必要"除了要用其作为讲课的讲义外，大概也有鲁迅对厨川关于生命力和文艺根柢解释的会心吧。

《苦闷的象征》是厨川白村接受了柏格森主义的产物。作为一种哲学，柏格森主义诞生在19世纪末20世纪初，广泛而深刻地影响了西方思想文化界。柏格森主义源于法国哲学家柏格森（Henri Bergson，1859—1941）撰写发表的一系列论文和专著，其中涵盖了很多生命哲学所关注的主题，诸如生命力、身体、心、意识、无意识、直觉、记忆、自由等。1907年，柏格森出版了《创造进化论》，在其中他吸收并发展了斯宾塞的进化论思想。崇尚机械论的斯宾塞进化思想对柏格森产生了重要的影响，但柏格森在反复研读斯宾塞的著作后开始质疑其理论，尤其是关于时间的绵延、生命的创造等核心问题。1889年柏格森以一篇名为《论意识的直接材料》完成了自己的博士论文答辩，在这篇论文中他就已经创造性地提出了"绵延"这个新思想。对于柏格森主义而言，时间的绵延是物质存在的第四维，正是绵延的发现才使得"真正的进化"成为可能，"哲学的真正功能不是将进化运动中成果的片段人为地重新组合起来，而是将自己置于进化运动之中。这种哲学是对普遍变化的研究，是真正的进化论"[①]。从时间的绵延出发，柏格森主义进一步将创造进化与生命冲动融合起来，以一种"生命哲学"的理论批判了进化思想中机械论、目的论、实在论等。柏格森认为创化过程是在时间中绵延不绝的过程，本身具有发散性，这就使得生命进化面临多条可能实现的途径，因而不存在机械的、预设的进化路径或结果，"柏氏与斯氏之进化观点之大不同，在对于生命之解释。斯氏以物质之凝合，动力之散失，及运动之求平衡等观念，解释一切进化，于是以生物之活动之目标，不外求适应环境，以达其自身与环境间之一种运动的平衡，求其体质之存在环境之物中。此乃由物理学到生物学，以物理眼光而外在的观察万物之生命之哲学。而柏氏之生命哲学，则根本上是由心理生活之反省，以求认识我们自己之内在的生命之流行，而再由此以透视生物之生命与宇宙之生命，而论进化之所以

[①] 朱斌：《柏格森》，西安：陕西师范大学出版总社，2017年版，第134页。

进化之哲学"①。

　　宇宙没有外在因驱动进化，进化在宇宙内部自然发生。随着西方进化论的发展，认为宇宙本身拥有创造力，并非全按机械的因果律运行的新学说日渐流行，这就是以柏格森的"创化论"为代表的进化论学说。20世纪20年代前后，柏格森的进化学说在中国传播甚广，曾引发了思想界所谓的"科玄论战"。1913年钱智修在《东方杂志》上发表《现今两大哲学家学说概略》的文章，对德国哲学家倭伊铿和法国哲学家柏格森进行介绍，是为柏格森主义在中国传播的滥觞。美国实用主义哲学家杜威1920年在北大作题为《现代的三个哲学家》的演讲，详细介绍了柏格森的"创化论"，在当时中国的思想界影响很大。《民铎》杂志曾于1921年12月出"柏格森专号"介绍其学说。柏格森的主要著作先后也都有了中译本，如张东荪译的《创化论》（商务印书馆，1919年）、杨正宇译的《形而上学导言》（商务印书馆，1921年）、张东荪译的《物质与记忆》（商务印书馆，1922年）、胡国钰译的《心力》（商务印书馆，1923年）、潘梓年译的《时间与自由意志》（商务印书馆，1927年）等。

　　鲁迅虽然没有参与发生在玄学派与科学派之间的论争，但他对柏格森的"创化论"并不陌生。1924年9月，鲁迅翻译的这部包含创作论、鉴赏论等内容的文学著作《苦闷的象征》即是厨川白村吸收柏格森主义的产物。鲁迅感兴趣的是文学而非玄学或科学，他理解"生命创化论"的着眼点主要落脚在创化学说与文学的关系上。鲁迅认为厨川白村"据伯格森一流的哲学，以进行不息的生命力为人类生活的根本，又从弗罗特一流的科学，寻出生命力的根柢来，即用以解释文艺，——尤其是文学"，"生命力受了压抑而生的苦闷懊恼乃是文艺的根柢，而其表现法乃是广义的象征主义"。②柏格森的"创化论"将宇宙进化看作由"生之冲动"引起的绝对绵延，生命进化的动力在于生命冲动。柏格森在进化中区分了物质和精神，他认为创化是一条流

---

① 唐君毅：《唐君毅全集 第二十四卷 哲学概论——形而上学、价值论 下》，北京：九州出版社，2016年版，第173页。
② 鲁迅：《译文序跋集·〈苦闷的象征〉引言》，《鲁迅全集》（第十卷），北京：人民文学出版社，2005年版，第257页。

动于人的生命最内在的、奔腾不息的生命之流,其实质是意识流动的过程,是精神性的,而物质不过是这种意识流动的中断,是生命之力受到阻碍或者终结的产物。柏格森曾用放烟花和炮弹爆炸设喻来说明创造的生命之力来自生命内部,连续不断地喷发时遇到阻力转为事物的道理。他说:"当我们说世界就像烟火表演时由中心向外爆裂四射的火焰,或许我这种比喻颇类似世界的创造——然而我这里说的中心不是物,而是'不断的放射'",又说:"当爆裂弹爆炸时,得以其爆破力及金属弹壳的抗力来解知爆裂的特定情状。生命无非也是以这种情状四散碎裂成个体和物种。我们认为这种情状依据两组原因:其一,生命遇到无生物的抗力,其二,爆炸力(起因于趋势不稳定的平衡)内在于生命中"。①

作为对世纪末蔓延在知识文化界颓废消极精神的反拨,柏格森主义鲜明地树立起该派哲学的终极目标,那就是追寻人类的真正自由。它标榜的是一种崇尚内在精神上的好战与反抗精神,战斗之所以成为必然,是因为"这种好战不仅仅是一种立场,而且它还是柏格森这些精神能够得以存在的必然要求,它在根本上构成了柏格森主义的内在元素之一"。厨川白村"生命创化论"则在柏格森主义的基础上进一步强调生的苦闷和战的苦痛对文学创作起到的关键作用,"有如铁和石相击的地方就迸出火花,奔流给磐石挡住了的地方那飞沫就现出虹彩一样,两种的力一冲突,于是美丽的绚烂的人生的万花镜,生活的种种相就展开来了"②。这两种力的冲突撞击使我们的生命、我们的存在在根本上拥有了意义,"'活着'这事,就是反覆着这战斗的苦恼。我们的生活愈不肤浅,愈深,便比照着这深,生命力愈盛,这苦恼也不得不愈加其烈。……一面经验着这样的苦闷,一面参与着悲惨的战斗,向人生的道路进行的时候,我们就或呻,或叫,或怨嗟,或号泣,而同时也常有

---

① 陈炎:《反理性思潮的反思——现代西方哲学美学述评》,济南:山东大学出版社,2002年版,第190页。
② 北京鲁迅博物馆编:《鲁迅译文全集》(第二卷),福州:福建教育出版社,2008年版,第225页。

自己陶醉在奏凯的欢乐和赞美里的事"①。厨川白村将柏格森的创化理论转借到文学论中来,以为人内在的生命力由于受到生之苦闷的压抑而喷发,于是产生了文艺作品,"能做到仅被在自己的心里烧着的感激和情热所动,像天地创造的曙神所做的一样程度的自己表现的世界,是只有文艺而已"②。这在鲁迅看来是"多有独到的见地和深切的会心"③的,鲁迅于其中看出了"文艺是纯然的生命的表现","非有天马行空似的大精神即无大艺术的产生"④,文学是精神最为集中和重要的表现,这与鲁迅对"心力"、"意力"的理解是一脉相承的,鲁迅由此确认了精神之力对于进化的重要性。

  竹内好说鲁迅"看到了在那包括自己在内的文坛上没有'战士',不只是没有'战士',甚至连'苍蝇'都没有"⑤。"文坛没有战士",在鲁迅看来是文学家的悲哀,但鲁迅不只是文学家,他更是一位战士。一直以来,鲁迅看到的是中国的黑暗,他于是绝望。绝望之余,他又觉得连绝望也是虚妄的、不真实的。但他认为"绝望之为虚妄,正与希望相同",他一贯用战斗的姿态来面对黑暗,哪怕是绝望的战斗。鲁迅似乎永远处在论争的一端,他也似乎永远不会中庸。一方面鲁迅与诸如章士钊、陈源、创造社、太阳社现实存在进行论辩,另一方面他与自己的战斗更无情更深刻,"慢慢地摸出解剖刀来,反而刺进解剖者的心脏里去"⑥,"我的确时时解剖别人,然而更多的是更无情面

---

① 北京鲁迅博物馆编:《鲁迅译文全集》(第二卷),福州:福建教育出版社,2008年版,第237页。
② 同上,第230页。
③ 鲁迅:《译文序跋集·〈苦闷的象征〉引言》,《鲁迅全集》(第十卷),北京:人民文学出版社,2005年版,第257页。
④ 同上,第257页。
⑤ [日]竹内好:《鲁迅》,李心峰译,杭州:浙江文艺出版社,1986年版,第118页。
⑥ 鲁迅:《译文序跋集·〈文艺政策〉后记》,《鲁迅全集》(第十卷),北京:人民文学出版社,2005年版,第341页。

地解剖我自己"①,"我解剖自己并不比解剖别人留情面"②。

战斗是鲁迅的一种生命姿态。他遭遇挂着各式各样旗帜的"无物之阵":慈善家,学者,文士,长者,青年,雅人,君子,学问,道德,国粹,民意,逻辑,公义,东方文明,但他在"无物之阵"中大踏步地走着,即便在"无物之阵"中衰老、死亡,"但他举起了投枪"③。

---

① 鲁迅:《坟·写在〈坟〉后面》,《鲁迅全集》(第一卷),北京:人民文学出版社,2005年版,第300页。
② 鲁迅:《而已集·答有恒先生》,《鲁迅全集》(第三卷),北京:人民文学出版社,2005年版,第477页。
③ 鲁迅:《野草·这样的战士》,《鲁迅全集》(第二卷),北京:人民文学出版社,2005年版,第220页。

第五章
鲁迅前期进化论思想的演化

鲁迅前期的进化论思想有一个酝酿、形成、演变和发展的过程,这一过程具象的文字载体就是同时期鲁迅翻译和撰述的诸多文本。

根据鲁迅的人生历程,可以将1898—1926年间的鲁迅文本分为三个时期:第一个时期的文本主要有《哀尘》(1903年6月)、《斯巴达之魂》(1903年6月)、《说鈤》(1903年10月)、《月界旅行》(1903年10月)、《中国地质略论》(1903年10月)、《地底旅行》(1903年12月)等;第二个时期的文本主要有《造人术》(1905年①)、《人之历史》(1907年12月)、《摩罗诗力说》(1908年2月)、《科学史教篇》(1908年6月)、《文化偏至论》(1908年8月)、《域外小说集》(1909年3月、6月)等;第三个时期的文本主要有《坟》《热风》《呐喊》《彷徨》《朝花夕拾》《华盖集》等1910—1926年撰写或翻译的文本。

在本章中,我们将综合上述三个时期的鲁迅文本,去研究探查鲁迅前期进化论思想的发展演变轨迹。

---

① 学界对《造人术》发表时间的看法存在分歧:最早发掘出这篇译作的熊融认为时间在1905年春夏之间,参见熊融:《关于〈哀尘〉、〈造人术〉的说明》,《文学评论》,1963年第3期;宋声泉认为《造人术》发表于1906年4月之后,参见宋声泉:《鲁迅译〈造人术〉刊载时间新探——兼及新版〈鲁迅全集〉的相关讹误》,《鲁迅研究月刊》,2010年第5期;《鲁迅全集》,北京:人民文学出版社,2005年版,注释《造人术》发表于1905年《女子世界》第2卷第4/5合刊,署名索子译,本书依据最后一种说法。

第一节　文明与野蛮

　　1903年6月发表在《浙江潮》第5期"小说"栏中的《哀尘》，通常被视作闪耀人道主义光芒的鲁迅译作。《哀尘》叙述了雨果自愿为无故被欺辱的弱女子芳梯向警察局作证的事件，体现了同情和救助弱者的人道主义主题。通过文本分析，我们却发现这个关于芳梯的故事在人道主义精神的外壳下，还隐藏着一种颂扬文明征服野蛮正当性的非人道主义态度。

　　作为一个转译文本，《哀尘》并不是直接自原著翻译而来，而是由鲁迅根据日译本译成中文，也就是说这一文本存在原文本、日译文本和鲁迅翻译文本三种形态。原文本出自法国作家雨果《随见录》(*Choses Vues*，又译作《雨果见闻录》)，原题为《芳梯的来历》。日译文本出自日本著名翻译家森田思轩笔下，译文之前增加了序文，序文内容则是森田翻译自雨果1866年的另一部作品《海上劳工》中《序言》的大部分。[①] 鲁迅翻译文本转译自森田思轩的日译文本，除翻译了正文部分，鲁迅将日译文本中的序文挪至文后作为"译者附记"的前半部分，并在附记后半部分加添了自己的译者感言。熊融和戈宝权均在对照法语原文的基础上指出鲁迅翻译文本几乎完全忠实于法语原作，熊融说"鲁迅虽据日译本转译，但除一处可能出于日译本误译外，几乎是逐字逐句的直译"[②]，戈宝权也说"我查阅了雨果的法文原作，确实是如此"[③]。因此，我们有理由认为上述三种互文的主体文本内容基本是相同的，不同之处体现在《哀尘》的"译者附记"上，日译本加添了雨果的另一文本作

[①] 关于《哀尘》底本的考证参见[日]工藤贵正:《鲁迅早期三部译作的翻译意图》，赵静译，《鲁迅研究月刊》，1995年第1期；[日]工藤贵正:《从本世纪初西欧文学的介绍看当时的中日文学交流——关于当时鲁迅和周作人的作品的文学史意义》，励储译，《鲁迅研究月刊》，1997年第3期。

[②] 熊融:《关于〈哀尘〉、〈造人术〉的说明》，《文学评论》，1963年第3期。

[③] 戈宝权:《关于鲁迅最早的两篇译文——〈哀尘〉、〈造人术〉》，《文学评论》，1963年第4期。

为题旨的阐释，鲁迅又添加了另一段文字继续进行感想的阐发。现将《哀尘》的"译者附记"全文引用如下：

> 译者曰：此嚣俄《随见录》之一，记一贱女子芳梯事者也。氏之《水夫传》叙曰："宗教、社会、天物者，人之三敌也。而三要亦存是：人必求依归，故有寺院；必求存立，故有都邑；必求生活，故耕地、航海。三要如此，而为害尤酷。凡人生之艰苦而难悟其理者，无一非生于斯者也。故人常苦于执迷，常苦于弊习，常苦于风火水土。于是，宗教教义有足以杀人者，社会法律有足以压抑人者，天物有不能以人力奈何者。作者尝于《诺铁耳谭》发其一，于《哀史》表其二，今于此示其三云。"芳梯者，《哀史》中之一人，生而为无心薄命之贱女子，复不幸举一女，阅尽为母之哀，而转辗苦痛于社会之陷穽者其人也。"依定律请若尝试此六月间"，噫嘻定律，胡独加此贱女子之身！频那夜迦，衣文明之衣，跳踉大跃于璀璨庄严之世界；而彼贱女子者，乃仅求为一贱女子而不可得，谁实为之，而令若是！老氏有言："圣人不死，大盗不止。"彼非恶圣人也，恶伪圣之足以致盗也。嗟社会之陷穽兮，莽莽尘球，亚欧同慨；滔滔逝水，来日方长！使嚣俄而生斯世也，则剖南山之竹，会有穷时，而《哀史》辍书，其在何日欤，其在何日欤？①

上文的第一句交代了《哀尘》的由来，第二句即是森田译自雨果《海上劳工•序言》的文本，从第三句至结尾则是鲁迅所发的感慨。雨果、森田思轩和鲁迅产生思想共鸣的是第二句译文的内容，其中指出：人类面临着来自宗教、社会和自然的三种斗争，这三种斗争同时也是人的三种需求，人生的苦难即来自这三个方面。雨果用三部作品分别诠释三种人生苦难：《巴黎圣母院》阐释了宗教教理对人的摧残，《悲惨世界》揭示了社会法理对人类命运的

---

① 鲁迅：《〈哀尘〉译者附记》，《鲁迅全集》（第十卷），北京：人民文学出版社，2005年版，第480页。

威压,《海上劳工》则反映了人类受到了自然力量的控制。作为《悲惨世界》的原型之一,芳梯的故事无疑批判了文明社会中上流人士欺辱下层民众、司法部门不公正执法等种种不文明的野蛮现象。鲁迅感叹道:"频那夜迦,衣文明之衣,跳踉大跃于璀璨庄严之世界;……嗟社会之陷穽兮,莽莽尘球,亚欧同慨。"言下之意是在欧洲的文明庄严世界中也存在着不公正的社会现象,原来这种社会现象是普遍的,不仅是在落后的亚洲才有,先进的欧洲也有相同的问题。鲁迅下意识地将欧洲视作文明庄严的世界,这是对当时欧洲先进性认同思想的反映。在《哀尘》发表的 1903 年,在文明与野蛮的社会进化链条上自觉地将西方与文明相等同是当时几乎所有意识到危机、急于变革人士的共识,鲁迅也不例外。

在《哀尘》的文本中,雨果针对落后国家发表的殖民言论值得深思。发生在雨果与球哥特之间的对话表明:法国人对法国征服阿尔及利亚的殖民行为也并非都持欢迎态度。即将就任阿尔及利亚总督的球哥特表达了不满:"法国取此,是使法国尔后无辞以对欧罗巴也",他认为征服阿尔及利亚会使法国在欧洲无法义正辞严地说话,凸显了法国殖民行为的非正当性。当然,球哥特并非出于同情被殖民地人民才出此言论,他主要是认为阿尔及利亚土地太过贫瘠,不值得法国因之去冒犯整个欧洲而已。雨果的态度与之截然相反,他说:"余尚以此次之胜利为幸事,为盛世。盖灭野蛮者,文明也;先蒙昧之民者,开化之民也。吾侪居今日世界之希腊人也。庄严世界,谊属吾曹。吾侪之事,今方进步。余惟歌'霍散那'而已。君与余意,显属背驰。"[①]雨果将欧洲看作文明的代言人,认为文明消灭野蛮实属当然之理,其言论充满了欧洲中心主义的强权气息,其为殖民野蛮行径辩护的立场也显而易见。雨果强调了自己是站在"哲学家"和"道理家"的立场发表此言论的,他认为法国的殖民行为是先进文明拯救世界的符合道德伦理的行为。在《哀尘》中,雨果的思想体现了人道主义的撕裂,一方面,他站在人道的立场上同情社会中的弱势人群;另一方面,他却站在非正义的立场上打着文明

[①] 北京鲁迅博物馆编:《鲁迅译文全集》(第八卷),福州:福建教育出版社,2008 年版,第 2 页。

同化的旗帜为殖民行为正名。

作为译者,鲁迅对译材的选取表明鲁迅一定程度上默认了雨果强者征服弱者有理的文明观。1903年前后,鲁迅受梁启超的影响,进化思想中有片面崇拜文明和强权的"尚武"成分。梁启超《新民说》中将"尚武"精神看作国民元气、国家成立和文明维持的重要因素,他指出:"立国者苟无尚武之国民,铁血之主义,则虽有文明,虽有智识,虽有众民,虽有广土,必无以自立于竞争剧烈之舞台。"①梁启超又历数德国"力扩其民族帝国之主义"、俄国"人人皆有蹴踏全球蹂躏欧亚之雄心"、日本"取威定霸,屹然雄立于东洋之上"对"尚武"精神进行宣扬。从捍卫主权、自强保种的立场上来看,"尚武"精神能激发国人自立自强的决心,养成为民族大义激越奋死的气概,这在民族危亡之际无疑是具有重要现实意义和进步性的,但梁启超用对外武力侵略扩张的行为来激励国人谋图霸业,其论调明显带有"强权即是公理"的色彩。

1903年10月发表的《月界旅行》继续反映了鲁迅的上述思想倾向。《月界旅行》原著为法国科幻小说,由鲁迅依据日本翻译家井上勤(1850—1928)的日译本转译为中文,鲁译文本在正文前加了"辨言"用以说明翻译主旨、译文取舍等情况。在其中,鲁迅称《月界旅行》"实以其尚武之精神,写此希望之进化者也。……尔后殖民星球,旅行月界,虽贩夫稚子,必然夷然视之,习不为诧"②,鲁迅预测未来宇宙中"星球之战祸又起",他深为中国命运担忧,发出了"冥冥黄族,可以兴矣"的感叹。在这里,武力似乎成为文明进步的唯一决定力量,不能不令人生出偏颇之感。

《哀尘》和《月界旅行》的写作背景与日俄战争密切相关,这场发生在中国境内的帝国主义争霸战是日俄以争夺其各自在中国的利益为目的的。日俄战争对鲁迅进化论思想的转变影响很大,当时日本留学生界普遍的舆论倾向是拒俄,鲁迅的《斯巴达之魂》和《中国地质略论》也是这种情绪下产生

---

① 梁启超:《新民说》,林志钧编:《饮冰室合集·专集》(第三册),上海:中华书局,1941年,第112页。
② 鲁迅:《〈月界旅行〉辨言》,《鲁迅全集》(第十卷),北京:人民文学出版社,2005年版,第163页。

的文本。两者均以"尚武"和"爱国"精神为核心,《斯巴达之魂》赞颂为国家祈战死的精神,《中国地质略论》则是在赞美祖国矿藏丰富的基础上号召爱国保土。但到1904年,鲁迅已经对日本的侵略野心有所警惕(参见上一章关于丘浅次郎进化论思想的论述)。在仙台学医期间发生的"幻灯片事件"和"作弊事件"进一步强化了鲁迅关于中国在日俄战争中的弱国悲剧性处境的认识,"中国是弱国,所以中国人当然是低能儿,分数在六十分以上,便不是自己的能力了:也无怪他们疑惑"①。鲁迅开始站在弱者的角度来重新思考文明与野蛮的关系问题。

在1908年发表的《摩罗诗力说》,鲁迅已经将"尚武"和"爱国"作了明确的区分。鲁迅借用丹麦评论家勃兰兑斯对普希金的评价说"谓惟武力之恃而狼藉人之自由,虽云爱国,顾为兽爱"②,又比较莱蒙托夫与普希金,认为"来尔孟多夫亦甚爱国,顾绝异普式庚,不以武力若何,形其伟大"③。鲁迅认为为彼得大帝武力扩张行为歌功颂德的普希金体现的正是兽性的爱国,是对强权的屈服,他借此清算了将"尚武"和"爱国"不加区分进行颂扬的思想,说道:"今之君子,日日言爱国者,于国有诚为人爱而不坠于兽爱者,亦仅见也。"④鲁迅所赞美的拜伦、密支凯维奇、斐多菲等摩罗诗人,多为不畏强权、反抗专制政权、为弱势民族追求自由独立的人道主义战士。

鲁迅1908年的另一篇文章《文化偏至论》更重新定义了"文明"与"野蛮"。鲁迅写道:"夫以力角盈绌者,于文野亦何关?远之则罗马之于东西戈尔,迩之则中国之于蒙古女真,此程度之离距为何如,决之不待智者。……苟曰是惟往古为然,今则机械其先,非以力取,故胜负所判,即文野之由分也。则曷弗启人智而开发其性灵,使知罟获戈矛,不过以御豺虎,而喋喋誉

---

① 鲁迅:《朝花夕拾·藤野先生》,《鲁迅全集》(第二卷),北京:人民文学出版社,2005年版,第317页。
② 鲁迅:《坟·摩罗诗力说》,《鲁迅全集》(第一卷),北京:人民文学出版社,2005年版,第91页。
③ 同上,第93页。
④ 同上,第91页。

白人肉攫之心,以为极世界之文明者又何耶？且使如其言矣,而举国犹孱,授之巨兵,奚能胜任,仍有僵死而已矣。"①鲁迅认为用武力强大与否来区分文明与野蛮是极为可笑的,因而提倡"尚武"只是用以抵御外敌入侵的一种手段,并不能最终提升国家、民族的文明程度。据此,鲁迅实际上否认了西方恃强凌弱行为的道义感,深刻质疑了"强权即公理"的正当性。

在1909年发表的《域外小说集》中,鲁迅翻译了俄国反战作家迦尔洵的《四日》,鲁迅在《〈域外小说集〉著者事略》中记述迦尔洵"记其阅历,成《四日》等篇,为俄国非战文学中名作"②。从前期推崇"尚武"精神,到后期翻译反战文学作品,鲁迅对武力的态度已经发生根本性的改变。战争的残酷性和给人带来的心灵创伤成为关注的主题。"见杀于我者,今横吾前。吾杀之何为者耶？"③杀戮的盲目性模糊了战争的意义,文本强烈的人道主义寓意取代了"尚武"精神成为全篇的主旨。

鲁迅前期和后期文本在对"文明与野蛮"关系的认知上有着较为明显的变化。前期受梁启超文明观的影响,鲁迅的进化论思想中有片面崇拜强权的"尚武"成分,到后期他转向弱者的立场,在伦理道德上将"爱国"区分为合道德的爱国和兽性的爱国,对"尚武"也将自强保种的民族生存需求与恃持武力的殖民扩张需求进行了区分,最终确立了其前期进化思想中的人道主义底色。

在1918年后的大量文本中,鲁迅持续关注弱小群体的生存状态,以小说或杂文的体例剖析这个群体的悲剧人生。在文本的内里,倾注的是鲁迅对弱者的同情和"怒其不争"的愤懑。无论如何,鲁迅对"文明与野蛮"关系的认知已经发生彻底的变化,对于文明进步的理解已经从强者的立场转到弱者的立场上了。

---

① 鲁迅:《坟·文化偏至论》,《鲁迅全集》(第一卷),北京:人民文学出版社,2005年版,第46页。
② 鲁迅:《〈域外小说集〉[附]著者事略(二则)》,《鲁迅全集》(第十卷),北京:人民文学出版社,2005年版,第174页。
③ 北京鲁迅博物馆编:《鲁迅译文全集》(第一卷),福州:福建教育出版社,2008年版,第129页。

第二节 "天行"与"人治"

"天行"和"人治"是《天演论》中的两个关键性概念。所谓"天行"即是以"物竞"、"天择"为核心的自然进程,所谓"人治"即是以人的力量介入自然进程的人工干预。在《人择第六》中,赫胥黎论述了"天行"、"人治"之间的关系,原文如下:

> 天行人治,常相毁而不相成固矣。然人治之所以有功,即在反此天行之故。何以明之?天行者以物竞为功,而人治则以使物不竞为的。天行者倡其化物之机,设为已然之境,物各争存,宜者自立。且由是而立者强,强皆昌;不立者弱,弱乃灭亡,皆悬至信之格,而听万类之自己。至于人治则不然,立其所祈向之物,尽吾力焉为致所宜,以辅相匡翼之,俾克自存,以可久可大也。
>
> ……
>
> 天人之际,其常为相胜也若此。此谓人治有功,在反天行者,盖虽辅相裁成,存其所善,而必赖天行之力,而后有以致其事,以获其所期。物种相刃相劘,又各肖其先,而代趋于微异,以其有异,人择以加。[①]

在赫胥黎看来,"天行"和"人治"是两个正相反对的进化方式,"天行"提倡物种之间的自然竞争,强者存弱者灭,而"人治"反其道而行,通过人工干预克制物种间的自然竞争,使物种间的选择进化向着人期望的方向发展。由是产生出两种进化的结果,赫胥黎以种树为例来加以说明:一种是"人胜天说",人工干预保证树木生长的环境尽量少地发生变化,确保树木长久生长;另一种是"天胜人说",树木存活后放任不管,时日久了自然进程可能导

---

① 王栻主编:《严复集》(第一册),北京:中华书局,1986年版,第1335—1336页。

致树木在物种竞争中失败,其生存的地盘为自然竞争中胜出的其他物种所取代。人类社会自诞生以来,往往追求以人胜天的结果,"人治"的成功在于对"天行"的克服。

鲁迅前期受严复《天演论》影响很深,他将自然的因素视作人生苦难的三个来源之一,认为自然天择是桎梏人命运的一大根源,人类的文明进化历史就是与自然争斗求存的历史。在《月界旅行》《地底旅行》《造人术》诸文本中均体现出鲁迅前期提倡发挥"人治"力量以摆脱自然对人的束缚的进化论思想。《月界旅行》"辨言"中说"人治日张,天行自逊,五州同室,交贻文明,以成今日之世界"[①],将世界描绘为"人治"战胜"天行"的盛境。《地底旅行》开首语说"溯学术初胎,文明肇辟以来,那欧洲人士,皆沥血剖心,凝神竭智,与天为战,无有已时;渐而得万汇之秘机,窥宇宙之大法,人间品味,日以益尊"[②],彰显了文明脱胎于人与自然的斗争中,科学帮助人类实现"人治"的思想。《造人术》更发出"天上天下,造化之主,舍我其谁! 吾人之人之人也,吾王之王之王也!"[③]的感叹,将人直接看作无所不能的造化之王。在上述文本中,鲁迅借以达成"人治"的工具是科学,他深信借助科学的力量人类能够实现征服太空、殖民月球,能够排除万难、探查危机四伏的地球内部世界,甚至能够代替造物主完成生命的创造,这就是《月界旅行》《地底旅行》《造人术》的文本所表达出的科学万能、人定胜天的乐观主义进化论思想。

通过文本研究,我们发现原文本与鲁迅文本之间实际上存在着很大的距离。《月界旅行》原文本初版于1865年,主要内容为:美国南北战争之后,大炮手们于百无聊赖中成立枪炮会社。某天会长突发奇想,号召一批人制造发射载人巨型炮弹去殖民月球。巨型炮弹发射取得成功,人类完成一项征服宇宙的创举。比对原文本与鲁迅文本,我们发现最大的不同是小说的结尾部分。原文本结尾部分如下:

---

① 鲁迅:《〈月界旅行〉辨言》,《鲁迅全集》(第十卷),北京:人民文学出版社,2005年版,第163页。
② 北京鲁迅博物馆编:《鲁迅译文全集》(第一卷),福州:福建教育出版社,2008年版,第91页。
③ 北京鲁迅博物馆编:《鲁迅译文全集》(第八卷),福州:福建教育出版社,2008年版,第6页。

第五章　鲁迅前期进化论思想的演化

Ce projectile n'est point arrivé à son but. Il a passé à côté, mais assez près, cependant, pour être retenu par l'attraction lunaire.

Là, son mouvement rectiligne s'est changé en un mouvement circulaire d'une rapidité vertigineuse, et il a été entraîné suivant une orbite elliptique autour de la Lune, dont il est devenu le véritable satellite.

Les éléments de ce nouvel astre n'ont pas encore pu être déterminés. On ne connaît ni sa vitesse de translation, ni sa vitesse de rotation. Ladistance qui le sépare de la surface de la Lune peut être évaluée à deux mille huit cent trente-trois milles environ (—4,500 lieues).

Maintenant, deux hypothèses peuvent se produire et amener une modification dans l'état des choses：

Ou l'attraction de la Lune finira par l'emporter, et les voyageurs atteindront le but de leur voyage；

Ou, maintenu dans un ordre immutable, le projectile gravitera autour du disque lunaire jusqu'à la fin des siècles.

C'est ce que les observations apprendront un jour, mais jusqu'ici la tentative du Gun-Club n'a eu d'autre résultat que de doter d'un nouvel astre notre système solaire.[①]

中译文如下：

这枚炮弹还没有达到它的目标。然而,它经过,但足够接近,以阻

---

① 法语原文出自古腾堡电子书"The Project Gutenberg eBook of De la terre à la lune, by Jules Verne",http：//www.gutenberg.org/files/38674/38674-h/38674-h.htm。

119

碍月球的吸引力。

在那里,它的直线运动变成了令人眼花缭乱的速度的圆形运动,它被推入环绕月球的椭圆轨道,成为真正的卫星。

这颗新星的元素尚未确定。无论是翻转速度还是旋转速度都不得而知。它与月球表面之间的距离估计约为二千八百三十三英里(四千五百个联盟)。

现在,可以出现两个假设,并带来事情状态的变化:

或者月球的吸引力最终将占上风,旅行者将实现他们的旅程目标;

或者,按照不变的顺序,弹丸将围绕月球盘吸引,直到几个世纪结束。

这是观测结果有一天会学到的,但到目前为止,枪炮俱乐部的尝试除了给我们的太阳系赋予一颗新星之外,别无他法。

根据法文原文本,我们发现这帮满怀科学冒险精神的狂人尽管成功实现了巨型炮弹的制造和发射工作,但并未能如愿完成炮弹在月球的着落,也就使原本殖民月球的计划沦于失败。发射的结果是使得太阳系出现了一颗人造新星,至于这颗新星的未来如何科学家们也无法预知,只能通过假设来进行推测。法文原文本给出了两个可能性的结果:要么炮弹受月球的吸引力控制,最终登陆月球实现规划的目标,但这中间需要多少时间,冒险者们能否坚持到这一时刻很难预料;要么炮弹成为月球永远的卫星,如果是这一结果,冒险行动同样将以失败告终。总之,法文原文本的结尾是令人沮丧的。

为方便比照,我们将鲁迅译文文本的结尾也摘录如下:

昨晚赖风伯之威,顽魔始退,并借麦思敦氏臂助,乃发见由司通雪尔地方哥仑比亚炮所发射弹丸之进路,再三思索,知因发射稍迟,遂与月球相左;所幸者距离非遥,必能受吸力而落于月界,然复非立时堕落,当随月球回转之速力,以环游月世界一周。

第五章　鲁迅前期进化论思想的演化

……

麦思敦……且说道："呜呼伟业,今已告成,彼等三人,正游月界;若余者,虽近若地球,亦未尝环游一次,对彼等大人物,能不羡煞妒煞么!"①

鲁迅译文文本结尾部分显示殖民月球的计划虽然有所波折,但无疑是以成功告终的。与法文原文本对照看起来,深信"人治"胜天的乐观主义精神是显而易见的。鲁迅译文文本何以出现如此改动?我们目前尚无法解答这个问题,原因是《月界旅行》在鲁译本之前曾转译多次,鲁迅依据的是井上勤的《九十七时二十分间月世界旅行》日译本,井上勤又依据的是某种英译本。到底是哪个翻译环节出现了上述的改动暂时无法考证。我们所能确知的是在发表《月球旅行》《地底旅行》《说鈤》《中国地质略论》的1903年,鲁迅对科学救国抱有很大的期望,正如他所说:"科学能教道理明白,能教人思路清楚,不许鬼混"②,"据我看来,要救治这'几至国亡种灭'的中国,那种'孔圣人张天师传言由山东来'的方法,是全不对症的,只有这鬼话的对头的科学!——不是皮毛的真正科学!"③1934年鲁迅与人谈及当时的翻译,又说"我因为向学科学,所以喜欢科学小说"④。如果《月界旅行》的结尾部分确由鲁迅所改动,那无疑充分说明了鲁迅对科学的信心非常之大,为突出科学无所不能的伟力而改动了文本结尾。如果不是鲁迅作的改动,那至少也说明改动后的文本能够打动鲁迅,最终成为他选择的翻译材料。

1905年发表的《造人术》据考证是根据日本原抱一庵主人的日译本翻译的⑤,日译本则依据 Louise. Strong 著的 *An Unscientific Story*(《国际人》

---

① 北京鲁迅博物馆编:《鲁迅译文全集》(第一卷),福州:福建教育出版社,2008年版,第61页。
② 鲁迅:《热风·随感录三十三》,《鲁迅全集》(第一卷),北京:人民文学出版社,2005年版,第314页。
③ 同上,第318页。
④ 鲁迅:《书信·19340515致杨霁云》,《鲁迅全集》(第十三卷),北京:人民文学出版社,2005年版,第99页。
⑤ 戈宝权:《关于鲁迅最早的两篇译文——〈哀尘〉、〈造人术〉》,《文学评论》,1963年第4期。

杂志1903年2月号)翻译而来①,分两个部分刊登在1903年6月8日和7月20日的《东京朝日新闻》上,1903年9月10日知新馆出版的小说《泰西奇闻》中收入发表的第一部分译文。《造人术》全文1400余字,主要讲述科学怪人伊尼他辞去教职,离群索居,艰难地从事造人芽的科学实验,终于有一天在显微镜下看到了人芽的生成,伊尼他为此欣喜若狂,认为自己是世界上创造生命的第一人。这一文本表面看起来是一篇称颂科学的作品,但"人治"是否能完全克服"天行"?科学是否万能?《造人术》质疑了对科学万能的信仰,其中暗藏着对科学发达所引起的道德伦理困境的深深忧虑。

鲁迅译文取原抱一庵主人译本的第一部分,仅占英文原文本的七分之一,写到人芽创造成功后就结束了。鲁迅没有翻译的内容包括一系列围绕人芽成长过程中发生的惊恐故事:人芽长成了有智力的怪物,能问出"我是什么"的问题;怪物趁伊尼他熟睡之际咬住教授的脖子;怪物身上的囊肿持续繁殖出新的生命,它们开始反抗人的控制;教授最终难以承受怪物带来的种种灾难性后果,陷入精神幻灭之中,选择将实验室和怪物们一起炸毁,亲手毁灭了自己创造出来的人芽。科学实验的成功带来的远非一劳永逸,而是持续不断的问题、失控与无序,这是英文原文本所要表达的主题,它激发人们深思科学的边界,科学只能在伦理道德的监督下发挥作用,失去道德约束的科学行为带来的后果是可怕的。

我们现在已经无法确知鲁迅没有继续翻译的原因,是鲁迅没有看到日译本的第二部分(可能性不大),还是因为其后的内容不符合他的翻译初衷,或者学业繁忙无暇他顾(仙台学医时期鲁迅忙于学业,曾向友人诉说"而今而后,只能修死学问,不能旁及矣,恨事!恨事!"②)。但《造人术》这个文本带来的阅读体验却依然传递出对科学万能信仰的质疑之义。

《造人术》1905年在《女子世界》上发表时,附有周作人以"萍云"为笔名

---

① [日]神田一三:《鲁迅〈造人术〉的原作·补遗——英文原作的秘密》,许昌福译,《鲁迅研究月刊》,2002年第1期。
② 鲁迅:《书信·041008致蒋抑卮》,《鲁迅全集》(第十一卷),北京:人民文学出版社,2005年版,第330页。

写的跋语和杂志编辑丁初我以"初我"为笔名写的跋语。作为文本的最初阅读者,周作人在跋语中说道:"造人术幻想之寓言也。索子译《造人术》,无聊之极思也。彼以世事之皆恶,而民德之日堕,必得有大造鼓洪炉而铸冶之,而后乃可行其择种留良之术,以求人治之进化,是盖悲世之极言,而无可如何之事也。"①据周作人的跋语,鲁迅翻译此篇的初衷是借以警示世人,希望改善世风日下、社会道德日益堕落的现状,以求"人治"进化,这已经脱离用科学推动"人治"发展的思路而转向用伦理道德去规范"人治"、促进进化的方向了。丁初我的跋语也说:"吾读造人术而喜!吾读造人术而惧!采美术,炼新质,此可喜;播恶因,传谬种,此可惧。"《造人术》给丁初我带来的阅读体验同样有质疑科学万能的因素,科学在给人带来惊喜的同时也增加了人畏惧的情感。

因而,《造人术》成为鲁迅对"天行"与"人治"关系认知变化的转折性文本,它质疑了鲁迅前期《月界旅行》等文本对科学的态度,体现了鲁迅从崇尚科学、深信科学必能助人达到"人治"战胜"天行"的思路开始转向关注人的伦理情感的变化。

周作人曾在一封答复熊融的信中说:"《造人术》……或者可以说就是后来想办《新生》之意,不过那时还无此计划。"②鲁迅筹办《新生》是他放弃"科学救国"道路转而提倡文艺运动的第一步。关于这个转变,鲁迅在《呐喊·自序》中有很清晰的表述,"所以我们的第一要著,是在改变他们的精神,而善于改变精神的是,我那时以为当然要推文艺,于是想提倡文艺运动了。……可是在冷淡的空气中,也幸而寻到几个同志了,此外又邀集了必须的几个人,商量之后,第一步当然是出杂志,名目是取'新的生命'的意思,因为我们那时大抵带些复古的倾向,所以只谓之《新生》。"③1908年6月发表的《科学史教篇》是鲁迅为《新生》而作的几篇文章中的一篇,鲁迅在其中已经从对科学知识本身的崇拜转向对内在精神、情感和思想的颂扬,"盖使举

---

① [美]路易斯·托伦:《造人术》,索子译,《女子世界》,1905年第4/5合刊。
② 熊融:《关于〈哀尘〉、〈造人术〉的说明》,《文学评论》,1963年第3期。
③ 鲁迅:《呐喊·自序》,《鲁迅全集》(第一卷),北京:人民文学出版社,2005年版,第439页。

世惟知识之崇，人生必大归于枯寂，如是既久，则美上之感情漓，明敏之思想失，所谓科学，亦同趣于无有矣"①。在另一篇为筹备《新生》而写的文章《文化偏至论》中，鲁迅进一步认为只有知识和情操两者俱备的人才能称作理想的人，"乃谓必知感两性，圆满无间，然后谓之全人"②。

其后鲁迅持续受到海克尔、尼采、章太炎等人进化论思想的影响，海克尔为人类精神另立神祠加以崇信；尼采批判达尔文主义将物质和精神割裂的偏颇，极力呼唤反抗奴性束缚的人的自由精神和创造新价值、新制度的权利意志；章太炎以宗教发起信心，倡导以宗教去除国人的畏死心、奴隶心，重塑国民性，他们的思想对鲁迅前后期在"天行"与"人治"关系上的认知转变起着重要的催化作用。

早期的鲁迅文本高扬信仰科学万能的乐观主义精神，而在后来的《科学史教篇》《文化偏至论》等文本中，可见出鲁迅试图纠正通过科学发展推动"人治"进步的偏至，将对人改造外部环境的关注转向对人内在世界的聚焦，倡导通过重视人内在精神、情感、心灵，培养新的、健康的伦理情感来促进"人治"的进化，从而帮助"人治"发挥抑制"天行"的功用。

第三节 "真的人"命题的生成与悬置

关于人的生命形态，鲁迅曾提出一个"真的人"的命题，"'本根剥丧，神气旁皇'，将文明的总体性沦亡归结为内部'真的人'（或'新的人'）失语消音的结果，则是鲁迅留日时期汲汲求证的思考"③。虽然鲁迅对"真的人"的思考起于留日时期对文明的追问，但鲁迅正式提出"真的人"的命题是在 1918

---

① 鲁迅：《坟·科学史教篇》，《鲁迅全集》（第一卷），北京：人民文学出版社，2005 年版，第 35 页。
② 鲁迅：《坟·文化偏至论》，《鲁迅全集》（第一卷），北京：人民文学出版社，2005 年版，第 55 页。
③ 黄子平：《声的偏至——鲁迅留日时期的主体性思想研究笔记》，《文艺争鸣》，2020 年第 3 期。

年发表《狂人日记》①的时期。

　　留学归国后经过近十年的沉默,鲁迅才终于在1918年5月的《新青年》第四卷第五号发表第一篇现代文小说《狂人日记》。作为对礼教吃人沉重现实的揭露,《狂人日记》将不吃人作为"真的人"的本质特征。《狂人日记》第十节中,狂人劝说大哥不要吃人:

　　"我只有几句话,可是说不出来。大哥,大约当初野蛮的人,都吃过一点人。后来因为心思不同,有的不吃人了,一味要好,便变了人,变了真的人。有的却还吃,——也同虫子一样,有的变了鱼鸟猴子,一直变到人。有的不要好,至今还是虫子。这吃人的人比不吃人的人,何等惭愧。怕比虫子的惭愧猴子,还差得很远很远。"②

　　"你们可以改了,从真心改起!要晓得将来容不得吃人的人,活在世上。
　　"你们要不改,自己也会吃尽。即使生得多,也会给真的人除灭了,同猎人打完狼子一样!——同虫子一样!"③

　　狂人认为人当初处于野蛮状态时,都是吃过一点人的,但到了现在,有的人因为意识到不应该吃人,于是便要好起来,进化成了"真的人",而那些继续吃人的,要么保持着虫子、鱼、鸟、猴子的状态,要么进化到人也就不能再进一步变成"真的人"了。

---

① 蒋永国认为讨论"真的人"的文化渊源要从《破恶声论》谈起,参见蒋永国:《论〈呐喊〉中"真的人"的形象演变》,《中国文学研究》,2014年第3期。《破恶声论》是鲁迅留日时期一篇未写完的文章,文中提倡"真的人",认为"真的人"是"纯白"之人。本书赞成蒋永国的观点,认为鲁迅讨论"真的人"始于留日时期,但鉴于并未在《破恶声论》一文中出现"真的人"的文字表述,故以1918年的《狂人日记》作为"真的人"正式提出的时间。
② 鲁迅:《呐喊·狂人日记》,《鲁迅全集》(第一卷),北京:人民文学出版社,2005年版,第452页。
③ 同上,第453页。

可以看出,鲁迅是在进化论框架内探讨"真的人"的问题的。后来在谈到《狂人日记》的创作情况时,鲁迅曾引述尼采的《查拉图斯特拉如是说》,"一八八三年顷,尼采(Fr. Nietzsche)也早借了苏鲁支(Zarathustra)的嘴,说过'你们已经走了从虫豸到人的路,在你们里面还有许多份是虫豸。你们做过猴子,到了现在,人还尤其猴子,无论比那一个猴子'的"①。鲁迅对进化论的信仰包含了他对尼采学说的赞赏,《狂人日记》很明显地借用了尼采对进化的比喻性表述。鲁迅曾两次翻译了尼采的《查拉图斯特拉如是说序言》,一是1918年用文言译成的《察罗堵德罗绪言》,一是原载于1920年9月1日《新潮》第2卷第5期上的《查拉图斯忒拉的序言》。鲁迅在吸收尼采"超人说"的基础上提出了"真的人"的命题。在进化的链条上,在"真的人"之前的是虫子、鱼、鸟、猴子等动物,中间状态的是人,人带有野蛮性和动物性,因为人吃人,人再进化,摆脱了吃人的恶习,才成为真的人。在从人到"真的人"的进化路途上,所要逾越的障碍只有一个:摆脱吃人的传统和恶习。

"吃人"一词既是一个实指,同时又具有象征意义。它包含几层含义:其一是生物学意义上的以人肉为食,"谁晓得从盘古开辟天地以后,一直吃到易牙的儿子;从易牙的儿子,一直吃到徐锡林;从徐锡林,又一直吃到狼子村捉住的人。去年城里杀了犯人,还有一个生痨病的人,用馒头蘸血舐"②。钱理群先生曾指出:"鲁迅这里所说的'吃人',或者说中国民族是一个'食人'的民族,不仅是象征,而且是实指:中国人真的是在'吃人'。"③这些事实的罗列,不仅铺陈了中国吃人的悠长历史,更令人深思吃人有悖伦常道德,因而暗示出"吃人"超出生物学意义上的其他含义。其二为象征意义上的吃人,指涉利用伦理道德规范对人的奴役,如"易牙蒸了他儿子,给桀纣吃",显示了封建等级制度束缚下牺牲弱小以满足更高阶层欲求的现象。象征意义上

---

① 鲁迅:《且介亭杂文二集·〈中国新文学大系〉小说二集序》,《鲁迅全集》(第六卷),北京:人民文学出版社,2005年版,第246—247页。
② 鲁迅:《呐喊·狂人日记》,《鲁迅全集》(第一卷),北京:人民文学出版社,2005年版,第452页。
③ 钱理群:《拒绝遗忘——钱理群文选》,汕头:汕头大学出版社,1999年版,第60页。

的吃人还指涉在精神和思想层面对人的钳制、戕害、摧残。吃人的人用"狮子似的凶心,兔子的怯弱,狐狸的狡猾"掩饰着吃人的实际嘴脸,而被吃的人却丝毫没有反抗的余地,甚至还帮着吃人的人做吃人的事,显示出可怜又可恨的生存境遇。其三"吃人"还呈现为一种文化和历史的传承模式。美国文化人类学家露丝·本尼迪克特在《文化模式》一书中指出:"我们应该完整地把握我们人类所谓继承的全部内含,其中最重要的一点就是,生理上所遗传下来的行为只占很小一部分,而文化上的传统的接力过程却起着极大的作用。"① 作为具有历史性和社会性的人而言,吃人除了表现为进化不完全的生理上的遗传特征,更多的显现在文化传统和历史惯性上,因而表现为一种集体无意识的国民性的弱点。这种灭绝人性的文化上的集体无意识"吃人"也许才更贴合鲁迅在《狂人日记》中所表达的深切忧虑。

五四时期起,鲁迅以《狂人日记》为开端多次讨论"吃人"的问题。他发现中国式的"吃人"有其独特的方法,那就是利用道德实现的神经麻痹法。在《春末闲谈》中鲁迅从讨论细腰蜂抓捕青虫或蜘蛛的生物学现象入手,破除了"螟蛉有子,果蠃负之"② 这一生物学现象被封建伦理绑架的道德性意义。细腰蜂并非满怀好意的慈母教女式的道德典范,相反其手段不仅残忍而且高明:"这细腰蜂不但是普通的凶手,还是一种很残忍的凶手,又是一个学识技术都极高明的解剖学家。她知道青虫的神经构造和作用,用了神奇的毒针,向那运动神经球上只一螫,它便麻痹为不死不活状态,这才在它身上生下蜂卵,封入窠中。青虫因为不死不活,所以不动,但也因为不活不死,所以不烂,直到她的子女孵化出来的时候,这食料还和被捕当日一样的新鲜。"③ 鲁迅直接指出统治者利用封建伦理道德进行愚民统治,其实质也就是类似细腰蜂用毒针麻痹青虫的神经构造而用种种的思想麻痹术降低被统治

---

① [美]露丝·本尼迪克特:《文化模式》,王炜等译,北京:生活·读书·新知三联书店,1988年版,第17页。
② 鲁迅:《坟·春末闲谈》,《鲁迅全集》(第一卷),北京:人民文学出版社,2005年版,第214页。
③ 同上,第215页。

者的神经敏锐度,做成食人筵席上一道鲜美可口的"醉虾","虾越鲜活,吃的人便越高兴,越畅快"①。

鲁迅特别反感"郭巨埋儿"之类的教育故事。这类故事假借封建式孝亲的名义,以牺牲幼小的生命为代价去迎合孝道礼教。鲁迅深刻了解在这种父慈子孝的美好图景背后是人性的扭曲和弱者、幼者的血泪,"便是'孝''烈'这类道德,也都是旁人毫不负责,一味收拾幼者弱者的方法"②。在《灯下漫笔》中,鲁迅进一步分析了中国式神经麻痹法,他说:"我们且看古人的良法美意罢——'天有十日,人有十等。下所以事上,上所以共神也。故王臣公,公臣大夫,大夫臣士,士臣皂,皂臣舆,舆臣隶,隶臣僚,僚臣仆,仆臣台。'(《左传》昭公七年)但是'台'没有臣,不是太苦了么?无须担心的,有比他更卑的妻,更弱的子在。而且其子也很有希望,他日长大,升而为'台',便又有更卑更弱的妻子,供他驱使了。如此连环,各得其所。"③"良法美意"所造成的实际效果是"我们自己是早已布置妥帖了,有贵贱,有大小,有上下。自己被人凌虐,但也可以凌虐别人;自己被人吃,但也可以吃别人。一级一级的制驭着,不能动弹,也不想动弹了。因为倘一动弹,虽或有利,然而也有弊"④。于是乎,几千年来这样的神经麻痹法在中国社会中广泛发挥着作用,人吃人或者被吃而不自知,而意识到满纸"仁义道德"的字缝中是"吃人"二字的人反被定义为"狂人",孰是常人、孰是狂人已经因意义颠倒而完全背离常规认知。这类如鬼魅般附着在中国传统文化上的集体无意识促使鲁迅发出振聋发聩的、颠覆性的质问:"从来如此,便对么?"⑤

---

① 鲁迅:《而已集·答有恒先生》,《鲁迅全集》(第三卷),北京:人民文学出版社,2005年版,第474页。
② 鲁迅:《坟·我们现在怎样做父亲》,《鲁迅全集》(第一卷),北京:人民文学出版社,2005年版,第142—143页。
③ 鲁迅:《坟·灯下漫笔》,《鲁迅全集》(第一卷),北京:人民文学出版社,2005年版,第227—228页。
④ 同上,第227页。
⑤ 鲁迅:《呐喊·狂人日记》,《鲁迅全集》(第一卷),北京:人民文学出版社,2005年版,第451页。

第五章 鲁迅前期进化论思想的演化

鲁迅以犀利的文字和清醒的思想揭示了中国文化中的吃人传统,人要进化成为"真的人"须得从真心悔改,从革除"吃人"的陋习做起,这是鲁迅进行思想启蒙任重道远的开端,鲁迅因之发出了"救救孩子"①的沉痛而辽远的呐喊。

但鲁迅真的相信人能够最终进化为"真的人"吗?李欧梵认为:"在某种意义上,鲁迅在这篇小说(指《狂人日记》——笔者注)中所说的'真人'是比尼采的'超人'更有积极意义的。狂人相信现在的人在有思想力并且改好以后是可以变成'真人'的。这透露了一种林毓生曾论证过的信心,即思想的优越可以成为社会政治变革的原动力。"②也就是说,在李欧梵看来,鲁迅对于"真的人"的命题持乐观积极的态度,鲁迅真诚地相信未来的世界属于"真的人",鲁迅也真诚地相信人能够进化成"真的人",因而相对于尼采'超人'的"渺茫","真的人"更有实现的可能。这似乎可在鲁迅的《呐喊·自序》中得到印证。"假如一间铁屋子,是绝无窗户而万难破毁的,里面有许多熟睡的人们,不久都要闷死了,然而是从昏睡入死灭,并不感到就死的悲哀。现在你大嚷起来,惊起了较为清醒的几个人,使这不幸的少数者来受无可挽救的临终的苦楚,你倒以为对得起他们么?""然而几个人既然起来,你不能说决没有毁坏这铁屋的希望。是的,我虽然自有我的确信,然而说到希望,却是不能抹杀的,因为希望是在于将来,决不能以我之必无的证明,来折服了他之所谓可有。"③在这场鲁迅和钱玄同之间关于"铁屋子"的著名辩论中,鲁迅终于不能用完全无的确信去驳倒可能有的希望。面对满屋昏睡的人们,他也终于冒着可能惊醒少数人、使他们经受临终苦楚的风险,存着打破铁屋子的希望而选择加入大喊的行列。

鲁迅一方面存着对"真的人"诞生的期望,另一方面又深刻质疑着"真的人"能否生成。《狂人日记》设置了狂人"发狂——病愈"的文本模式,其由现

---

① 鲁迅:《呐喊·狂人日记》,《鲁迅全集》(第一卷),北京:人民文学出版社,2005年版,第455页。
② [美]李欧梵:《铁屋中的呐喊》,尹慧珉译,北京:人民文学出版社,2010年版,第56页。
③ 鲁迅:《呐喊·自序》,《鲁迅全集》(第一卷),北京:人民文学出版社,2005年版,第441页。

实世界和想象世界两部分文本组合而成。序言部分给出了狂人在现实世界中"然已早愈,赴某地候补矣"的交代,而在日记部分则构造了狂人在想象世界中对现实世界的种种臆想。从文本内部的时间逻辑来看,序言部分发生在日记部分之后。《狂人日记》日记结尾部分的文本已经暗示了狂人的信仰遭受到了沉重打击,这来自狂人对自己在不自觉中参与吃人的深刻反思与忏悔,"四千年来时时吃人的地方,今天才明白,我也在其中混了多年;大哥正管着家务,妹子恰恰死了,他未必不和在饭菜里,暗暗给我们吃。我未必无意之中,不吃了我妹子的几片肉,现在也轮到我自己"①,狂人病愈后重新融入现实世界可视为狂人在发现中国文化"吃人"传统后,颠覆自身认知的一次反转行为。狂人回归现实世界的前提是认同并遵从这一传统,也就预示着他的病愈其实否定了他对人能通过戒除吃人进化为"真的人"的确信。进化的链条在人和"真的人"之间断裂了,"真的人"无法在现实世界生成,这是狂人病愈带来的启示。鲁迅问道:"没有吃过人的孩子,或者还有?"②从《狂人日记》的文本逻辑推导下来,他对这个问题的回答多半是不确定的。

鲁迅这个石破天惊的发现不仅削弱了他对人进化为"真的人"的信仰,同时摧毁了他对自己作为启蒙者的精英姿态的信心。"有了四千年吃人履历的我,当初虽然不知道,现在明白,难见真的人!"③也就是说,鲁迅在自我认知的立场上同样否定了自己进化为"真的人"的可能性。他愈是深入发掘中国式"吃人"传统,愈是加深对自己是否具有大喊的资格的怀疑,凭什么确信自己是那为数不多的清醒者呢?

尽管鲁迅仍然对人类的进化保持乐观的态度,他说:"生命的路是进步的,总是沿着无限的精神三角形的斜面向上走,什么都阻止他不得。自然赋与人们的不调和还很多,人们自己萎缩堕落退步的也还很多,然而生命决不

---

① 鲁迅:《呐喊·狂人日记》,《鲁迅全集》(第一卷),北京:人民文学出版社,2005年版,第454页。
② 同上,第454页。
③ 同上,第454页。

因此回头。"①但鲁迅终于不能确切地知道人进化的终点是否就是"真的人","真的人"这个命题被悬置了。但人毕竟是要在现实之中存活的,如何从现实出发,保证生命的合理生存和充分发展,成为鲁迅之后思索人生问题和社会问题的出发点与基本原则。

---

① 鲁迅:《热风·六十六生命的路》,《鲁迅全集》(第一卷),北京:人民文学出版社,2005年版,第386页。

第六章
鲁迅关于进化的哲学思想

从本章起,我们将在进化论范畴内进一步阐释鲁迅关于社会文明、生命、伦理、历史等的相关思想,并借此揭示鲁迅前期进化论思想所具有的独特的价值意义。

从表面上看,鲁迅的进化论思想并不系统也不具有很严密的逻辑性,他往往是就一个具体的社会现象、人生问题发表见解,但在这些看似零星的议论背后却隐藏着一个属于形而上的思想脉络。

所谓关于进化的哲学思想是指对诸如万事万物演化的根本规律、宇宙运动的根本特征和其他有关进化的本质问题的思考。它与一般哲学思考有领域上的重叠之处,但主要是一种以进化研究为旨归的哲学性思考。通常认为鲁迅不是典型意义上的哲学家,但在鲁迅针对社会问题、人生问题展开的种种讨论背后,往往隐藏着他对进化现象的哲学性探究。

第一节 "变"之规律

进化论在本质上是一种关于"变"的学说。所有的进化论者都承认宇宙中的万事万物是变动不居的。进化是一个变化的过程,在这个过程中,时刻都在发生选择、变异以及更新。在地质进化史和生物进化史上,进化的进程很缓慢,要经过极长的时间才能看得出进化的痕迹,但进化总在持续不断地进行。现在我们能看到的地球样貌和出现在地球上的生物种群都是进化产生的阶段性结果。通过科学的研究发现,它们已经发生了巨大的变化,和远古时代的情况大为不同了。

鲁迅对进化学说"变"的规律有着深刻的认同。在《人之历史》中,他通过对人类种族学说发生演变的历史阐释准确地把握了这一点。他通过梳理各种人类进化的有关学说,发现人类种族学说演变的过程实际上是一部进化学说变的思维与不变的思维斗争并获胜的历史。瑞典生物学家林那虽然首创了生物纲、目、属、种等的命名系统,但仍旧因袭生物发生的"神造说",认为经过大洪水时代后"留遗于今者,是为物种,凡动植种类,绝无增损变化,以殊异于神所手创云"[1]。法国生物学家居维叶(鲁迅译为寇伟——笔者注)通过研究地层中留存的化石,认为远古时代存在很多现今已经看不到的古生物种类,于是林那的物种自神创以来不增不减的进化说就失当了。但居维叶也承袭了生物种类"永住不变"的观念,为了调和他的研究与既有学说的矛盾,创造出多次神造的学说,认为"动植之遭开辟,非止一回",但都是由神创造出来的,只不过创造的时间不同,各个时代的生物性状也就不一样。居维叶的学说曾经盛行一时,直至法国生物学家拉马克(鲁迅译为兰麻克——笔者注)才真正撼动了种族不变之说。拉马克认为地球之上,无论无生物有生物都由同一个源头进化而来,绝非《圣经》宣传的是出于上帝的创造。生物的结构遵循由简单至繁杂、从低等到高等的顺序随地球进化而进化,人也属于生物种群之一种,是物种进化的高级形态,凡物种均通过性状的获得性遗传和器官功能的用进废退逐渐进化。拉马克以"物质一元论"来解释物种进化,认为宇宙间事物的转化纯粹是力学作用使然,"惟其所言,固进化之大法,即谓以机械作用,进动物于高等是已"[2]。进化以力的机械作用运作的观点是拉马克首先提出来的,既然进化是机械运动之一种,那么"变"这个规律就会始终贯穿在机械能量的转化与运动的整个过程。及至达尔文建立"物竞天择、适者生存"的"淘汰论",阐述了生物为适应自然环境进行生

---

[1] 鲁迅:《坟·人之历史》,《鲁迅全集》(第一卷),北京:人民文学出版社,2005年版,第10页。
[2] 同上,第12—13页。

存竞争的理论,"时有强物,灭其夷弱,沮其长成,故强之种日昌,而弱之种日耗;时代既久,宜者遂留,而天择即行其中,使生物臻于极适"①。

达尔文曾经这样描述自然选择的作用:"用譬喻的说法,可以说自然选择是每日每时在世界上检查最微细的变异,把坏的去掉,把好的保存和推进;不论时间,不论地点,一有机会就在沉默不觉中进行工作,把各种生物与有机的及无机的生活条件的关系加以改进。"②自然选择是进化的一个关键因素,它被达尔文看作进化中最为重要的一个环节,在达尔文进化学说中占据主要地位。在达尔文看来,进化就是自然选择时刻发挥效用的过程和结果。不仅自然选择具有"变"的特性,生物界最普遍和最基本的两个特征遗传和变异也遵循"变"的规律。遗传和变异是生命进化过程中的一对矛盾的事物。遗传处于相对的、保守的变化之中,而变异则处于绝对的、发展的变化之中。没有遗传,不可能保持物种性状的相对稳定性;没有变异,就不可能产生物种新的性状,也就不可能出现物种的进化。可以说,地球上的任何物种,通过遗传承继了物种的绝大多数性状,但其子代与亲代以及子代的不同个体之间,总是大同小异的。世界上不存在绝对相同的两个生物个体,也不存在绝对不变的物种,其根源就在于生物具有遗传、变异的特性。

鲁迅总结进化学说的沿革历史,得出结论认为世界是物质的,宇宙间的现象无不遵循"变"的规律,无机物转化为生物,生物死亡后又转化为无机物,这是一个物质不灭和能量守恒的变化过程。鲁迅相信世界日日在改变,语言文字、道德习惯、法律规则等也要随着时势的变化而变化,否则就成为阻碍进步的因素。

按照生物进化学说的观点,生物有机体受周围环境影响,通过遗传、变异不断出现个体的形变,直至产生变种,演化出与原来物种不一样的新的物种。在生物进化论的意义上,新物种和旧物种之间并不存在优劣的分别,而只存在适应性强弱的差异。也就是说,新物种与旧物种的概念中原本不包

---

① 鲁迅:《坟·人之历史》,《鲁迅全集》(第一卷),北京:人民文学出版社,2005年版,第14页。
② [英]达尔文:《物种起源》,谢蕴贞译,北京:科学出版社,1972年版,第56页。

含价值或者道德上的好坏区分。

但在从传统向现代转换的历史过渡期的中国近代,"新"与"旧"被赋予完全相反的价值或道德内涵,"新"代表先进,意味着发展的方向而成为追求的目标,"旧"则表示落后,意味着丧失存在的价值而应加以摒弃。于是,产生了一系列存在价值取向的、与"新""旧"相关的名词:"新学"、"旧学"、"维新"、"守旧"等等。这种产生于线性进化观念中的"新旧观"左右着急于改革中国现状的先进知识分子们,打破旧观念、旧习惯、旧传统在人们思想上占据的垄断地位,促成新观念、新道德、新秩序的产生就成为他们的首要任务。

鲁迅发现在进化的大趋势下,中国的守旧之士独不肯与世界进步的方向保持一致。他们的心神往往留恋于遥远的唐虞时代,安于小国寡民、无为而治的理想之中。中国历代统治者的治国理念不在追求国家、民族的进步和人民的富裕,而是教导治下之民要安于天命、安贫乐道。鲁迅深刻地指出这种统治理念的核心思想"要在不撄人心"[1],其实质正在于不求"变",而求"安"。但乐于无为、乐于拟古、乐于安守太平与日新月异的变化是背道而驰的,其结果注定是"拂逆其前征,势即入于苓落"[2]。所以,鲁迅认为顺势而变、常怀忧患才能改变中国沉静、缺乏生机和活力的现状。

鲁迅是激烈的反传统的主张者,他建议青年要少读甚至不读中国书,并在不同场合宣传他的"少读中国书"主义。鲁迅认为读中国书就只会让人的意志消沉下去、远离实际的生活,让青少年的心渐渐脱离了活泛和激情,慢慢沉浸到不思改变的境地中去。鲁迅又极力推行白话文,提倡文字革新,以为要在无声的中国中活过来,"首先就须由青年们不再说孔子孟子和韩愈柳宗元们的话"[3]。鲁迅不断翻译引进西方的文学作品和文艺理论向国人绍介新的思潮,"异域文术新宗,自此始入华土。使有士卓特,不为常俗所囿,必

---

[1] 鲁迅:《坟·摩罗诗力说》,《鲁迅全集》(第一卷),北京:人民文学出版社,2005年版,第69页。

[2] 同上,第69页。

[3] 鲁迅:《三闲集·无声的中国》,《鲁迅全集》(第四卷),北京:人民文学出版社,2005年版,第14页。

将犁然有当于心"①。其目的是用文学改变"撄人心"的局面,推动停滞的文化和文明继续发展。

但鲁迅对待传统的态度似乎具有矛盾性。他一方面主张变革传统的文字语言,提倡思想启蒙,是"新"的绝对支持者;另一方面又期盼"时时进光明之长途,时时念辉煌之旧有,故其新者日新,而其古亦不死"②,仿佛带有调和"新""旧"的意思。一方面,鲁迅带着决绝的态度将传统文学统统贬称为"瞒和骗的文艺";另一方面,鲁迅又对传统文学用力颇深,撰写了《中国小说史略》《中国小说的历史的变迁》《汉文学史纲要》等一系列研究传统文学的著作。我们需要注意到,在"新""旧"之间鲁迅永远站在"新"的立场上,他对传统文学整体上是彻底否定的,但这并不影响他研究、吸收、运用传统文学中合理的、有益的那部分资源,"鲁迅从彻底否定传统旧文学的目的出发,汲取了传统文学中的反传统因素;同时,他从建设新文学的目的出发,又汲取了一切有益于新文学建设的进步的文学传统"③。鲁迅肯定的是传统文学中的反传统因素,他认为在与传统进行斗争时,"因为从旧垒中来,情形看得较为分明,反戈一击,易制强敌的死命"④。这不是一种调和的态度,而是一种以敌之矛攻敌之盾的策略。鲁迅又深知"新"绝不会凭空诞生,它必须以"旧"为基础,在"旧"之上通过量变到质变的转化才能形成。那种盲目排外、以老大中国自居的守旧思想必然导致文明的停顿与退步,"排外则易倾于慕古,慕古必不免于退婴"⑤,其后果将是跟不上进步的潮流而被淘汰,沦落到彻底

---

① 鲁迅:《译文序跋集·〈域外小说集〉序言》,《鲁迅全集》(第十卷),北京:人民文学出版社,2005年版,第168页。
② 鲁迅:《坟·摩罗诗力说》,《鲁迅全集》(第一卷),北京:人民文学出版社,2005年版,第67页。
③ 朱晓进:《历史转换期文化启示录——文化视角与鲁迅研究》,沈阳:辽宁教育出版社,1992年版,第77页。
④ 鲁迅:《坟·写在〈坟〉后面》,《鲁迅全集》(第一卷),北京:人民文学出版社,2005年版,第302页。
⑤ 鲁迅:《集外集拾遗·〈新俄画选〉小引》,《鲁迅全集》(第七卷),北京:人民文学出版社,2005年版,第361页。

的、可悲的"不变"结局。

鲁迅深信进化如开弓之矢,一旦发出即不可能回归弓弦。他认为包括科学、道德、教育、文明在内的一切事物都遵循进化之理,"必与时代之进而俱升"。但进化并非如飞矢那样是线性直进的,在鲁迅的进化哲学观中,他认为"特以世事反复,时势迁流,终乃屹然更兴,蒸蒸以至今日。所谓世界不直进,常曲折如螺旋,大波小波,起伏万状,进退久之而达水裔,盖诚言哉。且此又不独知识与道德为然也,即科学与美艺之关系亦然"①。

鲁迅在讲中国小说的历史变迁时,曾顺带讲到中国社会进化的实际状况,"有两种很特别的现象:一种是新的来了好久之后而旧的又回复过来,即是反复;一种是新的来了好久之后而旧的并不废去,即是羼杂"②。新旧不能和平地过渡衔接,于是就产生了很多复杂的情形。情形之一是鲁迅发现一方面旧的不肯退出历史舞台,通常的表现是"原是旧式人物,但在社会里失败了,却想另挂新招牌,靠新兴势力获得更好的地位"③,例如那些号称"惟我是无产阶级!"的所谓革命文学家,其实"脑子里存着许多旧的残渣",不肯多介绍新的文学理论和作品,对于新兴的文学其实是排斥甚而阻碍的。而另一方面,新的对于旧的也没有进行坚决的抵制和抗争,鲁迅说:"在中国也有过许多新的运动了,却每次都是新的敌不过旧的,那原因大抵是在新的一面没有坚决的广大的目的,要求很小,容易满足。"④鲁迅举出白话文运动为例来进一步地说明此类情形:白话文运动发动之初,旧社会曾死力抵抗,但后来因为发现白话文并没有那么可怕,于是便容许白话文存在并且给了白话文一点可怜的地位,而新的一面也就满足了,以为白话文已得到存在的权

---

① 鲁迅:《坟·科学史教篇》,《鲁迅全集》(第一卷),北京:人民文学出版社,2005年版,第28页。
② 鲁迅:《中国小说的历史的变迁》,《鲁迅全集》(第九卷),北京:人民文学出版社,2005年版,第311页。
③ 鲁迅:《三闲集·现今的新文学的概观》,《鲁迅全集》(第四卷),北京:人民文学出版社,2005年版,第137页。
④ 鲁迅:《二心集·对于左翼作家联盟的意见》,《鲁迅全集》(第四卷),北京:人民文学出版社,2005年版,第240页。

利。事实是,这是旧社会迫使新事物妥协的好办法,在旧的一面是绝不肯妥协放弃的,它采取了迂回的方法使新的一面产生大意,误以为已经战胜旧的一面,取得胜利的地位了。所以,鲁迅认为在新旧过渡的历史进程中,新的"必须坚决,持久不断,而且注重实力"①,否则无以撼动旧社会坚固的根柢,也就不能推动社会历史的进步和发展,而新的一旦完成自己的历史使命也应自觉退出历史舞台,给更新的事物让出生存发展的空间。

还有一种情形是,旧的尚未被驱赶出历史的视野,新的却在内部产生了矛盾和斗争。鲁迅对这种情形是极为痛心的,他说:"旧堡垒上简直无须守兵,只要袖手俯首,看这些新的敌人自己所唱的喜剧就够。他无声,但他胜利了。"②所以鲁迅认为,新的要战胜旧的,必须在了解自己敌人的基础上更多地去剖析面对的敌人。他举出革命文学的发展为例,以为:"要写文学作品也一样,不但应该知道革命的实际,也必须深知敌人的情形,现在的各方面的状况,再去断定革命的前途。惟有明白旧的,看到新的,了解过去,推断将来,我们的文学的发展才有希望。"③鲁迅不仅了解旧势力的顽固与狡猾,而且深知旧势力的症结所在。在这里,鲁迅强调了新与旧争斗时不能转移斗争目标,让旧势力做闹剧的看客,而应知己知彼,集中力量与旧的中间物进行搏斗,方能顺利完成各个历史阶段的过渡。

鲁迅这种曲折进步的进化哲学观是建立在他对旧势力深刻了解和剖析的基础之上的。他深深知道在"新"与"旧"的斗争中,"新"必将取得最终胜利,前途是光明的,但道路是曲折的。他警诫寻求进步的人们不要放弃进步的希望,但也要对斗争的艰辛有清醒的认识,不能因为在短时间里遭遇挫折而失去希望,因为进化本来就呈现螺旋形上升的发展规律。

---

① 鲁迅:《二心集·对于左翼作家联盟的意见》,《鲁迅全集》(第四卷),北京:人民文学出版社,2005年版,第240页。
② 鲁迅:《二心集·我们要批评家》,《鲁迅全集》(第四卷),北京:人民文学出版社,2005年版,第246页。
③ 鲁迅:《二心集·上海文艺之一瞥》,《鲁迅全集》(第四卷),北京:人民文学出版社,2005年版,第308页。

第二节 "力"之作用

将"力"看作进化的动力来源的思想是18、19世纪物理学、力学、化学等自然科学迅猛发展的结果,"由物质和能量作为理论基础的机械论已经取代了较过时的目的或设计的概念"①。机械论将物质和精神看作统一实体的两个不同方面或不同属性,认为整个空间充斥着一种单纯的物质——原子,在原子周围存在着稀薄的、不能触知的介质——以太,原子在凝结和分散时产生加在以太之上的张力并形成各种能量,驱动事物进行运动变化。在此之前,西方哲学大多把进化的动力归因于物质世界之外的某种超自然存在,机械论则认为进化是自然选择的结果,并没有一个外在的主宰驱动进化,自然界中的一切运动都是自生自为的,机械论主张以纯粹力学的理论来解释自然界、人类社会。

自拉马克起,"物质一元论"成为进化学说的一个代表性方向,包括拉马克、斯宾塞、海克尔等在内的许多进化论思想家将"力"看作进化的动力来源。拉马克不承认生物与无生物之间存在差别,认为构成万物的物质元素是相同的,无生物与有生物之间存在相互转化的关联性,而维系其间转化的是"力","盖世所谓生,仅力学的现象而已"②。

在拉马克、达尔文之前,德国大学者歌德已经提出了类似的学说。歌德在《植物形态论》中认为有两个产生生物外在形状变异的"力"存在,"形变之因,有大力之构成作用二:在内谓之求心力,在外谓之离心力,求心力所以归同,离心力所以趋异。归同犹今之遗传,趋异犹今之适应"③。歌德的"求心力"与"离心力"之说成为拉马克用"内外力"来阐释进化原因的先驱。在《动

---

① [英]约翰·亚历山大·汉默顿编:《西方文化经典·科学卷》,刘莉、孙立佳译,武汉:华中科技大学出版社,2016年版,第142页。
② 鲁迅:《坟·人之历史》,《鲁迅全集》(第一卷),北京:人民文学出版社,2005年版,第12页。
③ 同上,第11页。

物学哲学》中,拉马克认为内外力共同作用推动着进化。外力由环境变化引起,环境从生物外部改变生物生活习性,使得生物为适应环境发生改变。内力作用于生物体内部,如果不遇到外力的影响,进化将从单细胞毫无障碍地直线进化到人,但实际情况是,内力遇到外力的干扰在进化中发生缺环或分支。斯宾塞的"社会有机体论"认为社会进化与生物进化一样,也由"力"所支配,并且他认为这种力是均衡持久的,保证社会进化只出现量变而不产生质变。斯宾塞支持社会改良渐进而反对激变革命即是由他的"力的恒久性"理论决定的。海克尔是坚定的"物质一元论"的信奉者,他认为进化是一种机械的宇宙力量,一种自然创造力的体现。海克尔写《宇宙之谜》用于回答1880年艾米尔·杜布雷·雷蒙提出的"七个宇宙之谜",前三个谜分别是"物质与力的本质"、"运动的来源"、"生命的来源",海克尔依靠物质守恒的化学定律和力的守恒的物理定律,认为物质有力和质料两种属性,它们共同决定了进化的普遍原则。宇宙每时每刻都处于运动变化之中,整个世界的发展进化是一个统一的机械过程,遵循力的转化和质料平衡的规律。

　　用"力"的作用来解释进化发生发展的观念也普遍存在于中国的进化论思想中。严复在《〈天演论〉自序》中引用牛顿的力学运动理论论证世界是物质自身发生运动进化的结果,他说:"大宇之内,质力相推,非质无以见力,非力无以呈质。"[1]这就是严复提出的著名的"质力相推说",其核心思想是宇宙是质和力的统一体,没有质就无法产生彼此作用的力,而没有力就无法呈现出质本身。在一定意义上可以说,严复的进化思想具有机械论的特点,他同样摒弃了进化的超自然外在因而力图用物质的机械运动来解释客观世界,"造物立其一本,以大力运之,而万类之所以底于如是者,咸其自己而已,无所谓创造者也"[2]。谭嗣同的"以太说"将以太视作"盖遍法界虚空界众生界,有至大至精微,无所不胶黏不贯洽不筦络而充满之一物焉","其显于用也,

---

[1] 王栻主编:《严复集》(第五册),北京:中华书局,1986年版,第1320页。
[2] 同上,第1320页。

为浪、为力、为质点、为脑气。① 根据谭嗣同的"以太说",大至星团、星云,小至水滴、毛端,均由以太构成,遍布三界的唯一元素以太无色、无味、无声,由力形成彼此间的牵引之势。章太炎早期的进化论思想中也含有机械论的因素,他在《訄书·原变第十三》中陈述了万物之变源于进化而非神造的道理,"物苟有志,强力以与天地竞,此古今万物之所以变"②。章太炎认为进化的动力源自求变之"思",由思而变的方式有两种:"思致其力而自造者"、"不假于力而专以思自造者"③,他虽然舍弃了进化的神造论,却又以主观的"思"取代外在的"神",重新走进了唯心的迷谷。但同时我们也看到了章太炎对人的主观意志和内在精神的重视,这对鲁迅认识进化中"力"的作用产生了重要影响。

鲁迅对"力"在进化中所起的作用有非常清晰的认识。鲁迅在南京学习和日本留学期间,曾受到格致学、物理学、地质学等学科的教育和熏陶,其自然科学的涵养深厚。1903年10月日本东京出版的《浙江潮》第8期登载了鲁迅撰写的《中国地质略说》,当时的署名是"索子"。其中,鲁迅详细论述了我国地质进化、地形发育和石炭等资源的地下矿藏情况。鲁迅否认了神造说,认为地质学是地球的进化史,岩石的成因、地壳的构造、矿藏的蕴含都是经历积年累月的变化慢慢形成的,"初无大神秘不可思议之物,存乎其间,以支配吾人之运命"④。鲁迅陈述了中国地质形成的大致进程:太古时代地球尚处在气体形态中,"火力"激荡,致使地壳变形,冷却后形成昆仑山脉蒙古高原,古生代时地心花岗岩的溶液"挟火力以泉涌",形成东方亚细亚大陆,"地心火力"冲突不已,隆出水面形成中国阶梯状的台地,而其南部受到西北

---

① 谭嗣同:《以太说》,李敖主编:《谭嗣同全集》(卷一),天津:天津古籍出版社,2016年版,第107页。
② 章太炎:《訄书初刻本》,章太炎:《章太炎全集》(三),上海:上海人民出版社,1984年版,第27页。
③ 章太炎:《菌说》,章太炎:《章太炎全集》(十),上海:上海人民出版社,1984年版,第182页。
④ 鲁迅:《集外集拾遗补编·中国地质略论》,《鲁迅全集》(第八卷),北京:人民文学出版社,2005年版,第6页。

方地层移动的横向压力,遂形成波浪状的山系地貌。及至新生代时期,暴风吹动沙尘运入黄河流域地方,积为黄土,以是形成黄土高原,长江北部则受风吹雨润,逐渐发育出中国总的地形特征。在鲁迅看来,中国地质的演变史是自然进化中"力"作用的结果,实乃"造化自著之进化论"[①]。在1907年的《人之历史》中,鲁迅详细介绍了海克尔的人类种族发生学,进一步阐明了宇宙质力不灭的规律,认为"有生始于无生,盖质力不灭律所生之成果尔;若物质全界,无不由因果而成,宇宙间现象,亦遵此律"[②]。

鲁迅对于进化"力"之作用的理解不仅限于科学领域内,更主要体现在他对人的主观意志和内在精神在进化中所起作用的重视与崇尚。在《摩罗诗力说》《科学史教篇》《文化偏至论》等早期论文中,鲁迅将人的内在主体意志看作将人从陈旧的封建社会制度中解放出来的最重要的因素,鲁迅的"立人说"就是在强调人的主体自觉的基础上倡导个性解放、精神解放,为人的自由心灵寻求真正的价值意义。鲁迅反对重物质而轻灵明的社会进化偏至,他一再提出"心力"和"意力"等带有鲜明主体性和主观性的语词,来指称社会进化所必需的精神驱动力,比如他称颂新神思宗是具有绝大意力之士,他们或崇奉主观,或张皇意力,能够震动人心、改变流俗,彰显人类尊严;他赞美裴伦(今译拜伦)等精神界战士独立自尊,不与世俗相调和,"意力所如,非达不已,乃以是渐与社会生冲突"[③],拥有绝大的反抗精神,"尝欲尽其心力,以致益于人间"[④]。

郜元宝认为早期论文中鲁迅对"心"的理解标志着鲁迅科学时代的落幕和文学时代的开启,"鲁迅的'心学'和他的'文学'一同开始,'心学'就是'文学'。作为文化根基与个体生命自觉、有别于科学与学说的神思之'心'的

[①] 鲁迅:《集外集拾遗补编·中国地质略论》,《鲁迅全集》(第八卷),北京:人民文学出版社,2005年版,第10页。
[②] 鲁迅:《坟·人之历史》,《鲁迅全集》(第一卷),北京:人民文学出版社,2005年版,第17页。
[③] 鲁迅:《坟·摩罗诗力说》,《鲁迅全集》(第一卷),北京:人民文学出版社,2005年版,第81页。
[④] 同上,第78页。

'心声'、'内曜',在鲁迅看来,就是源初的文学(诗)"①。鲁迅对文学启人心智的期待蕴含在他对文学艺术"力"的评价里,他称裴伦的诗"凡一字一辞,无不即其人呼吸精神之形现,中于人心,神弦立应,其力之曼衍于欧土,例不能别求之英诗人中"②;他评论萧红《生死场》时指出"快看下面的《生死场》,她才会给你们以坚强和挣扎的力气"③;他在议论版画的创作时又说"仔细看去,虽在复制的画幅上,总还可以看出一点'有力之美'来"④。鲁迅对比了摩罗诗人的"撒但之力"与《诗三百》的无邪之旨,深刻地指出两者对激发人心所起作用的差异。他说撒但之力"即生于神,神力若亡,不为之代;上则以力抗天帝,下则以力制众生,行之背驰,莫甚于此"⑤,撒但之力充满反抗的意志与心声,所以能感动世人、变革人心,推动社会变革进步。而相比较之下,"中国之诗,舜云言志;而后贤立说,乃云持人性情,三百之旨,无邪所蔽。夫既言志矣,何持之云?强以无邪,即非人志。许自繇于鞭策羁縻之下,殆此事乎?然厥后文章,乃果辗转不逾此界"⑥,作为中国诗歌的源头《诗三百》强用无邪限制了文学思想的边界,只能起到禁锢人心的反作用。文学"心力"的强弱在某种意义上影响了文明的开化进步。

　　鲁迅的"意力"概念来自叔本华、尼采的意志哲学,叔本华主张意力为世界之本体,尼采希望世间进化出意力绝世、几近神明的超人。尼采用"权力意志"取代了叔本华的"生存意志",即是用人的生命冲动和创造力去积极迎

---

① 郜元宝:《为天地立心——鲁迅著作所见"心"字通诠》,《鲁迅研究月刊》,2000 年第 7 期。
② 鲁迅:《坟·摩罗诗力说》,《鲁迅全集》(第一卷),北京:人民文学出版社,2005 年版,第 85 页。
③ 鲁迅:《且介亭杂文二集·萧红作〈生死场〉序》,《鲁迅全集》(第六卷),北京:人民文学出版社,2005 年版,第 423 页。
④ 鲁迅:《集外集拾遗·〈近代木刻选集〉(2)小引》,《鲁迅全集》(第七卷),北京:人民文学出版社,2005 年版,第 351 页。
⑤ 鲁迅:《坟·摩罗诗力说》,《鲁迅全集》(第一卷),北京:人民文学出版社,2005 年版,第 80—81 页。
⑥ 鲁迅:《坟·摩罗诗力说》,《鲁迅全集》(第一卷),北京:人民文学出版社,2005 年版,第 70 页。

向生命,"意志要向前进,并且始终主宰阻碍其前进的障碍"①。鲁迅用"意力"去呼唤人强大的内在生命力,他坚信20世纪的新精神,应该是人生意义愈加深邃的、个人尊严愈加显明的新时代,在进步的狂风怒浪之间需要"恃意力以辟生路"②,特别是深陷竞争危机、西方列国虎视眈眈的中国,如果继续安弱守雌、笃于旧习,将无以自强保种,也就将被无情淘汰而无法在世界上立足。

鲁迅立足于对中国文明进化危机的认识,极力倡导人发挥内在的"心力"、"意力",期待国人能将"心力"、"意力""发为雄声",从而"起其国人之新生,而大其国于天下"③。

第三节 生命是第一义

鲁迅的进化论思想带有朴素唯物主义的因素。在早期的文章《人之历史》中,鲁迅系统诠释评述了进化论的发展历程,"故究进化论历史,当首德黎,继乃局脊于神造之论;比至兰麻克而一进;得达尔文而大成;迨黑格尔出,复总会前此之结果,建官品之种族发生学,于是人类演进之事,昭然无疑影矣"④。在鲁迅看来,这一部生物进化论发展史的意义首先在于打破了生命起源的神创论,从单细胞到人类,凡生命体皆遵行由简单至于复杂、低等至于高等的体系发展演化而来,而不是外在意志的创造物。这一结论的哲学意义是人由此确立了自己的独立性。生存在世界上的人所要处理的不再

---

① [德]弗里德里希·尼采:《权力意志——重估一切价值的尝试》,张念东、凌素心译,北京:商务印书馆,1991年版,第431页。
② 鲁迅:《坟·文化偏至论》,《鲁迅全集》(第一卷),北京:人民文学出版社,2005年版,第57页。
③ 鲁迅:《坟·摩罗诗力说》,《鲁迅全集》(第一卷),北京:人民文学出版社,2005年版,第101页。
④ 鲁迅:《坟·人之历史》,《鲁迅全集》(第一卷),北京:人民文学出版社,2005年版,第14页。

是人与他的造物主之间的关系,而是人与他人、人与自身的关系。

鲁迅接受了"质力不灭律"理论,"若物质全界,无不由因果而成,宇宙间现象,亦遵此律",也就是说物质世界遵循物质不灭和能量守恒定律,相互转化、相互作用。生物和非生物无不例外地都要遵循上述定律,"故有生无生二界,且日益近接,终不能分,无生物之转有生,是成不易之真理"①。由此,人和其他生物、非生物没有了本质的区别。作为人而言,男女、君臣、父子、夫妻在生物学意义上本是平等的,所谓男尊女卑、君为臣纲、父为子纲、夫为妻纲都是封建礼教强加诸人之上的违背人性的制度和规范。鲁迅因之对封建伦理重压下中国人的悲惨生命境遇充满了悲悯,《呐喊》《彷徨》等小说中塑造的生命形态无不饱含着鲁迅深切的同情。王富仁在《鲁迅前期小说与俄罗斯文学》中将鲁迅前期小说与俄罗斯现实主义文学作比较时就指出:"鲁迅对封建制度的认识比起果戈理来,要明确得多和深刻得多了,他已经不把'社会'当做一个笼统的概念了,他更明确地认识到罪恶的根源在于封建制度及其全部伦理道德观念。"②

鲁迅认为在生物学意义上,人的一切权利中最重要的是人的生存权。他在不同场合反复强调生存权的重要性,比如在《我们现在怎样做父亲》中说:"生命的价值和生命价值的高下,现在可以不论。单照常识判断,便知道既是生物,第一要紧的自然是生命。因为生物之所以为生物,全在有这生命,否则失了生物的意义。"③又说:"无论何国何人,大都承认'爱己'是一件应当的事。这便是保存生命的要义,也就是继续生命的根基。"④在《译了〈工人绥惠略夫〉之后》中,鲁迅再次强调说:"人是生物,生命便是第一义。"⑤

有感于生命的脆弱,鲁迅曾在《兔和猫》中叹息道:"我于是记起旧事来,

---

① 鲁迅:《坟·人之历史》,《鲁迅全集》(第一卷),北京:人民文学出版社,2005年版,第17页。
② 王富仁:《鲁迅前期小说与俄罗斯文学》,西安:陕西人民出版社,1983年版,第49—50页。
③ 鲁迅:《坟·我们现在怎样做父亲》,《鲁迅全集》(第一卷),北京:人民文学出版社,2005年版,第135页。
④ 同上,第138页。
⑤ 鲁迅:《译文序跋集·译了〈工人绥惠略夫〉之后》,《鲁迅全集》(第十卷),北京:人民文学出版社,2005年版,第183页。

先前我住在会馆里,清早起身,只见大槐树下一片散乱的鸽子毛,这明明是膏于鹰吻的了,上午长班来一打扫,便什么都不见,谁知道曾有一个生命断送在这里呢?我又曾路过西四牌楼,看见一匹小狗被马车轧得快死,待回来时,什么也不见了,搬掉了罢,过往行人憧憧的走着,谁知道曾有一个生命断送在这里呢?夏夜,窗外面,常听到苍蝇的悠长的吱吱的叫声,这一定是给蝇虎咬住了,然而我向来无所容心于其间,而别人并且不听到……假使造物也可以责备,那么,我以为他实在将生命造得太滥,毁得太滥了。"①弱者和幼者相对而言,往往在保护自己生存权的能力上处于下风,但这绝不能表明弱者和幼者必须牺牲或放弃自己的生存权。因为生命在保存生存权上是平等的,造成弱者和幼者牺牲掉自己的生存权的状况,"这只能全归旧道德旧习惯旧方法负责,生物学的真理决不能妄任其咎"②。处在内忧外患的近代中国,倡导尊重人的生存权是具有非常重要的现实意义的。践踏人的生存权就是践踏生命。

但鲁迅所说的生存绝不是苟活,他说:"我之所谓生存,并不是苟活;所谓温饱,并不是奢侈;所谓发展,也不是放纵。"③鲁迅所谓"苟活"实是有感而发。中国自古以来就有"贵生"的传统,"重人贵生"是道家学说中最重要的思想。《老子》强调"摄生"、"贵生"、"自爱"和"长生久视",认为生命随时受到威胁,故应防患未然,以求"深根固柢,长生久视之道"④。《庄子》重视"保生"、"全生"、"尽年"、"尊生",并假托黄帝学道广成子之言,讲述"长生"固形之术。《吕氏春秋》曾记载道家子华子曰:"全生为上,亏生次之,死次之,

---

① 鲁迅:《呐喊·兔和猫》,《鲁迅全集》(第一卷),北京:人民文学出版社,2005年版,第580—581页。
② 鲁迅:《坟·我们现在怎样做父亲》,《鲁迅全集》(第一卷),北京:人民文学出版社,2005年版,第144页。
③ 鲁迅:《华盖集·北京通信》,《鲁迅全集》(第三卷),北京:人民文学出版社,2005年版,第54—55页。
④ 叶自成:《叶自成〈老子〉全解——今帛简本综合版》,上海:上海远东出版社,2019年版,第146页。

迫生为下。"①所谓全生,是指人的七情六欲都能得满足。所谓亏生,是指六欲只有部分得到满足,生命受到亏损,生命的天性就会削弱。而被迫臣服、忍辱偷生则比死对生命的摧残更为严重,故曰迫生不如死。到后来《太平经》主张"乐生"、"重生",以及其他道书如《老子想尔注》《老子河上公章句》《周易参同契》《抱朴子内篇》《西升经》《度人经》《悟真篇》等,始终贯穿着"重人贵生"的思想传统。原始道家的思想中既有尊重生命、肯定人的价值的重要意义,但也认为人的寿命并非完全由"天"决定,人可以在现世通过自行的炼养、修道而成仙。后一种思想发展到后来转变为通过各种方法颐养生命、增强体质、预防疾病,以求达到延年益寿、长生不死、肉体飞升、身登清虚三境之境地。例如《悟真篇·第五十四》说:"药逢气类方成象,道在希夷合自然。一粒灵丹吞入腹,始知我命不由天。"②其实就是通过炼丹、服食丹药来求得胜天的功效。鲁迅说"中国根柢全在道教"③,又说"人往往憎和尚,憎尼姑,憎回教徒,憎耶教徒,而不憎道士。懂得此理者,懂得中国大半"④,实在是对中国人信奉道教,不关注社会和人生,不注重解决实际人生的问题,只一味寻求个人修生求道传统的深刻剖析。

　　鲁迅读史,熟知外族入侵下中国人的种种苟活情形,他对此甚为痛恨,认为"意图生存,而太卑怯,结果就得死亡","惟独半死半生的苟活,是全盘失错的。因为他挂了生活的招牌,其实却引人到死路上去!"⑤故而,"我们目下的当务之急,是:一要生存,二要温饱,三要发展。苟有阻碍这前途者,无论是古是今,是人是鬼,是《三坟》《五典》,百宋千元,天球河图,金人玉佛,祖

---

① 李季林:《哲学解悟　先秦卷》,合肥:安徽人民出版社,2012年版,第174页。
② 于平主编:《道家十三经》,北京:国际文化出版公司,1995年版,第713页。
③ 鲁迅:《书信·180820致许寿裳》,《鲁迅全集》(第十一卷),北京:人民文学出版社,2005年版,第365页。
④ 鲁迅:《而已集·小杂感》,《鲁迅全集》(第三卷),北京:人民文学出版社,2005年版,第556页。
⑤ 鲁迅:《华盖集·北京通信》,《鲁迅全集》(第三卷),北京:人民文学出版社,2005年版,第55页。

传丸散,秘制膏丹,全都踏倒他"①。鲁迅追求的是真正意义上人的生存、进化和发展,而不是通过种种宗教手段麻痹灵魂、只求个人安乐的苟活。

生命是可宝贵的,应该被珍惜。鲁迅对人尤其是青年人,太过轻易地牺牲生命感到可惜。他反对大学生们参加游行示威,因为"夫学生的游行和请愿,由来久矣。他们都是'郁郁乎文哉',不但绝无炸弹和手枪,并且连九节钢鞭,三尖两刃刀也没有,更何况丈八蛇矛和青龙掩月刀乎?"②刘和珍参加徒手请愿并在段祺瑞执政府门口被枪杀后,鲁迅用极为沉痛惋惜的笔触写《记念刘和珍君》一文。鲁迅在文中表达了对刘和珍等女学生斗争气概的敬佩,曾经屡次为之感叹,但他同时认为在全副武装的北洋政府面前,大学生没有丝毫人身保障,游行示威只能是作无意义的牺牲。"以生命来投资,为社会做一点事,总得多赚一点利才好;以生命来做利息很小的牺牲,是不值得的。所以我从来不叫人去牺牲"③,这才是鲁迅所赞成的。所以,鲁迅提倡壕堑战的战法以防止冷箭的伤害,但鲁迅并不是教人畏惧死亡,在没有法子的时候,非短兵相接不可就短兵相接。

鲁迅还常常痛惜人将生命与时间浪费在无意义的事情上。他总是叹息纷扰太多、时间太少,无法心无旁骛地做想做的事。1925年前后鲁迅因支持女子师范学校的学生们反抗杨荫榆治校,与章士钊、陈西滢等人论战,事后他在《〈小约翰〉引言》中说:"我的至少两三个月的生命,都死在'正人君子'和'学者'们的围攻里了。"④鲁迅被无端卷入高长虹们与莽原社的纷争中后,他又曾在《两地书》中写信给许广平感慨道:"我的生命,被他们乘机另碎

---

① 鲁迅:《华盖集·忽然想到(五至六)》,《鲁迅全集》(第三卷),北京:人民文学出版社,2005年版,第47页。
② 鲁迅:《华盖集·忽然想到(七至九)》,《鲁迅全集》(第三卷),北京:人民文学出版社,2005年版,第67页。
③ 鲁迅:《集外集拾遗补编·关于知识阶级》,《鲁迅全集》(第八卷),北京:人民文学出版社,2005年版,第229页。
④ 鲁迅:《译文序跋集·〈小约翰〉引言》,《鲁迅全集》(第十卷),北京:人民文学出版社,2005年版,第283页。

取去的,我觉得已经很不少,此后颇想不蹈这覆辙了。"①鲁迅对高长虹们不知餍足地一味利用他而颇感无聊和愤怒,对为之耗去的生命极为惋惜。生命属于人只有一次,鲁迅觉得只有拼命地做才能对得起这生命,因为"这就是节省时间,也就是使一个人的有限的生命,更加有效,而也即等于延长了人的生命"②。

第四节 向死而生

"逝去,逝去,一切一切,和光阴一同早逝去,在逝去,要逝去了。"③生命是一条不断流逝的时光之河,一切都不过是进化的"中间物"。对于个体生命而言,这条流淌的河是有终点的,那就是死亡。死亡无可避免,但走向死亡的路千差万别,就像鲁迅所说的:"我只很确切地知道一个终点,就是:坟。然而这是大家都知道的,无须谁指引。问题是在从此到那的道路。那当然不只一条,我可正不知那一条好,虽然至今有时也还在寻求。"④对于鲁迅而言,至少有两点是明确的:其一是生命之路的终点是坟,每个人一出生就在走向死亡的路上,每分每秒、每时每刻,人都不可改变地在走向生命的终点。其二是人只要还没有死亡,就是在向着死亡的方向活着。结局虽然只有一个,但走向死亡的过程是不一样的。在这过程中间,人部分地拥有选择的权利。

鲁迅的这一生命观与海德格尔存在论对死亡的看法非常的相似。在海

---

① 鲁迅:《书信·261109 致许广平》,《鲁迅全集》(第十一卷),北京:人民文学出版社,2005 年版,第 609 页。
② 鲁迅:《准风月谈·禁用和自造》,《鲁迅全集》(第五卷),北京:人民文学出版社,2005 年版,第 333 页。
③ 鲁迅:《坟·写在〈坟〉后面》,《鲁迅全集》(第一卷),北京:人民文学出版社,2005 年版,第 299 页。
④ 同上,第 300 页。

德格尔的存在论中,"死作为此在的终结乃是此在最本己的、无所关联的、确知的、而作为其本身则不确定的、不可逾越的可能性。死,作为此在的终结存在,存在在这一存在者向其终结的存在之中"①。海德格尔把人这一特殊的存在者称为"此在",他认为死亡是"此在"——人的一种存在方式,而且是人确知的终结性的存在。但同时,它又作为一种可能性始终伴随着人的存在,它只是一种可能性,只要这种可能性没有发生,人就依然是存在着的。人之所以对死之意义一无所知,是因为无人可以真正有死之经验。尽管人们总可以看到他人之死,但没有人能够对于"我"之死发表见解。更简单地说,任何"我"都不可能实际地"指出"自己之死。②用海德格尔哲学化的话语表述就是,"向死这种可能性存在的最近的近处对现实的东西说来则是要多远就有多远",因此"按其本质说来,这种可能性不提供任何依据,可藉以殷切盼望什么东西,藉以'想象出'可能是现实的东西,从而忘记这种可能性",从而能够使得存在者在"存在中领会自己本身:生存"③。

鲁迅和海德格尔都在承认死亡是生命不可避免的终点的基础上,强调了人走向死亡的过程中所具备的主体能动作用。也就是说,在生命的路上,人不是被动地趋向于死,而是用死来激发人内在生的欲望从而将目光从确知的"死"转向当下的"生",也即是向死而生。这是一种积极的生存态度,它让人以"倒计时"的方式迎接死亡,使人对必然到来的死亡不回避不忽视,不沉浸在对死亡的想象中而执着关注当下的生存,这意味着要以绝大的勇气向着确知的死行走在生的路上。

《过客》作为散文诗集《野草》中唯一的诗意短剧,"可能是鲁迅的一部以

---

① [德]海德格尔:《存在与时间》(中文修订第二版),陈嘉映、王庆节译,北京:商务印书馆,2019年版,第357页。
② 伍晓明:《我之由生向死与他人之无法感激的好意——重读鲁迅的〈过客〉》,《鲁迅研究月刊》,2011年第6期。
③ [德]海德格尔:《存在与时间》(中文修订第二版),陈嘉映、王庆节译,北京:商务印书馆,2019年版,第362—363页。

象征方式触及和面对人之生根本问题之作"①。鲁迅在《过客》中塑造了一位类似于战士的过客形象。过客将全部的生命力投入一场无形的战争,那就是努力着往前方去。过客对在路上偶遇的老翁和小女孩说:"从我还能记得的时候起,我就在这么走,要走到一个地方去,这地方就在前面。我单记得走了许多路,现在来到这里了。我接着就要走向那边去,(西指,)前面!"②他谢绝了老翁和小女孩挽留他休息的好意,"但这种反抗,每容易蹉跌在'爱'——感激也在内——里,所以那过客得了小女孩的一片破布的布施也几乎不能前进了"③,于是过客说:"然而我不能!我只得走。我还是走好罢……"④过客早已经走破了双脚,有许多伤,流了许多血。他也没有了足够前行的气血,只得停下脚步向老翁和小女孩讨要水喝。他是这样一个过客,他的全部生命的目的和意义就在于前行,他将全部生命的力量都放在前行上,他为前行抛开了所有,孑然一身,拒绝一切的同情与布施。而前面的路上是什么在等着他呢?"那些地方有许多许多野百合,野蔷薇,我也常常去玩过,去看过的。但是,那是坟。"⑤过客了然路的前方是坟,但他不惧怕这个必然,也不因此而改变自己的初衷,"《过客》的意思不过如来信所说那样,即是虽然明知前路是坟而偏要走,就是反抗绝望,因为我以为绝望而反抗者难,比因希望而战斗者更勇猛,更悲壮"⑥。

吕周聚认为作为一个整体符号,《过客》就是人生的象征。小女孩、过客和老人这三个不同人物则暗示着人生的三个不同阶段,小女孩是青少年的象征,是人生的开始,天真好奇、充满理想是其人生态度;过客是中年的象

---

① 伍晓明:《我之由生向死与他人之无法感激的好意——重读鲁迅的〈过客〉》,《鲁迅研究月刊》,2011 年第 6 期。
② 鲁迅:《野草·过客》,《鲁迅全集》(第二卷),北京:人民文学出版社,2005 年版,第 195 页。
③ 鲁迅:《书信·250411 致赵其文》,《鲁迅全集》(第十一卷),北京:人民文学出版社,2005 年版,第 478 页。
④ 鲁迅:《野草·过客》,《鲁迅全集》(第二卷),北京:人民文学出版社,2005 年版,第 199 页。
⑤ 同上,第 195 页。
⑥ 鲁迅:《书信·250411 致赵其文》,《鲁迅全集》(第十一卷),北京:人民文学出版社,2005 年版,第 477—478 页。

征,他正处在人生的路途中,经历了许多挫折、磨难,但仍不服输,反抗绝望、勇于探索是其人生态度;老翁是老年的象征,他经历了太多挫折、磨难,对人生丧失了信心与希望,消极颓丧、灰心绝望是其人生态度。①写完《过客》九天之后,鲁迅在给许广平的信中谈到了自己在世上当过客的方法:"走'人生'的长途,最易遇到的有两大难关。其一是'歧路',倘若墨翟先生,相传是恸哭而返的。但我不哭也不返,先在歧路头坐下,歇一会,或者睡一觉,于是选一条似乎可走的路再走,倘遇见老实人,也许夺他食物来充饥,但是不问路,因为我知道他并不知道的。如果遇见老虎,我就爬上树去,等它饿得走去了再下来,倘它竟不走,我就自己饿死在树上,而且先用带子缚住,连死尸也决不给它吃。但倘若没有树呢?那么,没有法子,只好请它吃了,但也不妨咬它一口。其二便是'穷途'了,听说阮籍先生也大哭而回,我却也像歧路上的办法一样,还是跨进去,在刺丛里姑且走走。"②"歧路"和"穷途"都是人生之路上常常遇到的困境,与墨子、阮籍不同的是,鲁迅不痛哭也不折返,他的选择是"跨进去,在刺丛里姑且走走"。鲁迅对于人在遭遇歧路和穷途时的心境并非不能理解,他自己就经常地"站在歧路上是几乎难于举足"③,但他说:"我自己,是什么也不怕的,生命是我自己的东西,所以我不妨大步走去,向着我自以为可以走去的路;即使前面是深渊,荆棘,狭谷,火坑,都由我自己负责。"④这不仅是鲁迅面对现实人生的真实感悟,更是鲁迅认为人在遭遇困境时应该选择主动承担的主张。与其在失望中痛哭,不如在绝望中抗争,面向死亡而生存。

鲁迅鼓励人走的路是"刺丛"而非"坦途",他是以开路的精神去面向未来的。

---

① 吕周聚:《忍受孤独,反抗绝望——〈过客〉对现实人生的启迪意义》,《鲁迅研究月刊》,2011年第10期。
② 鲁迅:《书信·250311 致许广平》,《鲁迅全集》(第十一卷),北京:人民文学出版社,2005年版,第461页。
③ 鲁迅:《华盖集·北京通信》,《鲁迅全集》(第三卷),北京:人民文学出版社,2005年版,第54页。
④ 同上,第54页。

首先,他不赞成人,尤其是青年人躲进书斋远离实生活。鲁迅在《未有天才以前》明确反对胡适等人整理国故的倡议,他认为青年有自己的活学问和新艺术,不必学习老先生整理国故去"埋在南窗下读死书"①。他担心青年进了书斋之后,和实社会、实生活离开,会变成一个糊涂而不是勇敢的呆子。鲁迅劝中国的青年"少读,或者简直不读中国书"②,就是因为"我看中国书时,总觉得就沉静下去,与实人生离开;读外国书——但除了印度——时,往往就与人生接触,想做点事"③。可见,在鲁迅看来,在他所处的时代,青年人做事远比读书更为要紧,勇敢地接触社会、改造社会才是青年人更为迫切的人生责任。

其次,鲁迅主张睁眼看人生,不能闭上眼睛就以为世界太平、万事圆满,"于是无问题,无缺陷,无不平,也就无解决,无改革,无反抗"④。鲁迅说中国传统小说惯以大团圆作为结局,是中国人喜欢闭着眼睛"瞒和骗"的心理在作祟。因为现实多有苦闷和缺陷,但如果不睁开眼看,就不会发生"怎样去补救这缺点"的问题,也就无须操心去改变现实,省却了诸多的烦恼,"因为凡事总要'团圆',正无须我们焦躁;放心喝茶,睡觉大吉"⑤。鲁迅还发现在现实中没有团圆的事情,小说家就要给它一个团圆的结局。鲁迅说小说家其实是在投读者所好,"中国人向来因为不敢正视人生,只好瞒和骗,由此也生出瞒和骗的文艺来,由这文艺,更令中国人更深地陷入瞒和骗的大泽中,甚而至于已经自己不觉得"⑥。大家都万事闭上眼睛,不仅自欺而且欺人,彼此愉快而满意,但于社会人生实在没有什么益处。所以鲁迅大声呼吁青年

---

① 鲁迅:《坟·未有天才之前》,《鲁迅全集》(第一卷),北京:人民文学出版社,2005年版,第175页。
② 鲁迅:《坟·写在〈坟〉后面》,《鲁迅全集》(第一卷),北京:人民文学出版社,2005年版,第302页。
③ 鲁迅:《华盖集·青年必读书》,《鲁迅全集》(第三卷),北京:人民文学出版社,2005年版,第12页。
④ 鲁迅:《坟·论睁了眼看》,《鲁迅全集》(第一卷),北京:人民文学出版社,2005年版,第252页。
⑤ 同上,第252页。
⑥ 同上,第254—255页。

人要有正眼看社会人生的勇气,"必须敢于正视,这才可望敢想,敢说,敢作,敢当"①,"世界日日改变,我们的作家取下假面,真诚地,深入地,大胆地看取人生并且写出他的血和肉来的时候早到了"。②

再次,鲁迅提倡用"流氓"精神去进行"深沉的韧性的战斗"。鲁迅反对人作无谓的牺牲,因为中国人惯会做无聊的看客,专门以欣赏他人的苦痛和牺牲作为享乐的资本。鲁迅对中国人这一国民的劣根性深恶痛绝。他在很多文章中抨击过看客们看杀人如同看宰羊,看的人将他人的死亡当作戏剧在玩赏,津津有味地咂摸其中的滋味。《阿Q正传》中的看客们对于枪毙阿Q得出"并无杀头这般好看"的结论,他们对阿Q的死法也很不满意,说阿Q游了那么久的街,竟没有唱一句戏,让他们觉得白浪费时间跟着跑了一趟。革命者夏瑜的血做成了华老栓家治病的人血馒头,他的死也成为茶馆中看客们的饭后谈资。鲁迅用无限悲凉的笔调描绘了看客们对革命者生命的轻视和侮蔑,他深知"对于这样的群众没有法,只好使他们无戏可看倒是疗救,正无需乎震骇一时的牺牲,不如深沉的韧性的战斗"③。

鲁迅深知中国要进化,除了改革再没有别的路可走。在与黑暗斗争的路上向死而生,但用个体的死去争取民族解放、社会进步,用必将到来的死亡去创造新生的机会和进步的道路,鲁迅以为这才是死亡的价值所在,"过去的生命已经死亡。我对于这死亡有大欢喜,因为我借此知道它曾经存活。死亡的生命已经朽腐。我对于这朽腐有大欢喜,因为我借此知道它还非空虚"④。

---

① 鲁迅:《坟·论睁了眼看》,《鲁迅全集》(第一卷),北京:人民文学出版社,2005年版,第251页。
② 同上,第255页。
③ 鲁迅:《坟·娜拉走后怎样》,《鲁迅全集》(第一卷),北京:人民文学出版社,2005年版,第171页。
④ 鲁迅:《野草·题辞》,《鲁迅全集》(第二卷),北京:人民文学出版社,2005年版,第163页。

第七章
鲁迅关于社会文明的进化论思想[①]

第一节 追寻文明"本根"

汉语"文明"一词,最早出自《易经·乾·文言》:"见龙在田,天下文明。""天下文明者,阳气在田,始生万物,故天下有文章而光明也",据孔颖达疏的解释:这里的"文明"是"文采光明"的意思。此外,汉语中的"文明"还有"文德辉耀"、"文治教化"、"文教昌明"等义,但都不是现代汉语的意义。"现代汉语中的'文明'一词是日语借词,即自日语汉字词汇中借用的词汇。近代日本人将'文明'与'开化'一词组合,制造了'文明开化'一语。"[②]鲁迅在文章中多次使用"新文明"、"旧有之文明"、"十九世纪文明"等词汇,如"拮据辛苦,展其雄才,渐乃志遂事成,终致彼所谓新文明者"、"专向旧有之文明,而加之掊击扫荡焉"、"十九世纪文明一面之通弊,盖如此矣"等句,显然是现代意义上对"文明"一词的使用。在现代语境中,文明是超越于愚昧、落后、野蛮等的社会状态,它同人类一定的物质与精神水平相对应,是人类社会发展过程中的一种进步形态。人类只有发挥人的主观能动性,在认识自然、适应自然、改造自然的过程中不断进化自我,才能推动社会进步、促进文明发展。可以说,文明是社会进化的目的和结果,而社会进化是文明的动力和内容,

---

[①] 本章参考戴静:《论早期鲁迅的文明观》,《东南大学学报(哲学社会科学版)》,2021年第2期。

[②] 董炳月:《鲁迅形影》,北京:生活·读书·新知三联书店,2015年版,第65页。

文明"可视为人类追求的目标,又可看作是人类社会进化目标与过程的有机统一"①。

1902—1909年鲁迅在日本留学七年,置身日本充满前进活力的维新氛围中,鲁迅深深体会到中华文明毫无生气,如死水一潭。在《摩罗诗力说》中,鲁迅称那些名存实亡或已经消失了的文明古国为"影国"。这些"影国"在文化开初显现的是"曙色",而临末却"如脱春温而入于秋肃,勾萌绝朕,枯槁在前"②。由此,鲁迅表达了对中国文明的深切忧虑,"本根剥丧,神气旁皇,华国将自槁于子孙之攻伐,而举天下无违言,寂漠为政,天地闭矣"③。

改变文明的停滞状态,驱动它进入新一轮的发展是鲁迅追求的目标。这样的文明如何才能在弱肉强食的种族竞争中自强保种而不沦于亡国灭种呢?鲁迅追问着文明的"本根"所在,文明"本根"是他重新构建文明的逻辑起点和反思的切入点。那么鲁迅所说的文明"本根"是指什么?如何能够找寻文明的"本根"?怎样在找寻文明"本根"的过程中借鉴欧洲文明发展的经验与教训?

鸦片战争以降,中国被西方列强用枪炮打开门户,中华文明遭遇异质文明的猛烈冲击,被迫走进了康有为所谓"中国数千年来未有之变局"。④ 1908年2月起至12月,鲁迅在《河南》月刊上先后发表《摩罗诗力说》《科学史教篇》《文化偏至论》《破恶声论》等四篇文章。在这些文章中,"文明"一词大量出现。据笔者统计,在《摩罗诗力说》中"文明"出现8次,《科学史教篇》中出现3次,《文化偏至论》中出现达29次,《破恶声论》中出现9次。在这些文章中大量出现的"文明"一词基本都是具有现代意义的。这一时期鲁迅文章

---

① 毛志锋:《人类文明与可持续发展——三种文明观》,长春:吉林出版集团有限责任公司,2016年版,第55页。
② 鲁迅:《坟·摩罗诗力说》,《鲁迅全集》(第一卷),北京:人民文学出版社,2005年版,第65页。
③ 鲁迅:《集外集拾遗补编·破恶声论》,《鲁迅全集》(第八卷),北京:人民文学出版社,2005年版,第25页。
④ 谢遐龄编选:《变法以致升平——康有为文选》,上海:远东出版社,1997年版,第314页。

中"文明"一词集中出现的现象引起了学者的关注。伊藤虎丸在《鲁迅与日本人——亚洲的近代与"个"的思想》中认为:"包括前面提到的言及柯尔纳的《摩罗诗力说》在内,鲁迅留学时期的全部文章都贯穿着文明批评性态度。"[1]董炳月也指出"留日时期的青年鲁迅是文明论者"[2]。

鲁迅留学日本时期,日本流行以福泽谕吉为代表的文明观。福泽谕吉在《文明论概略》中将野蛮、半开化、文明看作当时世界国家所属的三种文明类型,他作了如下表述:"现代世界的文明状况,要以欧洲各国和美国为最文明的国家,土耳其、中国、日本等亚洲国家为半开化的国家,而非洲和澳洲的国家算是野蛮的国家"[3],属于半开化国家的日本要发展其文明,就必须以欧洲文明为目标,用欧洲文明的标准来衡量日本文明进程的得失成败。

鲁迅像福泽谕吉一样在历史进化论的范畴内讨论文明与野蛮的关系。在鲁迅看来,文明的进化是线性前进的,"不幸进化如飞矢,非堕落不止,非著物不止,祈逆飞而归弦,为理势所无有。……人得是力,乃以发生,乃以曼衍,乃以上征,乃至于人所能至之极点"[4]。换句话说,人类社会的进化发展不可逆转,人脱离野蛮进入文明是不可改变的必然。在文明进化前行的路上,今又必胜于昔,后必胜于今,文明会持续发展,以至它所能达到的极限。

但与福泽谕吉所不同的是,鲁迅对欧洲文明能否代表文明进化的方向表示了怀疑。首先,鲁迅在当时的欧洲文明中看到了野蛮的一面,"生于强大之邦,势力盛强,威足以凌天下,则孤尊自国,蔑视异方,执进化留良之言,攻小弱以逞欲"[5]。鲁迅对于欧洲文明爱国的"兽性"保持着清醒的警惕。其

---

[1] [日]伊藤虎丸:《鲁迅与日本人——亚洲的近代与"个"的思想》,李冬木译,石家庄:河北教育出版社,2000年版,第19页。
[2] 董炳月:《鲁迅留日时期的文明观——以〈文化偏至论〉为中心》,《鲁迅研究月刊》,2012年第9期。
[3] [日]福泽谕吉:《文明论概略》,北京编译社译,北京:商务印书馆,1959年版,第9页。
[4] 鲁迅:《坟·摩罗诗力说》,《鲁迅全集》(第一卷),北京:人民文学出版社,2005年版,第70页。
[5] 鲁迅:《集外集拾遗补编·破恶声论》,《鲁迅全集》(第八卷),北京:人民文学出版社,2005年版,第34—35页。

次，鲁迅发现文明在进化途中常有偏离发展轨道的情况发生，"盖今所成就，无一不绳前时之遗迹，则文明必日有其迁流，又或抗往代之大潮，则文明亦不能无偏至"①。今日之文明发育于往代文明，能够发展到今天并有所成就，是顺应以前文明的遗迹不断迁流发展而来，其中有时还会纠正往代文明的偏至，然而在其纠偏的过程中又形成了自身新的偏至。再次，欧洲文明发展到现在已经积疴重重，"递夫十九世纪后叶，而其弊果益昭，诸凡事物，无不质化，灵明日以亏蚀，旨趣流于平庸，人惟客观之物质世界是趋，而主观之内面精神，乃舍置不之一省。重其外，放其内，取其质，遗其神，林林众生，物欲来蔽，社会憔悴，进步以停，于是一切诈伪罪恶，蔑弗乘之而萌，使性灵之光，愈益就于黯淡：十九世纪文明一面之通弊，盖如此矣"②。鲁迅认为发展到当时，欧洲 19 世纪文明已经发生了严重的偏至，表现在：一是重其外，放其内，惟客观物质世界是趋，忽略主观内面精神；二是取其质，遗其神，舍弃了文明的根本，因而造成了文明的性灵暗淡，物欲横流。既然欧洲文明存在诸种弊端，用它来代表人类文明发展的前进方向，不能不令鲁迅心生怀疑。通过质疑，鲁迅的结论是："二十世纪之文明，当必沉邃庄严，至与十九世纪之文明异趣。"③根据上下文的意思，我们可以知道，鲁迅所谓文明的"本根"是指文明的"性灵之光"、"主观之内面精神"。

鲁迅对文明进行了内与外、质与神的区分，代表文明程度高低的标准并不是物质文明，而是作为文明"本根"存在的内在精神。但文明的"本根"不是从天而降的，相反它胎生于野蛮，是从野蛮时代孕育发展而来。鲁迅持尼采的意力之说，呼唤掌控生命的强大意志和能力，"尼伕（Fr. Nietzsche）不恶野人，谓中有新力，言亦确凿不可移。盖文明之朕，固孕于蛮荒，野人狉獉其形，而隐曜即伏于内。文明如华，蛮野如蕾，文明如实，蛮野如华，上征在

---

① 鲁迅：《坟·文化偏至论》，《鲁迅全集》（第一卷），北京：人民文学出版社，2005 年版，第 47 页。
② 同上，第 54 页。
③ 同上，第 56 页。

是,希望亦在是"①。野蛮中隐伏着孕育文明的"新力",它是文明生命开始的原动力,只要保有这一文明的种子,文明发展的希望就仍在。由之,文明"本根"的意思更为明确,它不仅是人的内面精神,更是萌发于古代文明,却为今人所遗失的那种充满人内心、不断奋发向上的精神。正是在这个意义上,鲁迅热烈地赞美了宗教、迷信、神话等,认为宗教、迷信、神话是向上之民"欲离是有限相对之现世,以趣无限绝对之至上者"②等形上精神需求的结晶,起着"足充人心向上之需要"的重要作用。

在《摩罗诗力说》《科学史教篇》《文化偏至论》《破恶声论》中,鲁迅对文明主观内面精神的追求是一以贯之的。在《摩罗诗力说》中鲁迅一再激赏"立意在反抗,指归在动作"③的摩罗派诗人,深为他们争天拒俗的反抗精神所倾倒。他希望借着这些带有摩罗精神的"精神界之战士"来"破中国之萧条"。《科学史教篇》全篇虽然对科学对人类进步起到的重要作用大加赞赏,但篇末却话锋一转,指出"顾犹有不可忽者,为当防社会入于偏,日趋而之一极,精神渐失,则破灭亦随之"④,提醒读者在追求科学进步的同时不要忘记对人的内面精神的坚守。鲁迅认为这是"本根之要,洞然可知"⑤的。《文化偏至论》更集中讨论 19 世纪文明借金铁、国会、立宪之由压制人的精神而带来的通弊,畅言文明要生存并与列国角逐,"其首在立人,人立而后凡事举;若其道术,乃必尊个性而张精神"⑥。《破恶声论》进一步颂扬人的"内曜"、"心声",对那些人云亦云、丧失了自我个性的"伪士"做了抨击,再次声明"惟

---

① 鲁迅:《坟·摩罗诗力说》,《鲁迅全集》(第一卷),北京:人民文学出版社,2005 年版,第 66 页。
② 鲁迅:《集外集拾遗补编·破恶声论》,《鲁迅全集》(第八卷),北京:人民文学出版社,2005 年版,第 29 页。
③ 鲁迅:《坟·摩罗诗力说》,《鲁迅全集》(第一卷),北京:人民文学出版社,2005 年版,第 68 页。
④ 鲁迅:《坟·科学史教篇》,《鲁迅全集》(第一卷),北京:人民文学出版社,2005 年版,第 35 页。
⑤ 同上,第 35 页。
⑥ 鲁迅:《坟·文化偏至论》,《鲁迅全集》(第一卷),北京:人民文学出版社,2005 年版,第 58 页。

声发内心,朕归于我,而人始自有己;人各有己,而群之大觉近矣"。"立国"的根基在于"立人",文明的"本根"在于人的内在个性与精神已经非常清晰。

对于如何实现本国的文明化,福泽谕吉在《文明论概略》中提出了具体步骤,首先是变革人心,然后是改革政令,经过前面两个步骤,最后完成有形的物质文明。福泽谕吉认为"外在的文明易取,内在的文明难求"①,因而他的文明观是提倡先在内在精神层面上完成日本文明的欧化,然后再实现外在政治和物质层面的文明,文明中精神性的内容是首要的,也是达成外在文明的基础。

在这一点上,鲁迅是认同福泽谕吉的观点的,这也契合他对文明"本根"的理解。如果将近代中国的文明进程与福泽谕吉的文明论比较起来看,中国所走的文明化道路与福泽谕吉的设想方向完全相反。中国在甲午战争前后遵循的是先器物后制度的文明发展进程,对于变革国民的风气或者人心并不重视。直至戊戌变法失败后,流亡日本的梁启超在日本进化论思想的影响下,反思维新失败的症结并提出"新民说",开始倡导思想革命和推动变革人心、启蒙思想的工作。而鲁迅留学时期在梁启超的启发下也意识到改变国民性、对民众进行思想启蒙的重要性。在日本弘文学院学习时,鲁迅与许寿裳经常讨论(一)怎样才是最理想的人性?(二)中国国民性中最缺乏的是什么?(三)它的病根何在?这三个大问题。②可以看出,鲁迅对人性、国民性的讨论与文明论的思考同期发生,鲁迅对这三者的探索与他对20世纪文明的构想处于同一框架内。

"鲁迅留日时期处理的就是东北亚地区后进国家现代化(文明开化)过程中的诸多根本性问题——人的存在方式与价值、个体与国家社会的关系、物质文明与精神文明的关系等等"③,而鲁迅解决这诸多根本性问题的出发

---

① [日]福泽谕吉:《文明论概略》,北京编译社译,北京:商务印书馆,1959年版,第12页。
② 许寿裳:《亡友鲁迅印象记》,鲁迅博物馆、鲁迅研究室、《鲁迅研究月刊》选编:《鲁迅回忆录 专著》(上册),北京:北京出版社,1999年版,第226页。
③ 董炳月:《鲁迅留日时期的文明观——以〈文化偏至论〉为中心》,《鲁迅研究月刊》,2012年第9期。

点是很明确的,那就是尊个性而张精神。个性和"人性"或"国民性"实际上并不是等同的概念,个性是在个人层面上精神面貌或者心理状态的特征,而人性或国民性所指向的是群体层面上的心理或精神特征。人性指人普遍所具有的心理属性,国民性则是指民族在长期历史发展过程中形成的,表现民族文化共同特点的习惯、态度、情感等比较稳定而持久的精神状态和心理素质的总和。因而,人性或国民性都是一种群体性的聚合概念,与个性的内涵差异是很大的。那么,鲁迅何以从"人性"、"国民性"这样的群体性概念转向了对个人精神层面的思考呢?

第二节 "任个人"与"张灵明"

在进化中个体与国家、社会的关系问题上,当时思想界的看法很不一致。自严复译《天演论》以来,一些思想家强调群体价值高于个体价值,"盖人之由散入群,原为安利,其始正与禽兽下生等耳。……既以群为安利,则天演之事,将使能群者存,不群者灭;善群者存,不善群者灭"①。也有如章太炎者拒绝把个体发展与进化论联系在一起,拒绝将群体的存在视为个体存在的价值依托,他认为:"盖人者,委蜕遗形,倏然裸胸而出,要为生气所流,机械所制;非为世界而生,非为社会而生,非为国家而生,非互为他人而生。故人之对于世界、社会、国家,与其对于他人,本无责任。责任者,后起之事。"②梁启超则认为:"中国数千年之腐败,其祸极于今日,推其大原,皆必自奴隶性来;不除此性,中国万不能立于世界万国之间。"③只有具备自由人格的近代国民,才能在历史进化的生存竞争中取得优势,而中国人欲具备自由独立人格,必须破除传统臣民的奴隶性。因此,梁启超提出了"尽性主义",

---

① 王栻主编:《严复集》(第五册),北京:中华书局,1986年版,第1347页。
② 章太炎:《四惑论》,章太炎:《章太炎全集》(四),上海:上海人民出版社,1985年版,第444页。
③ 丁文江、赵丰田编:《梁启超年谱长编》,上海:上海人民出版社,1983年版,第235页。

"尽性主义,是要把各人的天赋良能发挥到十分圆满。就私人而论,必须如此,才不至成为天地间一赘疣。人人可以自立,不必累人,也不必仰人鼻息。就社会国家而论,必须如此,然后人人各用其所长,自动的创造进化,合起来便成强固的国家、进步的社会"。① 梁启超"尽性主义"中的观点是认为社会国家是个人的聚合,社会国家的创造进化由个人自立、进化累加而成。这种观点与鲁迅提出的"人各有己,而群之大觉近矣"、"国人之自觉至,个性张,沙聚之邦,由是转为人国"的思想是很相像的。

梁启超此论出现在1920年发表的《欧游心影录》中,相比较而言,鲁迅以发展个性为基础的文明观提出则更早。鲁迅考察法国大革命以来的欧洲文明,得出了"众数也,其道偏至"②的结论。他指出了合群的弊端,那就是群体大多数对少数独特者的压迫凌暴,是对个人精神自由的剥夺钳制。要纠正合群的偏至须得倡导"任个人"、"张灵明"。同时,鲁迅也不赞同将个人与群体完全割裂开来的看法,他倡导"国人之自觉至,个性张,沙聚之邦,由是转为人国"③,认为个人自觉至个性张的价值将在邦国转化为"人国"的意义上得以体现,而个人获得自觉、舒张个性是国家民族文明化的基本前提。

可以看出,在鲁迅的文明观中,"个"是与"全体"相对而言更为本质的存在,"所谓'人'被自觉为'个','个'并不是处于同'全体'相对的'部分'的关系上"④。"个"是具有主体精神和自觉能动的独立自主的人,个人的价值并不必然依附于群体。在鲁迅的文明观框架里,"个"是基础,是本质,个人有自觉有个性,群体才有希望。鲁迅在追寻文明"本根"的基础上进一步将尊重人的个性、彰显人的内面精神落脚到"任个人"与"张灵明"的个人主义上。

作为一种价值体系,个人主义主张个人本身具有本质的存在意义,它高

---

① 梁启超:《欧游心影录节录》,林志钧编:《饮冰室合集·专集》(第五册),上海:中华书局,1941年版,第246页。

② 鲁迅:《坟·文化偏至论》,《鲁迅全集》(第一卷),北京:人民文学出版社,2005年版,第47页。

③ 同上,第57页。

④ [日]伊藤虎丸:《鲁迅、创造社与日本文学:中日近现代比较文学初探》,孙猛、徐江、李冬木译,北京:北京大学出版社,1995年版,第66页。

度评价个人的价值,崇尚对个人的尊重。在日本留学期间,鲁迅曾受到欧洲个人主义思潮很深的影响。伊藤虎丸在《鲁迅早期的尼采观与明治文学》中说,"关于这个时期(指鲁迅在日本留学的时期——笔者注)鲁迅的思想,首先是'掊物质而张灵明,任个人而排众数'这一尼采主义思想,总之是所谓'个人主义'"①。个人主义者即鲁迅所推崇的以尼采为代表的"新神思宗",他对新神思宗的认识集中于两点:第一是将斯契纳尔、勖宾霍尔、契开迦尔、显理伊勃生、尼伕等个人主义者视为勇猛无畏、独立自强、去离尘垢、排舆言而不沦于俗流的人。他们持有积极的、拒天抗俗的生命态度,鲁迅曾评价尼采是个人主义之至雄桀者,对新神思宗所持的积极、反抗的生命形态抱肯定赞赏的态度;第二是新神思宗崇尚的极端个人主义乃是对19世纪以来文明流弊的不满与批判。鲁迅认为新神思宗能立于狂风怒浪之间,恃意力以辟生路。鲁迅在新神思宗身上看到了尊重个人主观精神的自觉意识,这种自觉意识张明了人生的深邃意义,并将成为"二十世纪之新精神"。

此外,当时的鲁迅还为章太炎的进化论思想所吸引。章太炎的思想很大部分杂入了对佛学唯识宗的信仰。1903年章太炎因《苏报》案入狱,在狱中开始服膺于佛学,自述"始窥大乘"。1906年章太炎东渡日本后第一次公开演讲倡导"依自不依他","第一是用宗教发起信心,增进国民的道德;第二是用国粹激动种性,增进爱国的热肠"。②章太炎认为中国应该以宗教发起信心,发大愿,立大志,增进国民的道德伦理,重建一个理想的文明社会。章太炎钻研佛法并以唯识为宗,"就在于两条理由:一是非有佛法的无生、无我、平等、众生皆佛与三轮清净,就不能去国人的畏死、拜金心、奴隶心、退屈心与德色心;二是要以佛教的坚定信念来培养尼采超人式的大人格"③。这两条理由一合于鲁迅改造国民性的思路,二合于鲁迅对新神思宗个人主义

---

① [日]伊藤虎丸:《鲁迅、创造社与日本文学:中日近现代比较文学初探》,孙猛、徐江、李冬木译,北京:北京大学出版社,1995年版,第50页。
② 鲁迅:《且介亭杂文末编·关于太炎先生二三事》,《鲁迅全集》(第六卷),北京:人民文学出版社,2005年版,第566页。
③ 谭桂林:《20世纪中国文学与佛学》,合肥:安徽教育出版社,1999年版,第57页。

的推重,其对鲁迅形成以"任个人"为中心的进化论思想的影响灼然可见。

在传统与现代、东方与西方激烈交锋的晚清时期,中国文明的走向问题已经具体化为民族国家、社会生活和个人价值三个层面:"在历史事功层面,问题是中国作为一个民族国家单位如何富强,在国际(国族)间的不平等竞争中取得强势地位;在生活秩序的价值理念层面问题是,中国传统的价值理念与西方价值理念的冲突如何协调,民族性价值意义理念和相应的知识形态如何获得辩护;在个体安身立命的意义层面,问题是如何维护中国的传统终极信念的有效性,设想其解放性力量不仅对中国有效,也对西方有效。"①鲁迅将这三个层面统一在他以"任个人"为中心的进化论思想中,通过对文明"本根"的追寻,提倡对人的精神的重视和培养,并在本质意义上追求个人精神层面上人性的完全。用鲁迅的话来总结,那就是"凡此者,皆所以致人性于全,不使之偏倚,因以见今日之文明者也"②。

伊藤虎丸曾认为"鲁迅在自由精神上对'根柢在人'的人的发现,不是把它作为西欧精神文明的'既成品'来接受的,而是从造就这种精神文明的基础(比如从'欧洲基督教那样的传统')来接受的。它也体现为'语言所具有的整体性(人文性)被原原本本地接了过来'"③。换言之,鲁迅对"文明"这一词语的借用既是他深受西方思潮熏陶的结果,更体现了他对包括语言在内的西方文明在整体性、现代性上的理解与把握。鲁迅所看重的并非具体外来词语的运用,而是文明的"性灵之光"如何在重新发掘既有文明"本根"的基础上,吸收和借鉴西方现有文明的内在精神,从而获得新的生长力并焕发生机。

首先,精神的进化应与物质文明的进步协同进行。为了纠正当时流行

---

① 刘小枫:《现代性社会理论绪论——现代性与现代中国》,上海:上海三联书店,1998年版,第195页。
② 鲁迅:《坟·科学史教篇》,《鲁迅全集》(第一卷),北京:人民文学出版社,2005年版,第35页。
③ 张蕴艳:《〈故事新编〉手稿的时间意识及对记忆研究的启示——以〈铸剑〉为中心的探讨》,《学术月刊》,2019年第12期。

的过于偏重物质追求的文明进化路线,鲁迅以大量的文字讨论了文明和人的生命力"本根"在于人的主观内面精神。鲁迅大声疾呼"掊物质而张灵明"的文明观,期待在"任个人"、"尊个性而张精神"基础上发展"致人性于全"的文明。这样的文明观成为他将精神启蒙作为自己文学事业的根本出发点,"所以我们的第一要著,是在改变他们的精神,而善于改变精神的是,我那时以为当然要推文艺,于是想提倡文艺运动了"①。终其一生,鲁迅都执着于文明批评和社会批评,对于处于蒙昧状态中的人的奴隶心性、瞒骗心理、麻木心态进行了长期的揭露和批评。他的《呐喊》《彷徨》《故事新编》等小说集,既是描绘社会底层精神状态以"引起疗救希望"的阿Q、祥林嫂、闰土等人物的图谱,又是展现吕纬甫、魏连殳等知识分子对现实从愤慨、无奈到顺从心路历程的心理画卷,还是对具有个性精神的大禹、墨子等"新人"形象进行探索的创作。

其次,驱动未来文明进化的内在精神力应有两个来源:"世界之思潮"、"固有之血脉"。在鲁迅的构想中,"二十世纪文明"乃是"外之既不后于世界之思潮,内之仍弗失固有之血脉,取今复古,别立新宗,人生意义,致之深邃,则国人之自觉至,个性张,沙聚之邦,由是转为人国"②的新文明。摩罗派诗人的文学思潮、尼采等人的个性主义思潮在在都成为鲁迅"别求新声"的精神来源,同时,我们应该注意到鲁迅说"今且置古事不道,别求新声于异邦,而其因即动于怀古"③,外来思潮之所以能进入人的视野,那是因为它们触动了人追念往古的心弦。因而,外来思潮对人精神的触动是与往古人本有的那种精神相通的,能触发人向上的创造的精神。鲁迅始终保持着对佛学、浙东民俗、古代神话等的兴趣,其中缘由在这里我们也能看出一二端倪了。长久以来,研究界对深受科学理性精神浸润的鲁迅何以推崇宗教、迷信深感困

---

① 鲁迅:《呐喊·自序》,《鲁迅全集》(第一卷),北京:人民文学出版社,2005年版,第439页。
② 鲁迅:《坟·文化偏至论》,《鲁迅全集》(第一卷),北京:人民文学出版社,2005年版,第57页。
③ 鲁迅:《坟·摩罗诗力说》,《鲁迅全集》(第一卷),北京:人民文学出版社,2005年版,第68页。

惑。表面上看，宗教迷信与科学智性旨趣殊途，但鲁迅看中的并不是宗教迷信中的具体内容，而是产生宗教迷信的人的向上之精神，是人与未知世界争斗的创造力和永不止步的探索力。

再次，在鲁迅对未来文明的展望中，没有压制与被压制、侵略与被侵略，有的是对文明自强的热望和对被侵略文明的扶持精神，"凡有危邦，咸与扶掖，先起友国，次及其他，令人间世，自繇具足，眈眈皙种，失其臣奴"①。鲁迅在日本留学的七年，正值日本在日俄战争中战胜俄国，国民中普遍对自身文明持骄傲态度的时期。包括革命党人在内的很多中国志士仁人，纷纷对"欧西"文明和日本文明强大的侵略性表现出羡慕与推崇。宋教仁在《汉族侵略史叙列》中肯定了黄帝以来的中国历史上的七次大的侵略扩张史；梁启超在《中国殖民八大伟人传》中将东南亚的开发视作中国的殖民之功而大加称颂。刘师培更在《醒后之中国》中对中国20世纪有如下展望："吾所敢言者，则中国之在二十世纪必醒，醒必霸天下。地球终无统治之日则已耳，有之，则尽此天职者，必中国人也"②，"中国其既醒乎，则必尽复侵地，北尽西伯利亚，南尽于海。建强大之海军，以复南洋群岛中国固有之殖民地。迁都于陕西，以陆军略欧罗巴，而澳美最后亡"③。鲁迅在这样的时代氛围中并没有顺势随流，而是站在被侵略国苦痛的立场上，对波兰、印度等与中国同病相怜的弱势文明表示了深切的同情。因而，在对未来文明的构想中，鲁迅给出的是一种平等、互助的文明设想。文明进化的程度在客观上有差异，但不应"崇强国，侮胜民"，而应"咸与扶掖"、"自繇具足"。

有学者认为可以将人的精神之进化或精神的觉悟分为三个层次：第一个层次看重和强调人类本身的价值，摆脱自然（神）的束缚而占据中心位置，人类整体获得精神的解放和自由；第二个层次看重和强调个人价值，摆脱陈旧的人伦制度的束缚而确立个人的相对平等和自由；第三个层次看重和强

---

① 鲁迅：《集外集拾遗补编·破恶声论》，《鲁迅全集》（第八卷），北京：人民文学出版社，2005年版，第36页。
② 李妙根编选：《刘师培文选》，上海：上海远东出版社，2011年版，第131页。
③ 同上，第132页。

调个体异化的问题,通过不断进行自我否定来获得精神异化的相对自由。在鲁迅的思想图谱中,进化论所完成的正是第一个层次的人的精神进化,而以尼采为首的个人主义者倡导和实践的则是第二个层次的精神进化。基于对人类文明进化过程的整体性思考,鲁迅得出了不实现个人的精神进化就无法体现个人价值的结论。

故而,鲁迅为解决中国文明进化的困局,极力呼吁"张精神"、"张灵明",重视培养人的主观内面精神,也极为欣赏拥有独立人格意志和强大内在精神的新神思宗等人。

第三节　伦理之进化

一般地说,每个人都生存在人与人的社会关系之中,马克思曾经断言:"人是最名副其实的社会动物"[①],"个人是社会存在物"[②],"只有在社会中,人的自然的存在对他说来才是他的人的存在"[③]。在鲁迅前期的社会文明观中,鲁迅以"立人说"将重视和培养个人的精神看作在文明进步过程中一统解决民族国家、社会生活、个人价值等根本性问题的有效途径。但这并非意味着鲁迅不重视个人与群体之间的伦理关系,他反拨的是过于看重群体意志而"囿之以多数"、"疾天才"的文明偏至。

鲁迅从很早就注意到了封建制度下人与人之间存在着冷漠的社会关系。体验了少年时家道中落、父亲重病不治的人情冷暖,鲁迅曾沉痛地说:"有谁从小康人家而坠入困顿的么,我以为在这途路中,大概可以看见世人

---

① [德]马克思、恩格斯:《马克思恩格斯全集》(第十二卷),中共中央马克思恩格斯列宁斯大林著作编译局编译,北京:人民出版社,1962年版,第734页。
② 同上,第734页。
③ [德]马克思、恩格斯:《马克思恩格斯全集》(第四十二卷),中共中央马克思恩格斯列宁斯大林著作编译局编译,北京:人民出版社,1979年版,第112页。

的真面目。"①而从他的文学启蒙生涯一开始,鲁迅便对用文学反映人与人之间彼此隔膜的社会关系投入了相当的注意力。

1909年,鲁迅和周作人共同编译出版了两册《域外小说集》,集中介绍俄国、东欧和北欧等弱小民族国家的短篇小说作品,其中鲁迅亲自翻译了俄国作家安特莱夫的两篇作品《谩》和《默》。在王富仁看来,每一个作家都要从人与人之间的社会关系来表现社会生活,和其他作家不同的是,安特莱夫解剖的是社会关系中普遍的冷酷和淡漠。安特莱夫普遍地描写了人与人之间的彼此隔膜、不相了解、痛痒不相关的现象,也大量描写了"小人物"与"小人物"之间的淡漠关系。王富仁进一步总结认为:"这是安特莱夫作品的重要特点之一……也反映了他的作品的独特性特征。"②

以安特莱夫的《谩》为例,《谩》的主人公是一个精神失常的人,他感到"谩"遍布了他的周围,他被谎言和欺骗紧紧包围着,"一切谩耳"。"谩"啃噬着他的心灵,让他痛苦万分,他渴求"诚"但遍寻不到。他反复痛苦地自言道:"求诚良苦,苟知此,吾其死矣。顾亦何伤,死良胜于罔识","吾但欲知诚耳","嗟夫,惟是亦谩,其地独幽暗耳。劫波与无穷之空虚,欠申于斯,而诚不在此,诚无所在也。顾谩仍永存,谩实不死。大气阿屯,无不含谩。当吾一吸,则鸣而疾入,斯裂吾胸。嗟乎,特人耳,而欲求诚,抑何愚矣"。③"谩"终不可战胜,"诚"终无处可寻,安特莱夫的《谩》表达的是深切的绝望与悲观。鲁迅精准地把握住了安特莱夫表达出的情绪,他说安特莱夫"全然是一个绝望厌世的作家。他那思想的根柢是:一,人生是可怕的(对于人生的悲观);二,理性是虚妄的(对于思想的悲观);三,黑暗是有大威力的(对于道德的悲观)"④。安特莱夫作为俄国白银时代的重要作家,其创作"含着严肃的

---

① 鲁迅:《呐喊·自序》,《鲁迅全集》(第一卷),北京:人民文学出版社,2005年版,第437页。
② 王富仁:《鲁迅前期小说与俄罗斯文学》,西安:陕西人民出版社,1983年版,第109页。
③ 北京鲁迅博物馆编:《鲁迅译文全集》(第一卷),福州:福建教育出版社,2008年版,第112页。
④ 鲁迅:《书信·250930致许钦文》,《鲁迅全集》(第十一卷),北京:人民文学出版社,2005年版,第517页。

现实性以及深刻和纤细"①,着力刻画的是俄国专制制度下人的病态和苦闷,而鲁迅的创作则将矛头指向了中国的封建伦理道德。

安特莱夫的《谩》对鲁迅第一篇白话小说《狂人日记》是有明显的影响的。鲁迅曾在《我怎么做起小说来》中自述:"但我的来做小说,也并非自以为有做小说的才能,只因为那时是住在北京的会馆里的,要做论文罢,没有参考书,要翻译罢,没有底本,就只好做一点小说模样的东西塞责,这就是《狂人日记》。大约所仰仗的全在先前看过的百来篇外国作品和一点医学上的知识,此外的准备,一点也没有。"②"《狂人日记》意在暴露家族制度和礼教的弊害,却比果戈理的忧愤深广,也不如尼采的超人的渺茫"③,鲁迅说《狂人日记》的成篇仰仗了先前看过的百来篇外国作品,其中有果戈里的同名小说《狂人日记》、尼采的《查拉图斯特拉如是说》,其实还包括了安特莱夫的《谩》。《狂人日记》结尾处"救救孩子……"的呐喊与《谩》的结尾句"援我!咄,援我来!"实有相通之处。《狂人日记》生动地将人与人之间冷酷的社会关系用"吃人"的意象表现出来,描绘了一幅自己想吃人,又怕被别人吃了,都用着疑心极深的眼光面面相觑的人间百态。人和人之间藏着深深的不信任,彼此防范、彼此猜忌、彼此算计,生命陷入一种难以摆脱的可怕的悲哀境地。《谩》的主人公所极力追寻的"诚"在狂人的世界中同样是缺失的,狂人只能在"没有吃过人的孩子,或者还有? 救救孩子……"④的渺茫希望中期待着"诚"的出现。《狂人日记》和《谩》在小说的主题上是相通的,"都反复地着力描写了当时社会中人与人之间淡漠、冷酷的社会关系"⑤。

---

① 鲁迅:《译文序跋集·〈黯澹的烟霭里〉译者附记》,《鲁迅全集》(第十卷),北京:人民文学出版社,2005年版,第201页。
② 鲁迅:《南腔北调集·我怎么做起小说来》,《鲁迅全集》(第四卷),北京:人民文学出版社,2005年版,第526页。
③ 鲁迅:《且介亭杂文二集·〈中国新文学大系〉小说二集序》,《鲁迅全集》(第六卷),北京:人民文学出版社,2005年版,第247页。
④ 鲁迅:《呐喊·狂人日记》,《鲁迅全集》(第一卷),北京:人民文学出版社,2005年版,第454—455页。
⑤ 王富仁:《鲁迅前期小说与俄罗斯文学》,西安:陕西人民出版社,1983年版,第108页。

安特莱夫曾在剧本《黑假面人》中将人们之间冷漠的隔阂关系比喻为戴着假面生活,"然而一切,连他自己(指剧中主人公罗连卓——笔者注),都戴着假面,都沉没在虚伪里,都没有真实的相通和接触。宇宙是一个大谎,是一个大的假面,覆盖着表面相合而实际相离的被命运支配着的人类"[①]。鲁迅的小说同样延续了对"假面"主题的使用。在《孔乙己》《药》《阿Q正传》《明天》《风波》《祝福》《在酒楼上》《孤独者》《伤逝》《离婚》等篇中,人与人之间的隔膜都是鲁迅注重描写和思考的内容。孔乙己不见容于穿长衫的人群,也被穿短衫的耻笑,只能在冷漠中走向死亡;《药》探讨革命者被被拯救者做了人血馒头的深刻象征寓意让"假面"主题显得格外的悲凉;《祝福》中祥林嫂被赏玩者听厌了"我真傻,真的"的故事,在大雪纷飞的祝福夜里孤独地死去……在鲁迅看来,中国人之不能够互相了解已经不是人表面上虚假的伪装,而是渗入人的内心深处,成为中国国民精神上的集体无意识。这实际上是一种国民灵魂上的精神"假面"。鲁迅曾在《俄文译本〈阿Q正传〉序及著者自叙传略》中说《阿Q正传》是"画出这样沉默的国民的魂灵来"的尝试,他写道:"我虽然已经试做,但终于自己还不能很有把握,我是否真能够写出一个现代的我们国人的魂灵来。别人我不得而知,在我自己,总仿佛觉得我们人人之间各有一道高墙,将各个分离,使大家的心无从相印。这就是我们古代的聪明人,即所谓圣贤,使人们分为十等,说是高下各不相同。其名目现在虽然不用了,但那鬼魂却依然存在,并且,变本加厉,连一个人的身体也有了等差,使手对于足也不免视为下等的异类。造化生人,已经非常巧妙,是一个人不会感到别人的肉体上的痛苦了,我们的圣人和圣人之徒却又补了造化之缺,并且使人们不再会感到别人的精神上的痛苦。"[②]

在《野草》中的《复仇》《复仇(其二)》《颓败线的颤动》等篇中,鲁迅从哲理的高度对比了生命的两种截然相反的精神形态:一种热烈奔放、无所束缚、活得真实自然,另一种麻木、干枯、无聊、可诅咒、可悲悯。《复仇》中的

[①] [俄]安特列夫:《黑假面人》,李霁野译,北京:北新书局,1928年版,第3页。

[②] 鲁迅:《集外集·俄文译本〈阿Q正传〉序及著者自叙传略》,《鲁迅全集》(第七卷),北京:人民文学出版社,2005年版,第83页。

"他们俩"裸着全身,将要拥抱、将要杀戮,然而绝不拥抱也绝不杀戮,他们将无聊和腻烦赠送给期待观看杀戮的路人们,"以死人似的眼光,赏鉴这路人们的干枯,无血的大戮,而永远沉浸于生命的飞扬的极致的大欢喜中"①。《复仇(其二)》中的"神之子"将要被钉十字架,他不肯喝那用没药调和的酒,想要在清醒中"玩味以色列人怎样对付他们的神之子",他既悲悯以色列人又仇恨他们,他在痛楚和敌意中"沉酣于大欢喜和大悲悯中"②。《颓败线的颤动》中垂老的女人用"无词的言语"喊出"眷念与决绝,爱抚与复仇,养育与歼除,祝福与咒诅……",她那颓败的身躯的颤动"如沸水在烈火上;空中也即刻一同振颤,仿佛暴风雨中的荒海的波涛"③。与这类飞扬着极致生命力的形象相比,"如果说生命的干枯、无聊构成了《复仇》里'路人'的主要特征,到了《复仇(其二)》,就变成了疯狂,在《颓败线的颤动》里,就更等而下之,只剩下卑劣"④。

戴着精神的"假面"、麻木了灵魂的国民堕落为无聊的看客。小说《示众》用类似电影蒙太奇的手法活画出一群观看示众的无聊看客群像,秃头的老头子、赤膊的红鼻子胖大汉、胖孩子、小学生、抱着小孩的老妈子、椭圆脸、挟洋伞的长子……看客群在烈日之下争先恐后地拥挤、围观被示众的白背心。他们的观看是麻木的、不带任何感情的,纯粹是为了满足好奇心,然而在短暂围观后他们的好奇心就很快被无聊感所代替,很快转身去寻求其他的观感上的刺激,"北京的羊肉铺前常有几个人张着嘴看剥羊,仿佛颇愉快,人的牺牲能给与他们的益处,也不过如此。而况事后走不几步,他们并这一点愉快也就忘却了"⑤。有趣的是,安特莱夫在他的小说《一个小人物的忏

---

① 鲁迅:《野草·复仇》,《鲁迅全集》(第二卷),北京:人民文学出版社,2005年版,第177页。
② 鲁迅:《野草·复仇(其二)》,《鲁迅全集》(第二卷),北京:人民文学出版社,2005年版,第179页。
③ 鲁迅:《野草·颓败线的颤动》,《鲁迅全集》(第二卷),北京:人民文学出版社,2005年版,第211页。
④ 钱理群:《心灵的探寻》,北京:北京大学出版社,1999年版,第110页。
⑤ 鲁迅:《坟·娜拉走后怎样》,《鲁迅全集》(第一卷),北京:人民文学出版社,2005年版,第170页。

悔》中也安排了一段众人旁观失火的桥段。作家感慨道:"这可以给道德家作个很有趣的研究,去找出人类灵魂里有什么东西使得他们欢欣去看失火,失火有什么赏心的乐事? 是不是那可惊的火种,那救火夫的铜冠,还是那热闹的人众?"①作家的用意自然不仅限于描画这种国民性的弱点,更是在思考怎样纠正这种精神上的劣根性,"我们的不幸,便是大家对于别人的心灵,生命,痛苦,习惯,意向,愿望,都很少了解,而且几乎全无。我是治文学的,我之所以觉得文学可尊者,便因其最高上的功业,是在拭去一切的界限与距离"②,"我的取材,多采自病态社会的不幸的人们中,意思是在揭出病苦,引起疗救的注意"③。既然是要疗救,则需要找到疗救的门径。鲁迅倡导首先从能够启发人心、改变人精神的文艺做起,将"瞒和骗"的文艺改变为真诚的、直面人生的文艺,"我们的作家取下假面,真诚地,深入地,大胆地看取人生并且写出他的血和肉来的时候早到了"④。鲁迅期待"人人都是人类的相待"⑤的真诚的人我关系。取下"假面"、真诚待人,是鲁迅"以诚恳的心"向社会进的"一个苦口的忠告"⑥。

　　认为封建伦理道德是阻碍中国社会进化之根源的意识始于晚清思想界对中西文化差异的认识。斯宾塞、甄克思等的社会进化论认为人类社会存在从宗法社会到工业—军事社会的进化,严复对比东西方的伦理观念,认识到"中国之不兴,宗法之旧为之梗也","使中国必出以与天下争衡,将必脱其

---

① [俄]安特立夫:《小人物的忏悔》,耿式之译,上海:商务印书馆,1922年版,第15页。
② 周作人:《〈齿痛〉译后附记》,周作人辑译:《点滴　近代名家短篇小说》,北京:北京大学出版部,1920年,第182页。
③ 鲁迅:《南腔北调集·我怎么做起小说来》,《鲁迅全集》(第四卷),北京:人民文学出版社,2005年版,第526页。
④ 鲁迅:《坟·论睁了眼看》,《鲁迅全集》(第一卷),北京:人民文学出版社,2005年版,第255页。
⑤ 鲁迅:《译文序跋集·〈一个青年的梦〉译者序》,《鲁迅全集》(第十卷),北京:人民文学出版社,2005年版,第209页。
⑥ 鲁迅:《三闲集·鲁迅译著书目》,《鲁迅全集》(第四卷),北京:人民文学出版社,2005年版,第189页。

宗法之故而后可"。①梁启超用"利己"的私德和"爱他"的公德否定"存天理、灭人欲"和"独善其身",倡导建立全新的道德观念,也是以击破尊卑、等级、奴性等旧伦理结构为基础的。谭嗣同更是号召冲决封建伦理罗网的第一人。到了五四时期,新文化运动提出的首要任务之一就是"反对旧道德,提倡新道德",主要内容"实际上就是集中批判和反对封建的人伦关系,反对建立在这种人伦关系之上的道德规范;提倡人与人相互平等的新的人伦关系和人际关系,以及在此基础上建立起大家都能执行的,平等的社会道德的规范"②。在反对封建伦理道德、提倡追求正当合理的幸福的阵线中,鲁迅是中坚力量。

鲁迅的进化论思想是相信新胜于旧的,这种思想在代际观念上很自然地引申出青年胜于老年的思想。鲁迅曾不止一次地在文章中表达了上述思想,比如"我自然是知道的,先前是老人们的世界,现在是少年们的世界了"③,又如"我一向是相信进化论的,总以为将来必胜于过去,青年必胜于老人"④。对青年的崇拜在19世纪末20世纪初是一股流行的思潮,1900年梁启超发表的《少年中国说》就是这股思潮的代表性言论。梁启超首先比较了少年人和老年人在生理、心理上的区别,期待少年担负起变革中国的重任,将中国从垂垂老矣的老年状态中拯救出来,打造一个充满活力的少年中国。在梁启超看来,老年是保守、守旧、忧虑、灰心、怯懦的代名词,而少年则具备积极、进步、豪壮、冒险等诸种向上精神,"故今日之责任,不在他人,而全在我少年。少年智则国智,少年富则国富;少年强则国强,少年独立则国独立;少年自由则国自由,少年进步则国进步;少年胜于欧洲则国胜于欧洲,少年

---

① 王栻主编:《严复集》(第一册),北京:中华书局,1986年版,第151页。
② 朱晓进:《历史转换期文化启示录——文化视角与鲁迅研究》,沈阳:辽宁教育出版社,1992年版,第102页。
③ 鲁迅:《华盖集·忽然想到(五)》,《鲁迅全集》(第三卷),北京:人民文学出版社,2005年版,第45页。
④ 鲁迅:《三闲集·序言》,《鲁迅全集》(第四卷),北京:人民文学出版社,2005年版,第5页。

雄于地球则国雄于地球"①。1903年鲁迅作《斯巴达之魂》即是在日益高涨的拒俄情绪中对梁启超少年中国说的某种响应。斯巴达青年们为赴国难殊死搏斗，其英勇气概震慑天地。有女子涘烈娜者耻于其夫因病不战生还，竟以死相谏，其夫羞愧，重返战场并战死。鲁迅的写作意图非常清晰，"今掇其逸事，贻我青年。呜呼！世有不甘自下于巾帼之男子乎？必有掷笔而起者矣"②，他对青年奋起承担起卫国的重担充满期待。

但在现实世界中，鲁迅看到的是青年们"屏息低头，毫不敢轻举妄动。两眼下视黄泉，看天就是傲慢，满脸装出死相，说笑就是放肆"③。鲁迅认为中国青年老气横秋的生存状态是极为不正常也极其令人痛恨的，这是精神未老先衰的退化表现，想要依靠这样的青年去挽救民族的危亡、重建文明的辉煌几乎是痴人说梦了。鲁迅判断造成这种现象的原因是人类进化的新陈代谢出了问题，从幼到壮、从壮到老、从老到死是人的自然生命历程，但中国却往往出现老而忘其老的怪现象。老年人偏要挤占青年人的生存空间、抢占青年人呼吸的空气，这在鲁迅看来是中国文明衰落迟暮的原因之一。文明要进化，须得老的自觉让开道，为青年的生存、发展、进化铺平道路。

在鲁迅看来，老年人用来威压青年人的工具即是封建伦常，陈腐的风俗、习惯、规矩令青年人精神萎靡不振，如同背了"古老的鬼魂，摆脱不开，时常感到一种使人气闷的沉重"④。鲁迅自己就深受其害，旧式包办婚姻、大家庭式的生活给他带来的痛苦是深重的。他深知自己属于旧时代，他存在的价值和意义便是用自己的牺牲精神去呐喊、警醒世人，保持清醒的战斗去加速旧时代的完结。

────────

① 梁启超：《少年中国说》，林志钧编：《饮冰室合集·文集》（第二册），上海：中华书局，1941年版，第265页。
② 鲁迅：《集外集·斯巴达之魂》，《鲁迅全集》（第七卷），北京：人民文学出版社，2005年版，第9页。
③ 鲁迅：《华盖集·忽然想到（五）》，《鲁迅全集》（第三卷），北京：人民文学出版社，2005年版，第44页。
④ 鲁迅：《坟·写在〈坟〉后面》，《鲁迅全集》（第一卷），北京：人民文学出版社，2005年版，第301页。

第七章　鲁迅关于社会文明的进化论思想

鲁迅不仅看到封建伦常重压下青年们的精神退化现象,他还对灾难更为深重的妇女和儿童抱有巨大的同情。鲁迅对"三从四德"、缠足等禁锢妇女思想和残害妇女身体的封建陋习极为痛恨。内山完造回忆说鲁迅曾纠正他称赞缠足的观念,认为妇女缠足脱胎于取悦男性以满足男性玩赏的畸形心理,是女性依附男性的一种表现。内山由此感叹道:"日本的中国通和中国研究者们对缠足的不关切,以及我的愚蠢的不满足,应该认识到:中国妇女的缠足使进化停顿,中国妇女从缠足解放出来是重新进化的开始。"①缠足迎合了封建社会男性的病态审美情趣,以束缚女性的行动来限制女性的自由,是封建伦常在肉体和精神上强加给女性的双重痛楚、双重控制。1936年12月17日,好友许寿裳在北平大学女子文理学院的演讲曾谈到鲁迅学医的动机,除了学医成功后拯救如他父亲那样被中医耽误的病人、确知日本明治维新大半发端于西医的事实外,还有就是"救济中国女子的小脚",鲁迅想要"解放那些所谓'三寸金莲',使恢复到天足模样。……这样由热望而苦心研究,终至于断念绝望,使他对缠足女子同情,比普通人特别来得大,更由绝望而愤怒"②。

鲁迅同情被封建伦常残害的女性还出于遗传学的原因。根据进化学说,父母一代身体的残障很可能直接遗传给后代子孙,许寿裳和孙伏园都回忆说鲁迅怀疑自己的脚背高遗传自母亲的缠足小脚。鲁迅由进化学说得来的知识使他极为重视作为母亲的女性的身心健康问题。1905年发表的《造人术》除了寓示"人治日张"的主旨外,还将女性的健康和教育问题看作塑造国民原质的根本所在。《造人术》跋语中清晰地表达了这一思想:

> 夫世果有新造物主软,夫人而知其不然矣。然我则以为实有之。世界之女子,负国民母人之格,为祖国诞育强壮之男儿,其权直足与天

---

① 山东师范学院聊城分院编:《鲁迅在上海》(3),聊城:山东师范学院聊城分院,1979年,第33页。
② 许寿裳著;马会芹编:《挚友的怀念——许寿裳忆鲁迅》,石家庄:河北教育出版社,2000年版,第84页。

175

地参,是造物之真主也。呜呼,抟土为人创造世界,造化之恩何足贵?自今世天文学之发明,而新造物主之徽号,乃不能不移之以赠我女子。人生而为造物主快哉。吾国二万万之女子,二万万之新造物主也。文明种子于是乎萌芽,祖国人才于是乎发育。昔有一造物主而天地清明,今吾国有二万万焉。其结果之宏大又安可量?华严世界会心不远,区区造人术何足道也。

……

更进以一言曰:铸造国民者视国民母之原质,铸造国民母者仍视教育之材料。①

在鲁迅看来,女性是天然的造物主,受到良好教育、身心健康的女性能够确保生育出来的后代同样健康,反之亦然。因而,女性是国民原质的携带与传递者,女性国民的素质决定了全体国民的素质。只有重视确保女性的正当权益,注重对女性的教育培养,文明的种子才得以开花结果,国家进化才得以实现。五四及之后,鲁迅继续站在扶助幼者弱者的人道主义立场上,抨击封建伦常对女性的酷压,为女子追求正常合理的幸福继续斗争。鲁迅写《我之节烈观》断定要求女子守节是极难、极苦,不愿身受的有悖于常理的事,既不利自他、无益社会国家,又于人生毫无意义,这样的陈规陋习应该加以破除。鲁迅写《娜拉走后怎样》号召女性为挣得自由平等的社会地位去进行韧性的战斗。鲁迅又写《坚壁清野主义》讽刺禁止女学生去游艺场和公园的可笑行径,认为限制女性行动自由的所谓"坚壁清野"是一种道德的退婴和社会的退步。《寡妇主义》则是以女师大学生反抗校长杨荫榆的不当治校行为为背景,支持女学生维护自己的正当权益。

鲁迅还反对"以长者为本位"的封建伦常,认为这样的道德伦理不符合生物进化的原理。鲁迅在《我们现在怎样做父亲》中明确指出:"依据生物界的现象,一,要保存生命;二,要延续这生命;三,要发展这生命(就是进化)。

---

① [美]路易斯·托伦:《造人术》,索子译,《女子世界》,1905年第4/5合刊。

生物都这样做,父亲也就是这样做。"①在写完《我们现在怎样做父亲》之后两天,鲁迅看到有岛武郎的小说《与幼者》,内心充满了对有岛武郎进化论观点的共鸣。有岛武郎同样盼望下一辈们不再经历他们所经受的封建伦理的束缚,希望他们能拥有全新的生活,"你们必须从我倒下的地方重新站起……前途虽然遥远而黑暗,但不能恐惧。无畏者前面才会有路"②。鲁迅特意在《随感录六十三 与幼者》陈述了有岛武郎的幼者观,鼓励幼者应该勇猛刚强地踏上人生之路,而父母应该完全解放自己的孩子,"对于子女,应该健全的产生,尽力的教育,完全的解放",而父母对于子女的责任也完全应该是义务的、利他的、牺牲的。

　　鲁迅曾说"要发愿:要除去于人生毫无意义的苦痛。要除去制造并赏玩别人苦痛的昏迷和强暴。我们还要发愿:要人类都受正当的幸福"③,这是对人类何等深沉广大的爱!鲁迅自己曾是封建伦常的受害者,他在追求正当幸福的路途中遭遇太多的磨难,但他愿意成为进化道路上的牺牲者、过渡者,因为他明确地知道:在进化的路上,一切都是中间物。

---

① 鲁迅:《坟·我们现在怎样做父亲》,《鲁迅全集》(第一卷),北京:人民文学出版社,2005年版,第135页。
② 北京鲁迅博物馆编:《鲁迅译文全集》(第二卷),福州:福建教育出版社,2008年版,第127页。
③ 鲁迅:《坟·我之节烈观》,《鲁迅全集》(第一卷),北京:人民文学出版社,2005年版,第130页。

第八章
鲁迅关于历史的进化论思想

钱理群曾经说过,在鲁迅的意识里,动物、植物、人、宇宙中的万事万物"是一个生命共同体,这是一个'大生命'的概念"①,这是我们理解历史维度下鲁迅进化论思想的一个大前提。人和世间其他生物一样,都由进化从简至繁发展蔓延而来,人是宇宙生命共同体中的一员,也是进化链上的一环。在"大生命"的意义上,进化具有普遍性,一切都是进化的"中间物"。

第一节 历史的"中间物"意识

鲁迅"中间物"意识的形成是在日本留学时期,很显然这一意识的形成与他对进化论的深入认识和信服密切关联。考察发现,鲁迅首次使用这个术语是在 1909 年从日本回国后编辑《人生象斅》之时。那么从逻辑上判断,这个观念的形成时间应该早于他用语言将之明确表达出来。《人生象斅》是鲁迅在浙江两级师范学堂任教时编写的生理学讲义,其中他这样表述"中间物":"或则谓变自白血轮,其说曰:(一)已在脾静脉及骨髓中,见其方变之中间物。"②又:"䚅幺之形,上下皆锐,㢲大之处有核,环以形素,上端生茸毳,下端则锐灭,与神经系联,其核之高,亦悉等一。上列两种而外,亦有类䚅幺并

---

① 钱理群:《鲁迅与动物》,《名作欣赏》,2010 年第 31 期。
② 刘运峰编:《鲁迅全集补遗》,天津:天津人民出版社,2006 年版,第 131 页。

类支柱幺而实非是者,盖其中间物也。"①很明显,鲁迅"中间物"一词的使用始于对生物体的描述,还是在自然科学范畴内对"中间物"的运用。

1926年底,在集结《坟》这部杂文集时,鲁迅重温《人之历史》《摩罗诗力说》《科学史教篇》《破恶声论》等早期杂文,生出了关于一切事物都是"中间物"的感慨,将"中间物"的指代范围作了广泛的延伸。鲁迅写道:

……孔孟的书我读得最早,最熟,然而倒似乎和我不相干。大半也因为懒惰罢,往往自己宽解,以为一切事物,在转变中,是总有多少中间物的。动植之间,无脊椎和脊椎动物之间,都有中间物;或者简直可以说,在进化的链子上,一切都是中间物。当开首改革文章的时候,有几个不三不四的作者,是当然的,只能这样,也需要这样。他的任务,是在有些警觉之后,喊出一种新声;又因为从旧垒中来,情形看得较为分明,反戈一击,易制强敌的死命。但仍应该和光阴偕逝,逐渐消亡,至多不过是桥梁中的一木一石,并非什么前途的目标,范本。②

上文中,鲁迅用"桥梁"一词来表达与"中间物"相同的概念。在《我们现在怎样做父亲》中,鲁迅表达了相同的意思:"但祖父子孙,本来各各都只是生命的桥梁的一级,决不是固定不易的。现在的子,便是将来的父,也便是将来的祖。"③同样意思的表述还出现在《古书与白话》中:"只将所说所写,作为改革道中的桥梁,或者竟并不想到作为改革道中的桥梁。愈是无聊赖,没出息的脚色,愈想长寿,想不朽,愈喜欢多照自己的照相,愈要占据别人的

---

① 刘运峰编:《鲁迅全集补遗》,天津:天津人民出版社,2006年版,第166页。
② 鲁迅:《坟·写在〈坟〉后面》,《鲁迅全集》(第一卷),北京:人民文学出版社,2005年版,第301—302页。
③ 鲁迅:《坟·我们现在怎样做父亲》,《鲁迅全集》(第一卷),北京:人民文学出版社,2005年版,第134页。

心,愈善于摆臭架子。"①可见,在鲁迅看来,"中间物"这一概念包含他对科学理性、家庭伦理、社会发展等多方面的思考,"中间物"既可以是生物进化链条上的不甚完美的过渡性环节,也可以是人类代际更替的衔接性角色,又可以是人类社会进步过程中必经的步骤,因而鲁迅说"一切都是中间物"。

我们在"中间物"之前加上"历史"两字,目的是强调"中间物"所具有的时间和空间的历史性过渡意义,诚如汪晖所言,"历史中间物""通过把自己'还原'为历史进程中的一个普通的过渡性人物,从而建立起一种把握和感受世界的独特方式"②。

"历史中间物"作为历史进程中的一个过渡性环节,它首先表达的是生命的一种未完成、不完善的历史状态。关于人的生命,尼采有一段著名的话:"人是一条索子,结在禽兽和超人的中间,——一条索子横在潭上。……在人有什么伟大,那便是,为他是桥梁不是目的,于人能有什么可爱,那便是,因他是经过又是下去。"③尼采将人看作"桥梁"而不是终点,人只是生命进化过程中经过的一个中间存在状态,所以他认为"人类是有待超越之物"④。鲁迅也同样深刻地认识到一切事物在其各自发展的序列中都属于中间物的历史性质。在1935年6月29日跟唐英伟的信中谈到木刻时,鲁迅曾将木刻的发展和人的进化进行类比:"人是进化的长索子上的一个环,木刻和其他的艺术也一样,它在这长路上尽着环子的任务,助成奋斗,向上,美化的诸种行动。"⑤中间物意味着过渡,意味着不完美,然而这种过渡和不完

---

① 鲁迅:《华盖集续编·古书与白话》,《鲁迅全集》(第三卷),北京:人民文学出版社,2005年版,第228页。
② 汪晖:《反抗绝望——鲁迅的精神结构与〈呐喊〉〈彷徨〉研究》,上海:上海人民出版社,1991年版,第3页。
③ 北京鲁迅博物馆编:《鲁迅译文全集》(第八卷),福州:福建教育出版社,2008年版,第80页。
④ [德]弗里德里希·威廉·尼采:《查拉图斯特拉如是说》,杨震译,北京:九州出版社,2007年版,第302页。
⑤ 鲁迅:《书信·350629致唐英伟》,《鲁迅全集》(第十三卷),北京:人民文学出版社,2005年版,第494页。

美却是生命通向更好、更完美的必经之路,是一种不能被省略和忽视的历史性存在。

但"'中间物'标示的不是调和、折中,而是并存与斗争:传统与现代,东方与西方,历史与价值,经验与判断,启蒙与超越启蒙……"①。事物发展进化的理想状态是旧的中间物随光阴自然淘汰逝去,新的中间物携希望自然到来生长,"进化的途中总须新陈代谢。所以新的应该欢天喜地的向前走去,这便是壮,旧的也应该欢天喜地的向前走去,这便是死;各各如此走去,便是进化的路"②。然而在现实中,情况并非新的旧的"都欢欢喜喜的过去"。有人根据鲁迅上述的话认为鲁迅有主张和平进化的倾向,属于进化的调和主义,意识不到进化是激烈竞争的结果。但事实确乎如此吗?

生命的进化是否有终点?如果"一切事物都是中间物",那么追论下去,所谓进化的终点也不过是中间物而已。从这个意义上来讲,鲁迅无疑否定了进化的终极论。鲁迅说"一切都是中间物"就是说世界上绝对的完美是不存在的,"倘使世上真有什么'止于至善',这人世间便同时变了凝固的东西了"③。"止于至善"与鲁迅笔下的"圆满"、"好梦"、"正信"、"理想家的黄金世界"一样,都是"心造的幻影"。《秋夜》里,枣树用它落尽了绿叶的干子"直刺着天空中圆满的月亮,使月亮窘得发白"④。王彬彬指出:"鲁迅用'圆满'形容月亮,目的是要让月亮受窘、让月亮因其'圆满'而难堪。这不是在否定月亮,而是在否定'圆满'。怀疑'圆满',否定'至善',是鲁迅固有的思想,也是鲁迅固有的性格。"⑤

在鲁迅的历史观中,生命永远在进化的路上,无有止境。那么,是不是

---

① 汪晖:《反抗绝望——鲁迅的精神结构与〈呐喊〉〈彷徨〉研究》,上海:上海人民出版社,1991年版,第3页。
② 鲁迅:《热风·随感录四十九》,《鲁迅全集》(第一卷),北京:人民文学出版社,2005年版,第355页。
③ 鲁迅:《而已集·黄花节的杂感》,《鲁迅全集》(第三卷),北京:人民文学出版社,2005年版,第428页。
④ 鲁迅:《野草·秋夜》,《鲁迅全集》(第二卷),北京:人民文学出版社,2005年版,第167页。
⑤ 王彬彬:《月夜里的鲁迅》,《文艺研究》,2013年第11期。

因为看不到生命的终极就停滞进化的脚步呢？鲁迅是主张"向死而生"的，尽管看不到将来的情形怎么样，生命终究要在现在中存活下去，"至于木刻，人生，宇宙的最后究竟怎样呢，现在还没有人能够答复。也许永久，也许灭亡。但我们不能因为'也许灭亡'就不做，正如我们知道人的本身一定要死，却还要吃饭也"[①]。

"历史中间物"的全部过渡性意义在于向着未来的方向前进，尽力把握生命当下的这一环。

第二节　时间观："执着现在"

所谓时间观，简单地说就是关于时间的看法。"人是不可避免地与时间联系在一起的，而人是不能改变时光的流逝的。因此，亘古以来，人们无处不在对时间进行着思考。由此而出现了对于时间究竟是什么的一些想法。"[②]在人的生命过程中感受最深的莫过于对时间的感知，每个人都明白自己终将死去，每个人在时间面前都是平等的。如何在有限的生命中发挥自己的价值和功用，将短暂的生命焕化为有价值的存在是每个人都需要思考和面对的问题。海德格尔就明确地说："一切存在论问题的中心提法都根植于正确看出了的和正确解说了的时间现象以及它如何根植于这种时间现象……只有把时间状态的问题讲解清楚，才可能为存在的意义问题提供具体而微的答复。因为只有着眼于时间才可能把捉存在，所以，存在问题的答案不可能摆在一个独立的盲目的命题里面。"[③]

---

① 鲁迅:《书信·350629 致唐英伟》,《鲁迅全集》(第十三卷),北京:人民文学出版社,2005 年版,第 494 页。

② [德]马勒茨克:《跨文化交流——不同文化的人与人之间的交往》,潘亚玲译,北京:北京大学出版社,2001 年版,第 50—51 页。

③ [德]海德格尔:《存在与时间》(中文修订第二版),陈嘉映、王庆节译,北京:商务印书馆,2019 年版,第 26—27 页。

第八章 鲁迅关于历史的进化论思想

"历史作为'整体'的运动,过去的、现在的和将来的运动,它把世界的短暂仿佛瓦解的东西又集结在一起"①,将历史看作过去、现在和将来的运动在中国是近代才发生的事情,它以进化论在世界的传播作为其基础。鲁迅所处的时代是传统与现代、东方与西方、存续与颠覆二元对立对峙转化的时代。对历史的诠释,也经历了从"循环史观"向"进化史观"的转变。四时循环、天道轮回、报应不爽,这是中国人对自然和人类社会历史发展的基本看法,《三国演义》演说"天下大势,分久必合,合久必分",这是"循环史观"的典型代表。中国传统历史小说中将治乱循环、因果报应作为叙述历史的基本逻辑,"这种'循环史观'将纷纭变幻的事实纳入一绝对的道德秩序并与自然秩序('天道')的有机对应之中,使人们得以化约现实生活中的矛盾、暧昧与混乱,并解答人类的起源与终结等宗教性的根本困惑('前世'、'来生'、'气数'、'劫数'等等)"②。"循环史观"实际上体现了一种模糊过去、现在和未来的时间观,过去、现在和未来被展示为时间的圆圈,过去可以是未来的接续,未来也可以是过去的因由。从历朝历代的兴亡史中凸显出来的是道德对盛衰荣辱的决定性意义而非时空的更迭,历史成为道德至上论的注解,阐述着"天下唯有德者居之"的道理。

进化史观是以进化论为基础发展出来的历史意识,"所谓'历史意识',是指人在现在对过去的回忆和对将来的展望中所表现出来的某种理性的意识和反思"③。进化史观与时间意识的关系紧密相连、不可分割,进化史观"只有在线性不可逆的现代时间意识中才可能形成,因为无论是在传统的循环、轮回,还是在静止、倒退的时间认识框架中都不可能产生事物本质上进化、发展的认知"④。因而,进化史观的时间观是建立在不可逆的一维时间基

---

① [法]西尔维娅·阿加辛斯基:《时间的摆渡者——现代与怀旧》,吴云凤译,北京:中信出版社,2003年版,第16页。
② 黄子平:《"灰阑"中的叙述》,上海:上海文艺出版社,2001年版,第22—23页。
③ 吴翔宇:《鲁迅时间意识的文学建构与嬗变》,北京:中国社会科学出版社,2010年版,第7页。
④ 谢进东:《20世纪中国历史思考的现代性情结》,《史学理论研究》,2008年第4期。

础上的,它将整个人类社会的复杂历史按照过去、现在、未来的时间序列抽象为线性的、朝向特定方向发展进化的历史进程,其中包含了人类对过去、现在和未来的全部记忆、经历与展望。

在人类的全部历史性经验中,鲁迅最为关注的不是过去和未来,而是现在、当下。鲁迅"执着现在",他说:"我看一切理想家,不是怀念'过去',就是希望'将来',对于'现在'这一个题目,都交了白卷,因为谁也开不出药方。"[①]鲁迅反感"心神所注,辽远在于唐虞"的所谓"中国爱智之士",他认为"故作此念者,为无希望,为无上征,为无努力"[②],实在是一帮逃避现实、无理想、无作为的平庸之辈。鲁迅称这些眼望唐虞、心牵元代的复古人士为"现在的屠杀者",称其"明明是现代人,吸着现在的空气,却偏要勒派朽腐的名教,僵死的语言,侮蔑尽现在"[③],而"杀了'现在',也便杀了'将来'",因为现在是将来的基础,没有现在的将来是不存在的。鲁迅也反感梦想将来的黄金世界的理想家,他曾在《娜拉走后怎样》中说:"阿尔志跋绥夫曾经借了他所做的小说,质问过梦想将来的黄金世界的理想家,因为要造那世界,先唤起许多人们来受苦。他说,'你们将黄金世界预约给他们的子孙了,可是有什么给他们自己呢?'有是有的,就是将来的希望。但代价也太大了,为了这希望,要使人练敏了感觉来更深切地感到自己的苦痛,叫起灵魂来目睹他自己的腐烂的尸骸。惟有说谎和做梦,这些时候便见得伟大。所以我想,假使寻不出路,我们所要的就是梦;但不要将来的梦,只要目前的梦。"[④]在鲁迅看来,将白日梦预约给人是开空头支票,其效力除了增加生命的苦痛,对于解决现实问题并没有什么效用。所以即使是做梦,也只要做"目前的梦"而不要做"将

---

① 鲁迅:《书信·250318 致许广平》,《鲁迅全集》(第十一卷),北京:人民文学出版社,2005 年版,第 466 页。
② 鲁迅:《坟·摩罗诗力说》,《鲁迅全集》(第一卷),北京:人民文学出版社,2005 年版,第 69 页。
③ 鲁迅:《热风·随感录五十七 现在的屠杀者》,《鲁迅全集》(第一卷),北京:人民文学出版社,2005 年版,第 366 页。
④ 鲁迅:《坟·娜拉走后怎样》,《鲁迅全集》(第一卷),北京:人民文学出版社,2005 年版,第 167 页。

来的梦",因为"目前的梦"毕竟是将眼光关注在现在,是为现在作打算作考虑的,是脚踏实地为现在谋求解决的方案。而中国的实情是确确实实地需要执着现在、直面人生困境的战士的。他曾在《人与时》中很清晰地表达了对现在的坚持:"一人说,将来胜过现在。一人说,现在远不及从前。一人说,什么? 时道,你们都侮辱我的现在。从前好的,自己回去。将来好的,跟我前去。这说什么的,我不和你说什么。"① 所以鲁迅揶揄向往古代的人们:"仰慕往古的就要回往古去了"②,他又讽刺空想将来的人们:"恭喜的英雄,你前去罢,被遗弃了的现实的现代,在后面恭送你的行旌"③。

但鲁迅的笔下是不乏回忆过去的文字的。回忆性的书写如《朝花夕拾》,其中包含十篇回忆性的散文,开始刊在《莽原》杂志上的时候起的总名叫《旧事重提》,鲁迅在编定集子时才改名为《朝花夕拾》。再如历史小说《故事新编》,是由鲁迅演绎八篇古代的传说集结而成。鲁迅曾回想写这两个集子时候的心境:"这时我不愿意想到目前;于是回忆在心里出土了,写了十篇《朝花夕拾》,并且仍旧拾取古代的传说之类,预备足成八则《故事新编》。"④ "回忆"、"古代的传说"将书写的场域锁定在过去的时空中。而小说集《呐喊》《彷徨》中亦有鲁迅对故乡、童年的回忆性片段,《狂人日记》《伤逝》等篇则直接用日记、手记等回忆的方式进行叙事。伊恩·瓦特认为,现代小说家之所以要将个人生活的图画放进"一个历史进程的更广阔的全景图之中",是因为他们获得了"一种更深刻的对过去与现在之间的差别的认识"。⑤ 因而,鲁迅书写过去是朝向现在的,是用现在的心境反观过去并期待用这种反

---

① 鲁迅:《集外集·人与时》,《鲁迅全集》(第七卷),北京:人民文学出版社,2005年版,第35页。
② 鲁迅:《华盖集·杂感》,《鲁迅全集》(第三卷),北京:人民文学出版社,2005年版,第53页。
③ 鲁迅:《三闲集·太平歌诀》,《鲁迅全集》(第四卷),北京:人民文学出版社,2005年版,第105页。
④ 鲁迅:《故事新编·序言》,《鲁迅全集》(第二卷),北京:人民文学出版社,2005年版,第354页。
⑤ [英]伊恩·P. 瓦特:《小说的兴起——笛福、理查逊、菲尔丁研究》,高原、董红钧译,北京:生活·读书·新知三联书店,1992年版,第18页。

观实现对现在的反思。仅仅收集以往的零星事件或经验是不够的,对过去进行简单的复现和描摹也是不够的,重要的是对回忆进行创造性的组合和重构,以期生成一个能够触动现在的新的历史解说方式。故而,"为回忆而回忆的事是没有的,旧事重提必是为了镜照现在,即所谓'怀着对未来的期待将过去收纳于现在'",[1]"重构历史、诠释传统、新编故事,便也正跟个人性的回忆一般,是为了理解现在和未来,理解自我,理解生命的意义和人的生存处境了"[2]。

鲁迅笔下也多有遥想将来的文字。《狂人日记》以一句深沉的呐喊"救救孩子……"作为结尾,鲁迅将希望寄托在后来者之上是建立在对封建礼教吃人现状的批判之上的,尽管对人进化成"真的人"了无信心,但仍旧挣扎着反抗,因为除了想法子改变现在之外,别无他途。《故乡》中的"我"不愿意宏儿和水生如自己和闰土一样地过活生存,他觉得"他们应该有新的生活,为我们所未经生活过的"。尽管这希望很渺茫,但"希望是本无所谓有,无所谓无的。这正如地上的路;其实地上本没有路,走的人多了,也便成了路"[3]。希望无所谓有或无,但改变未来的路却需要现在一步一步地走出来,对未来的期许依然深扎在现在的土壤里,没有现在脚踏实地的行动,未来的希望只会永远渺茫。

"现在"是令人苦闷万分的,常常让鲁迅感觉"无法可想","所谓'希望将来',就是自慰——或者简直是自欺——之法,即所谓'随顺现在'者也一样"[4]。然而鲁迅不愿意"随顺现在",他主张抗争,而且是在走向"坟"的死亡之路上向绝望作抗争,"就是反抗绝望,因为我以为绝望而反抗者难,比因希望而战斗者更勇猛,更悲壮"[5]。在这里,鲁迅消解了对未来的希望,所剩的

---

[1] 黄子平:《"灰阑"中的叙述》,上海:上海文艺出版社,2001年版,第110页。
[2] 同上,第111页。
[3] 鲁迅:《呐喊·故乡》,《鲁迅全集》(第一卷),北京:人民文学出版社,2005年版,第510页。
[4] 鲁迅:《书信·250323致许广平》,《鲁迅全集》(第十一卷),北京:人民文学出版社,2005年版,第468页。
[5] 鲁迅:《书信·250411致赵其文》,《鲁迅全集》(第十一卷),北京:人民文学出版社,2005年版,第477—478页。

只是在现在中的"反抗绝望",甚至连绝望也被他否定消解了,他说:"绝望之为虚妄,正与希望相同!"①倘若生命在死亡面前毫无意义,生命的本质就是空虚,而鲁迅在与空虚进行绝望抗争的时候找寻到了生命的意义,那意义就是反抗本身,"由我来肉薄这空虚中的暗夜了,纵使寻不到身外的青春,也总得自己来一掷我身中的迟暮"②。

进化史观把"时间看成是一个现成的自在的'序列流',通过'现在'这个环节,源源不断地将未来输送到过去"③,这一观念使得人们总是能从现成的事物中发现时间的存在,因而也使得人们不断地将时间"当下化"并将生存着眼于现在。鲁迅回忆过去和遥想未来的书写有一种对时间"当下化"的意味:"前者是要把'过去'通过观念的反省'存留'于现在,后者则是把对于'将来'的可能(最本己的可能是坟,是死亡)'筹划'于当下之行"④,于是鲁迅将过去、现在和未来熔铸于现在,他主张"执着现在"反抗绝望,是要在当下展现生命的丰满与本真,让生命所有的欲望、困惑、感伤与愤怒都在当下、此刻绽放。

第三节 空间观:"彷徨于无地"

自从严复通过《天演论》将"物竞天择"、"适者生存"的天演公理植入人心,进化就在公理的名义下充分展露了残酷与冷血的面目。鲁迅等有识之士将进化笼罩着的人类社会视为杀机四伏的竞争世界,国家、民族、个人统统席卷其中。鲁迅曾举例说:就是两个人同处一室,也会为呼吸更多的氧气而竞争,肺部强劲的人将获得胜利。所以,在进化的世界中,"无时无物,不

---

① 鲁迅:《野草·希望》,《鲁迅全集》(第二卷),北京:人民文学出版社,2005年版,第182页。
② 同上,第182页。
③ 吴国盛:《时间的观念》,北京:商务印书馆,2019年版,第4页。
④ 王乾坤:《鲁迅的生命哲学(增订版)》,北京:人民文学出版社,2010年版,第29页。

禀杀机","杀机之昉,与有生偕;平和之名,等于无有"。①

进化带来的焦虑在鲁迅前期的译作中有很强烈的反映。美国学者安德鲁·琼斯认为在晚清译文中"那种面对西方语言和认识论的优势地位所产生的本土焦虑,被间接地带到了译文中"②。1903 年 6 月《浙江潮》第 5 期发表鲁迅的译作《哀尘》,这篇作品译自法国著名作家雨果的《随见录》之一篇,其中充满了雨果平权扶弱的人道主义思想。鲁迅在《译者附记》中将社会视为为害尤酷的"人之三敌"之一,对辗转苦痛于社会陷阱中的人们表达了和雨果相同的同情之感,同时鲁迅也意识到,社会的不平等并非落后国家特有的事物,所谓"先进文明"也不能保证人人都能享受平等自由,"社会之陷穽兮,莽莽尘球,亚欧同慨"③。这成为他后来在《破恶声论》中反思 19 世纪欧洲文明弊端的前奏。1903 年 12 月《浙江潮》第 12 期刊载了鲁迅翻译法国科幻小说《地底旅行》的前两回,这部译作亦有舍弃现有世界秩序寻找世外文明的微义。受梁启超将小说看作启蒙思想利器观念的影响,鲁迅也把小说当作"破遗传之迷信,改良思想,补助文明"④的重要工具。之所以选择翻译雨果和凡尔纳的作品也就有陈说世情、引发人们关注并加以纠正的意图在内,译材的选择暗含了鲁迅对西方文明"不顺从"的心理倾向。

但在现实世界中,身处近代之中国,鲁迅们必须承受种族竞争带来的重压。他们无时无刻不受到"中国人要从'世界人'中挤出"⑤的民族危机的困扰,而他们亦深知个人命运与国家、民族的命运是紧密相连的,"中国是弱

---

① 鲁迅:《坟·摩罗诗力说》,《鲁迅全集》(第一卷),北京:人民文学出版社,2005 年版,第 68 页。
② [美]安德鲁·琼斯:《晚清语境下的凡尔纳小说》,王敦、李之华译,《中国社会科学报》,2012 年 9 月 7 日,第 353 期。
③ 鲁迅:《译文序跋集·〈哀尘〉译者附记》,《鲁迅全集》(第十卷),北京:人民文学出版社,2005 年版,第 480 页。
④ 鲁迅:《译文序跋集·〈月界旅行〉辨言》,《鲁迅全集》(第十卷),北京:人民文学出版社,2005 年版,第 164 页。
⑤ 鲁迅:《热风·随感录三十六》,《鲁迅全集》(第一卷),北京:人民文学出版社,2005 年版,第 323 页。

国,所以中国人当然是低能儿"①的种族歧视在留学生日常生活中反复上演。"幻灯片事件"和所谓"作弊事件"对鲁迅的心理冲击无疑是巨大的,鲁迅自承因此受到很深的刺激,以致决定放弃学医,转而从事变革人心、转移性情、改造社会的文艺运动,因为"凡是愚弱的国民,即使体格如何健全,如何茁壮,也只能做毫无意义的示众的材料和看客,病死多少是不必以为不幸的"②。然而,进化带来的焦虑也延伸到了鲁迅改造国民性的启蒙事业中,构成著名的"铁屋子"寓言的心理底色。

安德鲁·琼斯以20世纪早期对于进化论和社会达尔文主义的焦虑为背景来解读《狂人日记》,他专门追溯了乌托邦和"铁屋子"这两个意象,将鲁迅的《狂人日记》与儒勒·凡尔纳的《海底两万里》关联起来进行考证,他认为"铁屋子"的意象最早出自凡尔纳的科幻小说《海底两万里》。③《海底两万里》中的阿罗纳克斯教授受命去追踪一只海中怪兽"鹦鹉螺号"潜水艇,教授和他的手下被潜水艇员俘获并关进了水下密封舱。中译本中这一段的译文是这样的:

> 忽然室中空气稀薄,出入呼吸渐渐紧促。欧露世(即阿罗纳克斯——笔者注)从梦中惊醒,睁眼一望,只见电光惨淡,四壁静悄悄的,惟听李高两人还是睡着,在那里如扯炉一般,此时情景觉于极寂寞中,带有愁惨气象,心下万分闷苦。④

鲁迅在《呐喊·自序》中的表述是:

> 假如一间铁屋子,是绝无窗户而万难破毁的,里面有许多熟睡的人

---

① 鲁迅:《朝花夕拾·藤野先生》,《鲁迅全集》(第二卷),北京:人民文学出版社,2005年版,第317页。
② 鲁迅:《呐喊·自序》,《鲁迅全集》(第一卷),北京:人民文学出版社,2005年版,第439页。
③ 陈思和、王德威主编:《文学.2017.春夏卷》,上海:上海文艺出版社,2017年版,第86页。
④ [法]儒勒·凡尔纳:《海底旅行》,卢藉东、红溪生译,《新小说》,1902年第1年第1期。

们，不久都要闷死了，然而是从昏睡入死灭，并不感到就死的悲哀。现在你大嚷起来，惊起了较为清醒的几个人，使这不幸的少数者来受无可挽救的临终的苦楚，你倒以为对得起他们么？①

比较而言，表面上看起来两个场景都描述了关在铁屋子里窒息憋闷的生存状态，但其中的差异也是很明显的。欧露世的精神焦虑来自无法拯救清醒着的自己和昏睡中的伙伴的无力感，而鲁迅的精神焦虑更多来自对叫醒伙伴依旧无法改变窒息现状的可能性的悲观认识，这是一种对启蒙无用的否定性认识的焦虑：刺激无可挽救的临终者的神经到底是为了拯救他们，还是仅仅只是增加了他们死亡前的苦楚呢？当鲁迅自认为寻找到一条改变进化弱势状态的有效途径时，他却再次被一种可能发生的否定性认识所震惊。鲁迅对于进化的焦虑是双重的：一重是不提升进化的能力即将被进化无情地淘汰；另一重是提升进化的能力也并不能保证不被进化淘汰，反而让被淘汰者遭受更多的折磨和痛苦。这种深刻的确定与不确定性成为鲁迅面临的两难困境。

倘若用语言来表述鲁迅对进化困境中弱势群体的历史空间意识，我以为最贴切的是"彷徨于无地"这个短语。这一短语形象地展示出了面临进化竞争可能被"挤出"者或被淘汰者的生存状态：踌躇无奈、犹疑不定，充满了对未来的焦虑与困惑。

"彷徨于无地"出自鲁迅散文诗《野草》中《影的告别》一文。诚如钱理群所说："影子的物理特征就是当正午阳光直照的时候，或者完全黑暗的时候，这影子就没有了，影子只能存在于明暗之间。"②影子还有一个特征是依附性，现实世界中影子是不可能脱离自然物体而单独存在的，脱离依附物而独立存在的影只存在于文学想象中，如鲁迅所构筑的梦境中，"人睡到不知道

---

① 鲁迅：《呐喊·自序》，《鲁迅全集》（第一卷），北京：人民文学出版社，2005年版，第441页。
② 钱理群：《真正的鲁迅是沉默的》，http://www.aisixiang.com/data/117501.html，2019年7月31日。

时候的时候,就会有影来告别"①。影在告别之后尽管不愿彷徨于"无地",但"终于彷徨于无地"、"彷徨于明暗之间","我不过一个影,要别你而沉没在黑暗里了。然而黑暗又会吞并我,然而光明又会使我消失"②。所以,影展示的是"一种找不到立足点的惶惑心态"③,"彷徨于无地"表示的更是一种空间上进退失据的两难困境。依托于光线在明暗之间的空间转换才能存在的影本身并不具备实体性,影的虚幻性消解了它在空间彷徨行为的实在意义,赋予空间存在的虚无感。至此,人被理解为无空间感的虚幻的存在,人与世界的关系也就被解释为无依托性的漂浮关系,"人的整个存在连同他对世界的全部关系都从根本上成为可疑的了,人失去了一切支撑点"④。

丸尾常喜认为:"《影的告别》表现出作者内部两个鲁迅的搏击对抗:一个是为'惟黑暗与虚无乃实有'这一思想所迷住,停止了行进,想要委身于缠着自己的激烈的阴暗冲动的鲁迅,另一个则是正因为如此而要与之进行'绝望的抗战'的鲁迅。"⑤将"影"和"形"的离合看成鲁迅个人生存体悟中的"自心的交争"⑥,这样的观点自然是不错的。但倘若我们将《影的告别》看作隐含着鲁迅批判中国社会历史的象征性书写,那么更应该在一般意义上来理解"彷徨于无地"所表达的空间意识。如此看来,上述的解读似乎尚稍嫌不够。

鲁迅曾在整个社会都对娜拉的出走表示欢欣鼓舞的时候,要求人们不妨冷静下来追问一句"娜拉走后怎样"。同样,针对"影"所说的"我不如彷徨

---

① 鲁迅:《野草·影的告别》,《鲁迅全集》(第二卷),北京:人民文学出版社,2005年版,第169页。
② 同上,第169页。
③ 汪晖:《无地彷徨 "五四"及其回声》,杭州:浙江文艺出版社,1994年版,第359页。
④ [德]施太格缪勒:《当代哲学主流》(上卷),王炳文、燕宏远、张金言等译,北京:商务印书馆,1986年版,第182页。
⑤ [日]丸尾常喜:《耻辱与恢复——〈呐喊〉与〈野草〉》,秦弓、孙丽华编译,北京:北京大学出版社,2009年版,第156页。
⑥ 曹禧修:《〈影的告别〉与鲁迅"立人"思想的内核》,《中国现代文学研究丛刊》,2020年第9期。

于无地",在这里我们也不妨模仿鲁迅的思路追问一句:"无地指向哪里?"鲁迅说:"有我所不乐意的在天堂里,我不愿去;有我所不乐意的在地狱里,我不愿去;有我所不乐意的在你们将来的黄金世界里,我不愿去。"[1]"影"的存身之处不在天堂、不在地狱,也不在将来的黄金世界里。

鲁迅是不相信有"至善"存在的,天堂和黄金世界中没有竞争和淘汰吗?能做到人人齐一、个个幸福吗? 鲁迅深刻地质疑了这种空想,他翻译的《工人绥惠略夫》说明了一个道理:只要社会无法做到人与人完全一致,就有出现像绥惠略夫这样的"个人的无政府主义"极端者的可能性。绥惠略夫本意是要救群众,却因为思想不一致,无法被理解,反被群众所迫害。终于发展成为被四处追蹑的孤独者,激愤之余,转而仇视一切,无论对谁都开枪,自己也归于毁灭。鲁迅疑心在将来的黄金世界里,也会有将叛徒处以死刑的事情发生。至善至美的东西是不存在的,天堂和未来的黄金世界都是人类给自己制造的神话。

而在"有我所不乐意的在地狱里,我不愿去"这句话里,鲁迅所要表达的思想是:社会改革或革命如果被一些有企图的人加以利用,将会成为用来打压迫害他人的工具。如此,改革或革命后人的生存境遇反而比之前的处境更为可怕。在写成《影的告别》的第二年,鲁迅完成了《野草》中另一篇散文诗《失掉的好地狱》。在其中,鲁迅将魔鬼塑造成美丽、慈悲、遍身有大光辉的伟大形象,在他的统治之下,地狱废弛了许久,在地狱的边缘甚至萌生了开着惨败可怜细小花朵的曼陀罗花。然而鬼魂们发起了反狱的叫喊,与人类一起战胜了魔鬼,人类掌管了地狱。鬼魂们却因犯了背叛的罪遭到万劫不复的惩罚,于是地狱重燃烈火,鬼魂们失掉了从前的好地狱。鲁迅在《〈野草〉英文译本序》中陈说了写作《失掉的好地狱》的缘由:"所以,这也可以说,大半是废弛的地狱边沿的惨白色小花,当然不会美丽。但这地狱也必须失掉。这是由几个有雄辩和辣手,而那时还未得志的英雄们的脸色和语气所

---

[1] 鲁迅:《野草·影的告别》,《鲁迅全集》(第二卷),北京:人民文学出版社,2005年版,第169页。

告诉我的。我于是作《失掉的好地狱》。"①好的地狱是必然要失掉的,因为"几个有雄辩和辣手,而那时还未得志的英雄们"将要取代魔鬼统治地狱了。鲁迅想要引起人们注意并警惕:别有用心的人会借着革命、公理、正义的名义将已经是"非人间"的人间改造得更坏。

否定了天堂、地狱和未来的黄金世界,我们重新回到之前的那个问题:"无地在哪里?"答案恐怕还得在鲁迅"历史中间物"的生命意识中寻找,诚如王乾坤所言:"'中间物'既然被抽象为一个有着上述指谓的一般概念,其在鲁迅思想中应该有更高层次的定位。它之于鲁迅,既是世界观、历史观,也是价值观;既是时间之维(历史的),也是空间之维(逻辑)。"②本章第一节详细分析了鲁迅"历史中间物"的涵义,"历史中间物"意味着过渡和衔接,但绝不意味着调和与折中,而是在并存和竞争中完成旧的中间物向新的中间物的过渡和衔接。某种意义上,"中间物"具备牺牲自我的精神,只有将空间让渡出来,新的事物才能得到生长发展。

鲁迅曾用"闸门"来比喻分割新旧空间的隔断,而"中间物"的牺牲特质体现在行动上,就是"自己背着因袭的重担,肩住了黑暗的闸门,放他们到宽阔光明的地方去;此后幸福的度日,合理的做人"③。在鲁迅看来,"无地"就是"黑暗的闸门"下的窄小空间。"中间物"选择肩住沉重的闸门,闸门被托起后留出的一线空隙便是光明和黑暗的分界线。

"中间物"以牺牲自己为代价,让新的一代冲出闸门迎向光明,自己则逐渐沉没在黑暗之中,"我将向黑暗里彷徨于无地"④,"我的反抗,却不过是与

---

① 鲁迅:《二心集·〈野草〉英文译本序》,《鲁迅全集》(第四卷),北京:人民文学出版社,2005年版,第365页。
② 王乾坤:《从"中间物"说到新儒家》,《鲁迅研究月刊》,1995年第11期。
③ 鲁迅:《坟·我们现在怎样做父亲》,《鲁迅全集》(第一卷),北京:人民文学出版社,2005年版,第145页。
④ 鲁迅:《野草·影的告别》,《鲁迅全集》(第二卷),北京:人民文学出版社,2005年版,第170页。

黑暗捣乱",[①]"只有我被黑暗沉没,那世界全属于我自己"[②]。

"中间物"在时间和空间意义上都不过是进化中的一个过渡环节,但它用牺牲精神连接人与人,重新塑造了人和世界的关系,从而消解了空间的虚无感。"中间物"的空间历史意义是在明与暗之间为后来者挣得一席之地。

[①] 鲁迅:《两地书·二四》,《鲁迅全集》(第十一卷),北京:人民文学出版社,2005年版,第80—81页。
[②] 鲁迅:《野草·影的告别》,《鲁迅全集》(第二卷),北京:人民文学出版社,2005年版,第170页。

结　语

　　进化论是一个思想的复合体，在西方诞生之初就以纷繁复杂的理论体系面世，在其后的发展过程中，进化论"像一个腰缠万贯的富翁和慈善家一样，资助着一切'事业'。它具有无限的解释力，它本身也在经历着理论上的变迁，不断衍生出新的理论"[1]。进化论在与中日思想界相遇之时，就注定携带着复杂、多源的因子。中日思想界人士学识不一、眼界不同、关注的社会问题相异，他们各自对进化论进行了选择、改造，导致进化论思想与中日本土的思想不断进行融合转化，进而演变出更为纷繁复杂的思想体系。在不断的变迁过程中，进化论早已溢出生物学的概念边界，成为解释人类社会、政治和文化诸多问题的重要思想方法，甚至拥有了从根本上改变人价值观和世界观[2]的形而上学的巨大力量，并不断地以意识形态的形式深刻影响着人们对个人、民族、种族和国家之间关系的再认识。

　　本书以研究进化论在鲁迅前期思想中生成、演化、阐释为旨归，主要从发生学意义上分析了鲁迅前期进化论思想的谱系，详细地论述中外学者对鲁迅进化学说的各种影响。通过文本分析，从鲁迅对文明与野蛮的关系、"天行"与"人治"的关系、"真的人"的命题的生成与悬置的认知，去探查鲁迅

---

[1]　王中江：《进化主义在中国》，北京：首都师范大学出版社，2002年版，第30页。
[2]　进化论作为发端于科学的理论，通过创立假说实现了认识论上世界观的改变。达尔文的研究的确基于对大量事实材料进行观察和比较并归纳，但绝不意味着他能不创立任何假说只凭归纳事实的方法就建立起他的学说。而在提出进化论这样大的理论上，要建立其假说，不涉及世界观是说不通的。参见［日］岩崎允胤、宫原将平：《科学认识论》，于书亭、徐之梦、张景环等译，哈尔滨：黑龙江人民出版社，1984年版，第473页。

1898—1926年间进化论思想的演变轨迹,继而以进化论思想为线索系统阐释了鲁迅与之相关的哲学、社会文明和历史等三个方面的思想内涵,并揭示其所具有的独特的价值意义。

通过对中外多种进化论思想的消化、吸收和转化,鲁迅的前期进化论思想呈现矛盾复杂的形态,其中既有相信物竞天择、优胜劣败的天演内容,又有认为应该扶助弱者、对抗强权的人道主义成分;既有坚决打破不变僵局、寻求进步的进化观,亦有用怀疑目光审视进化的悲观主义和相对主义的思想;既赞成精神本于物质的唯物进化观,又提倡进行以国民性改造为核心的人的精神进化。

但我们应该看到,在鲁迅的进化论思想中,最为核心和最具特色的内容在于相信变的力量,认为事物只有在变中才能求发展;相信人内在精神和意志的力量,认为精神的进化能够塑造出更新更好的人性和人格;相信在人的生命中最根本的是生存的权利,认为只有求得合理的生存才能获得生命进化发展的可能;相信只有深刻认识到生命本身是历史过渡性的"中间物",才能本着牺牲精神去为下一代谋求更合适的生存进化的空间。鲁迅身上背负着旧时代的重压,却用"向死而生"的决绝心态挣扎、奋斗,在绝望和虚无中创造希望和实在。鲁迅思想中所有的彷徨与游移,都是为了发出生命的呐喊,以引起世人对于现实问题的关注。鲁迅思想中所有的矛盾与斗争,也都是为了迸发出生命的光和热,指引后面的人继续前行。这样积极的人生态度和战斗的精神值得我们关注、学习,这也正是我们现在研究鲁迅前期进化论思想生成机制、演化轨迹和内涵阐释的立论依据所在。

通过对鲁迅前期进化论思想的生成、演化和阐释研究,我们发现,鲁迅与进化论相关的哲学、社会文明、生命、伦理和历史等思想往往是伴随着进化论的形成、演化而发展的,各个历史阶段显现的侧重点也不一样,具有独特的思想样貌和价值意义。在前期,鲁迅更多是站在社会文明的层面上思考中国变革图强的问题,也更多地关注殖民语境下弱者和弱国的生存困境,由此表现出一个期盼进步的个体生命对自由、平等的渴望和对重建中国文明的热望,而中后期则更多地表现出一个个体生命面对社会人生问题的苦

结　语

闷与抉择、彷徨与追求、前进与犹疑。本书将研究范围限定于鲁迅进化论思想生成和演化的前期阶段，对其之后的发展和转化的研究将留待今后去完成。

我们认识到，鲁迅的进化论思想是他站在中国现实的基础上、立足于中国实际情况、针对中国所面临的世界形势，不断思考而形成的，它也并非一成不变，而是随着鲁迅对国家、社会、人生问题不断深入思考而演变着，一切都有其现实的基础和时代的意义在。正如美国学者安德鲁·琼斯所指出的："进化论思想成为中国智识者关注的话语轴心和不可或缺的三棱镜，由此来审视中国的历史、地缘政治地位和发展的图景。"[①]

鲁迅的进化论思想是中国特定时代思想的结晶，在其中我们能摸到时代的脉搏、看到时代的风貌，值得我们持续研究和深入发掘。即使在与鲁迅生活的时空相隔百年的当下，鲁迅前期进化论思想依然充满了独特的魅力。鲁迅所秉持的各种文明间平等相处、包容并进的文明观，鲁迅对待生命的认真精神和积极态度，鲁迅将一切看作进化中间物的清醒认知，鲁迅以诚和爱对待他人的善意、爱意，都是鲁迅留给后人的永不过时的宝贵遗产，在当前时代下依然具有重要的参照意义和价值。我们也依然可以从鲁迅前期进化论思想中汲取摆脱现下生存困境和解答直面生命困惑的勇气与智慧。

[①] ［美］安德鲁·琼斯：《鲁迅及其晚清进化模式的历险小说》，王敦、李之华译，《现代中文学刊》，2012年第2期。

参考文献

[1] 安德鲁·琼斯.鲁迅及其晚清进化模式的历险小说[J].王敦,李之华,译.现代中文学刊,2012(2).

[2] 安德鲁·琼斯.晚清语境下的凡尔纳小说[N].王敦,李之华,译.中国社会科学报,2012-09-07.

[3] 安德鲁·琼斯.进化论话语对中国现代文学本土叙事的介入[J].王敦,郑怡人,译.学术研究,2013(12).

[4] 安特立夫.小人物的忏悔[M].耿式之,译.上海:商务印书馆,1922.

[5] 安特列夫.黑假面人[M].李霁野,译.北京:北新书局,1928.

[6] 板垣退助.自由党史:第1册[M].东京:青木书店,1955.

[7] 北冈正子.摩罗诗力说材源考[M].何乃英,译.北京:北京师范大学出版社,1983.

[8] 北冈正子.独逸语专修学校に学んだ鲁迅[M]//鲁迅论集编辑委员会.鲁迅研究の现在.东京:汲古书院,1992.

[9] 北冈正子.鲁迅 救亡之梦的去向:从恶魔派诗人论到《狂人日记》[M].李冬木,译,北京:生活·读书·新知三联书店,2015.

[10] 北冈正子,李冬木.另一种国民性的讨论——鲁迅、许寿裳国民性讨论之引发[J].吉林大学社会科学学报,1998(1).

[11] 北京大学国情研究中心.世界文明百科全书[M].太原:山西教育出版社,1992.

[12] 北京鲁迅博物馆.鲁迅译文全集:第一卷[M].福州:福建教育出版社,2008.

[13] 北京鲁迅博物馆.鲁迅译文全集：第二卷[M].福州：福建教育出版社,2008.

[14] 北京鲁迅博物馆.鲁迅译文全集：第八卷[M].福州：福建教育出版社,2008.

[15] 本杰明·史华兹.寻求富强：严复与西方[M].叶凤美,译.南京：江苏人民出版社,1996.

[16] 彼得·J.鲍勒.如果没有达尔文 基于科学的推想[M].薛妍,译.北京：商务印书馆,2017.

[17] A.彼珀.动物与超人之间的绳索：《查拉图斯特拉如是说》第一卷义疏[M].李洁,译.北京：华夏出版社,2006.

[18] 蔡玉洗,董宁文.冷摊漫拾[M].哈尔滨：北方文艺出版社,2015.

[19] 曹禧修.《影的告别》与鲁迅"立人"思想的内核[J].中国现代文学研究丛刊,2020(9).

[20] 陈独秀.吾人最后之觉悟[J].青年杂志,1916,1(6).

[21] 陈思和,王德威.文学.2017.春夏卷[M].上海：上海文艺出版社,2017.

[22] 陈炎.反理性思潮的反思——现代西方哲学美学述评[M].济南：山东大学出版社,2002.

[23] 陈涌.关于鲁迅思想发展问题[J].文学评论,1978(5).

[24] 陈早春.对鲁迅的"改造国民性"思想的初步探讨[J].中国社会科学,1981(6).

[25] 陈则光.论鲁迅的进化论思想[J].中山大学学报（哲学社会科学版）,1965(3).

[26] 崔伟奇,翟俊刚.《反杜林论》导读（增订版）[M].北京：中国民主法制出版社,2018.

[27] 达尔文.人类原始及类择[M].马君武,译.北京：商务印书馆,1957.

[28] 达尔文.物种起源[M].谢蕴贞,译.北京：科学出版社,1972.

[29] F.达尔文.达尔文生平：一[M].叶笃庄,叶晓,译.沈阳：辽宁教育出

版社,1998.

[30] 戴静.论早期鲁迅的文明观[J].东南大学学报(哲学社会科学版),2021(2).

[31] 戴维·米勒,韦农·波格丹诺.布莱克维尔政治学百科全书[M].邓正来,译.北京:中国政法大学出版社,1992.

[32] W.C.丹皮尔.科学史及其与哲学和宗教的关系:下册[M].李珩,译.北京:商务印书馆,1975.

[33] 丁韪良.西学考略:卷下[M].光绪癸未孟夏京师同文馆聚珍版,1883.

[34] 丁文江,赵丰田.梁启超年谱长编[M].上海:上海人民出版社,1983.

[35] 董炳月.鲁迅留日时期的文明观——以《文化偏至论》为中心[J].鲁迅研究月刊,2012(9).

[36] 董炳月.鲁迅形影[M].北京:生活·读书·新知三联书店,2015.

[37] 董家遵.清末两位社会学的先锋:严几道与章炳麟[J].社会研究,1937,1(3).

[38] 恩斯特·海克尔.宇宙之谜——关于一元论哲学的通俗读物[M].上海外国自然科学哲学著作编译组,译.上海:上海人民出版社,1974.

[39] 恩斯特·迈尔.生物学思想发展的历史[M].涂长晟,等译.成都:四川教育出版社,2010.

[40] 冯波.西方古典社会学理论[M].北京:中国传媒大学出版社,2016.

[41] 冯雪峰.回忆鲁迅[M]// 鲁迅博物馆,鲁迅研究室,《鲁迅研究月刊》.鲁迅回忆录 专著:中册.北京:北京出版社,1999.

[42] 冯至.笑谈虎尾记犹新[M]// 鲁迅研究资料编辑部.鲁迅研究资料:1.北京:文物出版社,1976.

[43] 弗里德里希·尼采.权力意志——重估一切价值的尝试[M].张念东,凌素心,译.北京:商务印书馆,1991.

[44] 弗里德里希·威廉·尼采.查拉图斯特拉如是说[M].杨震,译.北

京:九州出版社,2007.

[45] 福泽谕吉.文明论概略[M].北京编译社,译.北京:商务印书馆,1959.

[46] 傅兰雅.混沌说[M]//格致汇编:第七卷.上海:上海格致书室,1877.

[47] 高力克.启蒙先知:严复、梁启超的思想革命[M].北京:东方出版社,2019.

[48] 郜元宝.为天地立心——鲁迅著作所见"心"字通诠[J].鲁迅研究月刊,2000(7).

[49] 戈宝权.关于鲁迅最早的两篇译文——《哀尘》、《造人术》[J].文学评论,1963(4).

[50] 葛奇蹊.明治时期日本进化论思想研究[M].北京:东方出版社,2016.

[51] 工藤贵正.鲁迅早期三部译作的翻译意图[J].赵静,译.鲁迅研究月刊,1995(1).

[52] 工藤贵正.从本世纪初西欧文学的译介看当时的中日文学交流——关于当时鲁迅和周作人的作品的文学史意义[J].励储,译.鲁迅研究月刊,1997(3).

[53] 郭沫若.鲁迅与王国维[M]//沫若文集:第十二卷.北京:人民文学出版社,1959.

[54] 郭嵩焘.郭嵩焘全集:十[M].梁小进,主编.长沙:岳麓书社,2018.

[55] 海德格尔.存在与时间:中文修订第二版[M].陈嘉映,王庆节,译.北京:商务印书馆,2019.

[56] 韩琛.鲁迅原点问题及其知识生产的悖反——兼及新世纪中国鲁迅研究批判[J].理论学刊,2014(5).

[57] 赫伯特·斯宾塞.社会静力学:节略修订本[M].张雄武,译.北京:商务印书馆,1996.

[58] 何凝.《鲁迅杂感选集》序言[M]//鲁迅杂感选集.上海:青光书

局,1933.

[59] 贺昌盛.国学初萌[M].杭州:浙江教育出版社,2014.

[60] 胡适.五十年来中国之文学[M]//欧阳哲生.胡适文集:第3册.北京:北京大学出版社,1998.

[61] 华岗.鲁迅思想的逻辑发展[J].文史哲,1951(1).

[62] 黄健.鲁迅在日本期间对尼采的接受及其思想变化[J].厦门大学学报(哲学社会科学版),2010(2).

[63] 黄子平."灰阑"中的叙述[M].上海:上海文艺出版社,2001.

[64] 黄子平.声的偏至——鲁迅留日时期的主体性思想研究笔记[J].文艺争鸣,2020(3).

[65] 家永三郎.植木枝盛选集[M].东京:岩波书店,1974.

[66] 姜义华.章太炎评传[M].南昌:百花洲文艺出版社,1995.

[67] 蒋国保,余秉颐,陶清.晚清哲学[M].合肥:安徽人民出版社,2002.

[68] 蒋永国.论《呐喊》中"真的人"的形象演变[J].中国文学研究,2014(3).

[69] 蒋永国.鲁迅购读《天演论》的时间和版本考辩——兼及2005年版《鲁迅全集》中相关撰述和注释的补正[J].鲁迅研究月刊,2018(2).

[70] 蒋永国.鲁迅早期思想与他的新文学创作[M].桂林:广西师范大学出版社,2018.

[71] 近代日本思想史研究会.近代日本思想史:第一卷[M].马采,译.北京:商务印书馆,1983.

[72] 李春阳.鲁迅与章太炎[J].社会科学论坛,2015(5).

[73] 李冬君."进化论"登陆明治日本[N].经济观察报,2019-04-02.

[74] 李冬木.鲁迅与丘浅次郎:上[J].东岳论丛,2012(4).

[75] 李冬木.鲁迅与丘浅次郎:下[J].东岳论丛,2012(7).

[76] 李季林.哲学解悟 先秦卷[M].合肥:安徽人民出版社,2012.

[77] 李克.鲁迅接受尼采哲学原因探析[J].鲁迅研究月刊,1998(11).

[78] 李明晖.丸山昇鲁迅研究视野中的鲁迅"进化论"[J].文学评论,

2013(2).

[79] 李妙根.刘师培文选[M].上海:上海远东出版社,2011.

[80] 李欧梵.铁屋中的呐喊[M].尹慧珉,译.北京:人民文学出版社,2010.

[81] 李泽厚.略论鲁迅思想的发展[M]//西北大学鲁迅研究室.鲁迅研究年刊 1979.西安:陕西人民出版社,1980.

[82] 李泽厚.李泽厚学术文化随笔[M].北京:中国青年出版社,1998.

[83] 梁启超.论报馆有益于国事[J].时务报,1896-08-09.

[84] 梁启超.论强权[N].清议报,1899-09-21.

[85] 梁启超.二十世纪太平洋歌[N].新民丛报,1902-02-08.

[86] 梁启超.中国唯一之文学报新小说[N].新民丛报,1902-07-15.

[87] 梁启超.传播文明三利器[M]//林志钧.饮冰室合集:专集(第二册).上海:中华书局,1941.

[88] 梁启超.新民说[M]//.林志钧.饮冰室合集:专集(第三册).上海:中华书局,1941.

[89] 梁启超.欧游心影录节录[M]//林志钧.饮冰室合集:专集(第五册).上海:中华书局,1941.

[90] 梁启超.新中国未来记[M]//林志钧.饮冰室合集:专集(第十九册).上海:中华书局,1941.

[91] 梁启超.适可斋记言记行序[M]//林志钧.饮冰室合集:文集(第一册).上海:中华书局,1941.

[92] 梁启超.少年中国说[M]//林志钧.饮冰室合集:文集(第二册).上海:中华书局,1941.

[93] 梁启超.十种德性相反相成义[M]//林志钧.饮冰室合集:文集(第二册).上海:中华书局,1941.

[94] 梁启超.论近世国民竞争之大势及中国前途[M]//林志钧.饮冰室合集:文集(第二册).上海:中华书局,1941.

[95] 梁启超.译印政治小说序[M]//林志钧.饮冰室合集:文集(第二

册).上海:中华书局,1941.

[96] 梁启超.论小说与群治之关系[M]//林志钧.饮冰室合集:文集(第四册).上海:中华书局,1941.

[97] 梁启超.清代学术概论[M]//朱维铮,校注.梁启超论清学史二种.上海:复旦大学出版社,1985.

[98] 梁启超.梁启超致严复书[M]//王栻.严复集:第五册.北京:中华书局,1986.

[99] 林非.鲁迅前期思想发展史略[M].上海:上海文艺出版社,1978.

[100] 刘柏青.鲁迅与日本文学[M].长春:吉林大学出版社,1985.

[101] 刘伟."原点"的追问:伊藤虎丸对"鲁迅与明治文学"的研究[J].中国现代文学研究丛刊,2011(9).

[102] 刘文典.刘文典诗文存稿[M].诸伟奇,刘兴育,编.合肥:黄山书社,2008.

[103] 刘小枫.现代性社会理论绪论——现代性与现代中国[M].上海:上海三联书店,1998.

[104] 刘小枫.尼采与古典传统续编[M].田立年,译.上海:华东师范大学出版社,2008.

[105] 刘易斯·A.科瑟.社会学思想名家——历史背景和社会背景下的思想[M].石人,译.北京:中国社会科学出版社,1990.

[106] 刘运峰.鲁迅全集补遗[M].天津:天津人民出版社,2006.

[107] 鲁道夫·欧肯.近代思想的主潮[M].高玉飞,译.合肥:安徽人民出版社,2013.

[108] 鲁迅.鲁迅全集[M].北京:人民文学出版社,2005.

[109] 鲁迅博物馆,鲁迅研究室.鲁迅年谱长编(第一卷)(1881—1921)[M].郑州:河南文艺出版社,2012.

[110] 鲁迅博物馆,鲁迅研究室,《鲁迅研究月刊》.鲁迅回忆录　专著:上册[M].北京:北京出版社,1999.

[111] 鲁迅博物馆,鲁迅研究室,《鲁迅研究月刊》.鲁迅回忆录　专著:

中册[M].北京:北京出版社,1999.

[112]鲁迅上海纪念馆.回忆鲁迅在上海[M].上海:上海书店出版社,2017.

[113]鲁迅研究资料编辑部.鲁迅研究资料:1[M].北京:文物出版社,1976.

[114]路易斯·托伦.造人术[J].索子,译.女子世界,1905(4/5).

[115]露丝·本尼迪克特.文化模式[M].王炜,等译.北京:生活·读书·新知三联书店,1988.

[116]吕周聚.忍受孤独,反抗绝望——《过客》对现实人生的启迪意义[J].鲁迅研究月刊,2011(10).

[117]马场辰猪.马场辰猪全集:第2卷[M].东京:岩波书店,1988.

[118]马克思,恩格斯.马克思恩格斯全集:第十二卷[M].中共中央马克思恩格斯列宁斯大林著作编译局,编译.北京:人民出版社,1962.

[119]马克思,恩格斯.马克思恩格斯全集:第四十二卷[M].中共中央马克思恩格斯列宁斯大林著作编译局,编译.北京:人民出版社,1979.

[120]马勒茨克.跨文化交流——不同文化的人与人之间的交往[M].潘亚玲,译.北京:北京大学出版社,2001.

[121]毛志锋.人类文明与可持续发展——三种文明观[M].长春:吉林出版集团有限责任公司,2016.

[122]蒙树宏.关于鲁迅购读〈天演论〉的时间[J].云南社会科学,1981(3).

[123]木山英雄.文学复古与文学革命——木山英雄中国现代文学思想论集[M].赵京华,编译.北京:北京大学出版社,2004.

[124]尼采.扎拉图斯特拉如是说:一本为所有人又不为任何人所写之书[M].黄明嘉,娄林,译.上海:华东师范大学出版社,2008.

[125]尼采.瓦格纳事件、偶像的黄昏、敌基督者、瞧,这个人、狄奥尼索斯颂歌、尼采反瓦格纳[M]//尼采著作全集:第六卷.孙周兴,李超杰,余明锋,译.北京:商务印书馆,2015.

[126]欧内斯特·巴克.英国政治思想:从赫伯特·斯宾塞到现代[M].

黄维新,胡待岗,等译.北京:商务印书馆,1987.

[127] 欧阳哲生.严复评传[M].南昌:百花洲文艺出版社,2015.

[128] 潘世圣.鲁迅的思想构筑与明治日本思想文化界流行走向的结构关系——关于日本留学期鲁迅思想形态形成的考察之一[J].鲁迅研究月刊,2002(4).

[129] 潘世圣.还原历史现场与思想意义阐释——鲁迅与丘浅次郎进化论讲演之悬案[J].现代中文学刊,2016(3).

[130] 彭春凌.章太炎译《斯宾塞尔文集》原作底本问题研究[J].安徽大学学报(哲学社会科学版),2017(3).

[131] 浦嘉珉.中国与达尔文[M].钟永强,译.南京:江苏人民出版社,2009.

[132] 皮特·J.鲍勒.进化思想史[M].田洺,译.南昌:江西教育出版社,1999.

[133] 钱理群.拒绝遗忘——钱理群文选[M].汕头:汕头大学出版社,1999.

[134] 钱理群.心灵的探寻[M].北京:北京大学出版社,1999.

[135] 钱理群.鲁迅与动物[J].名作欣赏,2010(31).

[136] 钱理群.真正的鲁迅是沉默的[EB/OL].(2019-07-31)[2021-10-15].http://www.aisixiang.com/data/117501.html.

[137] 钱振钢.从非人动物到"类猿人",再到"真的人"(上)——从鲁迅进化论看其早、前期思想体系的统一性[J].鲁迅研究月刊,1995(3).

[138] 丘浅次郎.进化论讲话:上、下[M].刘文典,译.上海:亚东图书馆,1927.

[139] 丘浅治郎.进化论大略:弘文学院特别讲义[N].新民丛报,1903(46-48).

[140] 邱觉心.早期实证主义哲学概观——孔德、穆勒与斯宾塞[M].成都:四川人民出版社,1990.

[141] 曲铁华,李娟.中国近代科学教育史[M].北京:人民教育出版

社,2010.

[142] 儒勒·凡尔纳.海底旅行[J].卢藉东,红溪生,译.新小说,1902,1(1).

[143] 桑兵.梁启超的东学、西学与新学——评狭间直树《梁启超·明治日本·西方》[J].历史研究,2002(6).

[144] 山东师范学院聊城分院.鲁迅在上海:3[M].聊城:山东师范学院聊城分院,1979.

[145] 上海人民出版社.章太炎全集 译文集[M].马勇,编订.上海:上海人民出版社,2015.

[146] 神田一三.鲁迅《造人术》的原作·补遗——英文原作的秘密[J].许昌福,译.鲁迅研究月刊,2002(1).

[147] 沈飚民.鲁迅早年的活动点滴[J].上海文学,1961(10).

[148] 沈永宝,蔡兴水.进化论的影响力——达尔文在中国[M].南昌:江西高校出版社,2009.

[149] 盛邦和.亚洲认识:中国与日本近现代思想史学研究[M].上海:上海人民出版社,2019.

[150] 施太格缪勒.当代哲学主流:上卷[M].王炳文,燕宏远,张金言,等译.北京:商务印书馆,1986.

[151] 史壮伯格.近代西方思想史[M].蔡伸章,译.台北:桂冠图书公司,1995.

[152] 斯宾塞.群学肄言[M].严复,译.北京:商务印书馆,1981.

[153] 斯宾塞.斯宾塞教育论著选[M].胡毅,王承绪,译.北京:人民教育出版社,1997.

[154] 宋声泉.鲁迅译《造人术》刊载时间新探——兼及新版〈鲁迅全集〉的相关讹误[J].鲁迅研究月刊,2010(5).

[155] 苏中立.百年天演——《天演论》研究经纬[M].福州:福建人民出版社,2014.

[156] 孙培青.中国教育史[M].上海:华东师范大学出版社,1992.

[157] 孙尧天.跨文化语境中的《人之历史》——重审早期鲁迅与海克

尔、泡尔生的思想联系[J].东岳论丛,2020(1).

[158] 孙尧天.达尔文还是尼采?——论"五四"前后鲁迅"生存"观念的变化与原理[J].安徽大学学报(哲学社会科学版),2021(2).

[159] 孙玉石.鲁迅改造国民性思想问题的考察[M]//鲁迅研究集刊编委会.鲁迅研究集刊:第一辑.上海:上海文艺出版社,1979.

[160] 谭桂林.20世纪中国文学与佛学[M].合肥:安徽教育出版社,1999.

[161] 谭嗣同.仁学[M]//李敖.谭嗣同全集:卷一.天津:天津古籍出版社,2016.

[162] 谭嗣同.以太说[M]//李敖.谭嗣同全集:卷一.天津:天津古籍出版社,2016.

[163] 谭嗣同.报贝元征书[M]//李敖.谭嗣同全集:卷三.天津:天津古籍出版社,2016.

[164] 汤志钧.《仁学》版本探源[J].学术月刊,1963(5).

[165] 汤志钧.章太炎年谱长编:上册[M].北京:中华书局,1979.

[166] 汤志钧.汤志钧史学论文集[M].上海:上海社会科学院出版社,2013.

[167] 唐君毅.唐君毅全集 第二十四卷 哲学概论——形而上学、价值论 下[M].北京:九州出版社,2016.

[168] 唐弢.关于鲁迅思想发展的问题[J].福建师大学报(哲学社会科学版),1977(3).

[169] 托马斯·赫胥黎.人类在自然界的位置[M].《人类在自然界的位置》翻译组,译.北京:科学出版社,1971.

[170] 托马斯·赫胥黎.天演论——及其母本《进化论与伦理学》全译[M].严复,刘帅,译.重庆:重庆出版社,2018.

[171] 丸山升.鲁迅·革命·历史——丸山升现代中国文学论集[M].王俊文,译.北京:北京大学出版社,2005.

[172] 丸尾常喜.耻辱与恢复——《呐喊》与《野草》[M].秦弓,孙丽华,

编译.北京:北京大学出版社,2009.

[173] 汪晖.反抗绝望——鲁迅的精神结构与《呐喊》《彷徨》研究[M].上海:上海人民出版社,1991.

[174] 汪晖.无地彷徨 "五四"及其回声[M].杭州:浙江文艺出版社,1994.

[175] 汪晖.反抗绝望——鲁迅及其文学世界[M].石家庄:河北教育出版社,2000.

[176] 汪晖.声之善恶:鲁迅《破恶声论》《呐喊·自序》讲稿[M].北京:生活·读书·新知三联书店,2013.

[177] 汪卫东.鲁迅与20世纪中国现代民族国家意识的文学建构[J].东岳论丛,2017(2).

[178] 汪卫东.鲁迅与20世纪中国民族国家话语[M].南昌:百花洲文艺出版社,2018.

[179] 王彬彬.月夜里的鲁迅[J].文艺研究,2013(11).

[180] 王彬彬.鲁迅与梁启超[J].鲁迅研究月刊,2021(3).

[181] 王得后.鲁迅的"中间物"思想三题[J].鲁迅研究月刊,2009(11).

[182] 王敦,等.进化论的本土迷思——现当代文学叙事的发展主义基因[J].海南师范大学学报(社会科学版),2013(6).

[183] 王富仁.鲁迅前期小说与俄罗斯文学[M].西安:陕西人民出版社,1983.

[184] 王富仁,查子安.立于两个不同的历史层面和思想层面上——鲁迅和梁启超的文化思想和文学思想之比较[J].河北学刊,1987(6).

[185] 王乾坤.从"中间物"说到新儒家[J].鲁迅研究月刊,1995(11).

[186] 王乾坤.由中间寻找无限——鲁迅的文化价值观[M].北京:人民文学出版社,1999.

[187] 王乾坤.鲁迅的生命哲学:增订版[M].北京:人民文学出版社,2010.

[188] 王士菁.《鲁迅手稿和藏书目录》前言——纪念鲁迅诞生120周年

[J].鲁迅研究月刊,2001(3).

[189] 王栻.严复传[M].上海:上海人民出版社,1976.

[190] 王栻.严复集:第一册[M].北京:中华书局,1986.

[191] 王栻.严复集:第五册[M].北京:中华书局,1986.

[192] 王韬.格致书院课艺:第1册[M].上海:富强斋书局石印本,1898.

[193] 王小惠.鲁迅《破恶声论》所受章太炎《四惑论》影响略述[J].鲁迅研究月刊,2014(10).

[194] 王渝生,郭书春,刘钝.《科学巨星——世界著名科学家评传》丛书:6[M].西安:陕西人民教育出版社,1995.

[195] 王中江.进化主义在中国[M].北京:首都师范大学出版社,2002.

[196] 王仲涛,汤重南.日本近现代史 现代卷[M].北京:现代出版社,2016.

[197] 韦廉臣.格物探原[M].张洪彬,校注.广州:南方日报出版社,2018.

[198] 翁维雄,卢生芹.科学史的启示:哲学对自然科学成果的影响例证[C].合肥:安徽省自然辩证法研究会,1983.

[199] 吴凤鸣.一部西方译著《地学浅释》魅力——在晚清"维新""变法"中的影响和作用[J].国土资源,2007(9).

[200] 吴国盛.时间的观念[M].北京:商务印书馆,2019.

[201] 吴趼人.月月小说序[J].月月小说,1906(1).

[202] 吴翔宇.鲁迅时间意识的文学建构与嬗变[M].北京:中国社会科学出版社,2010.

[203] 伍晓明.我之由生向死与他人之无法感激的好意——重读鲁迅的《过客》[J].鲁迅研究月刊,2011(6).

[204] 西尔维娅·阿加辛斯基.时间的摆渡者——现代与怀旧[M].吴云凤,译.北京:中信出版社,2003.

[205] 夏晓虹.梁启超文选:下卷[M].福州:福建教育出版社,2020.

[206] 谢进东.20世纪中国历史思考的现代性情结[J].史学理论研究,

2008(4).

[207] 谢遐龄.变法以致升平——康有为文选[M].上海:远东出版社,1997.

[208] 许寿裳.亡友鲁迅印象记[M]//鲁迅博物馆,鲁迅研究室,《鲁迅研究月刊》.鲁迅回忆录 专著:上册.北京:北京出版社,1999.

[209] 许寿裳,马会芹.挚友的怀念——许寿裳忆鲁迅[M].石家庄:河北教育出版社,2000.

[210] 薛绥之.鲁迅生平史料汇编:第1辑[M].天津:天津人民出版社,1981.

[211] 薛绥之.鲁迅生平史料汇编:第2辑[M].天津:天津人民出版社,1982.

[212] 熊融.关于《哀尘》、《造人术》的说明[J].文学评论,1963(3).

[213] 熊月之.西学东渐与晚清社会:修订版[M].北京:中国人民大学出版社,2010.

[214] 亚当·斯密.国富论[M].唐日松,译.北京:华夏出版社,2005.

[215] 岩崎允胤,宫原将平.科学认识论[M].于书亭,徐之梦,张景环,等译.哈尔滨:黑龙江人民出版社,1984.

[216] 杨天宏.新民之梦——梁启超传[M].成都:四川人民出版社,1995.

[217] 姚锡佩.现代西方哲学在鲁迅藏书和创作中的反映:上[J].鲁迅研究月刊,1994(10).

[218] 叶自成.叶自成《老子》全解——今帛简本综合版[M].上海:上海远东出版社,2019.

[219] 伊藤虎丸.鲁迅、创造社与日本文学:中日近现代比较文学初探[M].孙猛,徐江,李冬木,译.北京:北京大学出版社,1995.

[220] 伊藤虎丸.鲁迅与日本人——亚洲的近代与"个"的思想[M].李冬木,译.石家庄:河北教育出版社,2000.

[221] 伊藤虎丸.鲁迅与终末论:近代现实主义的成立[M].李冬木,译.

北京:生活·读书·新知三联书店,2008.

[222] 伊恩·P.瓦特.小说的兴起——笛福、理查逊、菲尔丁研究[M].高原,董红钧,译.北京:生活·读书·新知三联书店,1992.

[223] 以群.论鲁迅前期文艺思想的发展[J].学术月刊,1957(4).

[224] 于平.道家十三经[M].北京:国际文化出版公司,1995.

[225] 约翰·亚历山大·汉默顿.西方文化经典·科学卷[M].刘莉,孙立佳,译.武汉:华中科技大学出版社,2016.

[226] 张永泉.瞿秋白与鲁迅思想分期[J].甘肃社会科学,2002(6).

[227] 张蕴艳.《故事新编》手稿的时间意识及对记忆研究的启示——以《铸剑》为中心的探讨[J].学术月刊,2019(12).

[228] 张钊贻.鲁迅:中国"温和"的尼采[M].北京:北京大学出版社,2011.

[229] 章太炎.訄书初刻本[M]//章太炎全集:三.上海:上海人民出版社,1984.

[230] 章太炎.菌说[M]//章太炎全集:十.上海:上海人民出版社,1984.

[231] 章太炎.俱分进化论[M]//章太炎全集:四.上海:上海人民出版社,1985.

[232] 章太炎.四惑论[M]//章太炎全集:四.上海:上海人民出版社,1985.

[233] 章太炎.五无论[M]//章太炎全集:四.上海:上海人民出版社,1985.

[234] 章太炎.太炎先生自定年谱[M].上海:上海书店,1986.

[235] 章太炎.诸子学略说[M]//姜义华.中国近代思想家文库　章太炎卷.北京:中国人民大学出版社,2015.

[236] 赵中亚.《格致汇编》与中国近代科学的启蒙[D].上海:复旦大学,2009.

[237] 郑匡民.梁启超启蒙思想的东学背景[M].成都:四川人民出版社,2020.

[238] 植木枝盛.植木枝盛集:第4卷[M].东京:岩波书店,1990.

[239] 中岛长文.蓝本《人之历史》[M]//陈福康,节译.北京鲁迅博物馆,鲁迅研究室.鲁迅研究资料(12).天津:天津人民出版社,1983.

[240] 周作人.《齿痛》译后附记》[M]//周作人.点滴　近代名家短篇小说.北京:北京大学出版部,1920.

[241] 周作人.关于鲁迅之二[M]//鲁迅博物馆,鲁迅研究室,《鲁迅研究月刊》.鲁迅回忆录　专著:中册.北京:北京出版社,1999.

[242] 周作人.鲁迅的青年时代[M].南京:江苏人民出版社,2018.

[243] 朱斌.柏格森[M].西安:陕西师范大学出版总社,2017.

[244] 朱丹琼.科学个案研究与中国科学观的发展[M].西安:陕西人民出版社,2005.

[245] 朱维铮,姜义华,等.章太炎选集　注释本[M].上海:上海人民出版社,1981.

[246] 朱晓进.历史转换期文化启示录——文化视角与鲁迅研究[M].沈阳:辽宁教育出版社,1992.

[247] 朱晓进,杨洪承,唐纪如.鲁迅研究[M].北京:中华书局,2011.

[248] 朱有瓛.中国近代学制史料:第一辑　上册[M].上海:华东师范大学出版社,1983.

[249] 竹内好.鲁迅[M].李心峰,译.杭州:浙江文艺出版社,1986.

后　记

鲁迅在《野草·题辞》中说："我将大笑，我将歌唱，我自爱我的野草。"这部文稿作为对我学术生涯的一个纪念，无论它是怎样的粗浅鄙陋，无论它是怎样的词不达意，又无论它是怎样的不尽如人意，然而我也将自爱我的"野草"。

书稿是在我的博士学位论文基础上修订完成的。博士论文曾在盲审和答辩中得到评审专家的好评，同时专家们也对论文提出了详细的修改意见，这部书稿是对专家意见进行充分吸收和完善的成果。

书稿的完成首先要感恩我的家人，没有他们的理解和支持，我想我很难坚持下去。在书稿完成期间，我的先生给了我很多的精神鼓励，也承担了很多家庭事务，以便我能在工作之余有较多的时间沉下心来思考和打磨书稿。在书稿完成期间，我也经历了几次人生转折，加深了我对生命价值的理解。2016年，我的父亲在经历长达五年的病痛折磨后去世。我每每不忍看到父亲经受如此漫长的痛苦，生命如抽丝般从他的身体慢慢流失。当死亡来临，我以为我能坦然接受他的解脱，但我终于发现他的离开是我永远难以承受的痛。我希望能用这部书稿告慰父亲在天之灵。2019年，我的儿子考入大学长大成人。目送他步入大学校园的同时，我意识到我作为他全部依赖的时光已经逝去。陪伴孩子成长的时光是幸福的，在孩子独立开始人生之旅时，我希望用我的行动告诉他人生就是不断的告别与不断的重新启程。不论愿不愿意，人生的路终将继续，而选择以怎样的方式走好这条人生的路，则取决于内心的坚定和执着。

在阅读鲁迅的文字、探索鲁迅的世界、思考鲁迅的思考时，鲁迅给了我很多参考和共鸣。我想,正是在对生命意义的追问中我选择了将鲁迅的进化论思想作为本书的主题。鲁迅的进化论思想包含了他看待社会、家庭、历史、生命的全部智慧,我从中受益匪浅,也希望能借此书分享我的心得体会。

感谢我的博士导师朱晓进教授,是他用宽容的胸怀接纳了我这个无知的学生。朱老师学问造诣高深、为人谦逊慈爱、对学生宽厚耐心,能有幸成为朱老师的学生是我莫大的荣幸!朱老师不仅悉心指导我的学业,也在工作和生活中给予我很多的关心和指导。

感谢杨洪承、谭桂林、何平、沈杏培、谈凤霞、李玮等诸位老师,感谢他们对我学业的帮助,让我在前行路上倍感温暖!老师们精深的学问和睿智的思想常常给我以启发,令我神往。